Ismail Kadaré · November einer Hauptstadt

Ismail Kadaré

November einer Hauptstadt

Roman

Aus dem Albanischen
von Robert Schwarz

NEUER MALIK VERLAG

CIP-Titelaufnahme der Deutschen Bibliothek

Kadare, Ismail

November einer Hauptstadt: Roman/Ismail Kadaré
Übersetzt aus d. Alban. von Robert Schwarz
Kiel: Neuer Malik-Verl., 1991
Einheitssacht.: Nëntori i një kryeqyteti (dt.)
ISBN 3-89029-43-4

Titel der Originalausgabe
Nëntori i një kryeqyteti
Für die deutschsprachige Ausgabe 1990 vom Autor überarbeitet

Satz: Fuldaer Verlagsanstalt
Gesetzt aus der Baskerville
Druck: Ueberreuter Buchproduktion, Korneuburg
Printed in Austria
ISBN: 3-89029-043-4

Erster Teil

»Ouua, oooua, ouaaa...«

»Was sagt er? Was ist das für eine Nachricht?«

»Es ist windig. Man kann nichts verstehen.«

»Ooooua, ouuua, uuuu...«

»Horcht!«

»Man kann nichts verstehen.«

(Zurufe der Bergbewohner von einer Anhöhe zur anderen.)

Erstes Kapitel

Die Antennenanlage der Rundfunkstation erblickten sie zum ersten Mal frühmorgens. Es war ziemlich kalt. Vor dem grauen Hintergrund des Himmels zeichnete sie sich anfangs verschwommen ab, allmählich aber nahm sie eine immer deutlicher werdende Form an — eine Ansammlung gerader metallener Linien über der nassen Dachterrasse, einige Tangenten und Hypotenusen, die unbarmherzig dem Regen preisgegeben waren, und über ihnen eine Masse von Spiralen, die wie verlorene Seelen zum Himmel emporzuschweben schienen.

»Da ist sie!« flüsterte Javer dem Partisanen Sherif Goreni ins Ohr.

»Wo?«

»Dort drüben.«

»Ach ja, ich seh's.«

Aus den Augenwinkeln beobachtete Javer eine Zeitlang das rötliche Bauerngesicht Sherifs mit der verblichenen Haarmähne, die nun, vom Tau befeuchtet, an nasses Stroh erinnerte. Javer wollte herausfinden, welchen Eindruck der Anblick der Rundfunkstation auf den anderen machen würde, doch das Bauerngesicht blieb regungslos, als stünde es vor einem Geheimnis.

Vor genau vierundzwanzig Stunden hatte ihre Kampfeinheit den Befehl erhalten, während des Angriffs ihrer Brigade auf den *Boulevard Mussolini* die Rundfunkstation zu besetzen. Im Laufe des ganzen gestrigen Nachmittags, und dann fast die ganze Nacht über, hatte sich die Kampfeinheit lässig zwischen den deutschen Bunkern durchgeschlängelt und war schließlich an der linken Seite des *Boulevard Mussolini* angelangt. Dort hatte sie dann Stellung bezogen.

»Na, wie gefällt sie dir?« fragte Javer.

Sherif Goreni zuckte mit den Achseln. In der Tat leuchtete es ihm einfach nicht ein, daß jenes Gebäude dort drüben das wichtigste Ziel auf dem ganzen *Boulevard Mussolini* sein sollte, wie ihnen der Kommissar tags zuvor erklärt hatte — einzig und allein deshalb, weil einige straffgespannte oder spiralförmige Drähte auf der Dachterrasse installiert waren!... Nun, da es immer heller zu werden begann, entdeckten Sherifs Augen Fassaden und Erker schöner Häuser, deren verschwommen im Dämmerlicht auszumachende Gärten und Springbrunnen einen wundervollen Anblick versprachen. Es ist wirklich kaum zu glauben, daß dieses düstere Gebäude mit seinen erbärmlichen Drähten wichtiger als alle anderen sein soll, sagte Sherif mißmutig zu sich. Na ja, das Kommando will es eben allen recht machen! Taucht irgendwo eine schäbige Hütte auf, da heißt es gleich: Vorwärts, Jungs, denn das ist das wichtigste Ziel!... Und dann heißt es plötzlich wieder: Nein, wartet mal! Es war doch nicht dieses, es ist das andere!... Aber was soll's? meditierte Sherif weiter. Schließlich haben wir alles einzunehmen und zu befreien! Ich verstehe nur eines nicht: Warum sagt man uns nicht klipp und klar: Das, was da vor euch steht, ist ein Stall, ein mieser, unnützer Stall, doch er muß unbedingt erstürmt und eingenommen werden — und Punkt!... Wozu muß man einem solche Märchen erzählen wie: Dieses ist das wichtigste Gebäude... Es ist von besonderer Bedeutung... Es ist voller Tücke... Das geht mich überhaupt nichts an! Meine erste Verletzung hab ich mir bei einer leeren Maisscheune geholt. Nur ein paar Maiskolben und verfaultes Stroh gab es da drinnen, sonst nichts. Hab' ich aber etwa meine Ehre verloren, weil ich um ein Haar mein Leben dort gelassen hätte?...

»Also willst du mir nun endlich sagen, ob sie dir gefällt?« fragte ihn Javer wiederum und deutete mit dem Kopf auf die Rundfunkstation.

Sherif sah ihn verstohlen von der Seite an. Er wurde den Verdacht nicht los, daß der andere ihn wieder einmal auf den Arm nehmen wollte. Schon blitzte es unter den buschigen kupferroten Brauen gefährlich in seinen Augen, doch das magere, längliche Gesicht Javers mit den hellbraunen, sehr dünnen Haaren, die wie von einer Kuhzunge geleckt wirkten, war in die Ferne gerichtet, weit entfernt von einem möglichen Streit. Das gefährliche Blitzen in Sherifs Augen erlosch sogleich.

»Ehrlich gesagt, sie gefällt mir ganz und gar nicht«, meinte er trocken.

»Hast recht«, antwortete Javer, noch immer in die Ferne blickend. »Gäbe es dort oben auf der Dachterrasse einen Heuschober oder gar eine weidende Kuh, dann stünde die Sache vielleicht anders. Aber so...«

»Halunke!« fauchte Sherif.

Javer verbiß sich das Lachen mit einem Geräusch,

das sich wie eine Mischung aus Niesen und Schluckauf anhörte.

Sherif wandte ihm den Rücken zu. Dieser Halunke! sagte er bei sich. Verdirbt mir die Laune, noch ehe der Tag graut. Doch ich Trottel bin ja selber schuld. Wozu muß ich mich auch mit ihm abgeben!

Er bemühte sich, auf andere Gedanken zu kommen, indem er seine Blicke über den Boulevard vor sich schweifen ließ. Doch in seinem Zorn schien die breite Allee vor seinen Augen hin und her zu wogen.

Ein neuer Tag war angebrochen. Auf den leeren Bürgersteigen sah man nur große welke Blätter, die hier und da vom Wind aufgewirbelt wurden. Solche komischen staubigen Blätter, die sich schwerfällig wie Rheumatiker bewegen, kann man nur in der Stadt finden, dachte Sherif. Genau wie solche Halunken vom Schlage eines Javer!...

Javer neckte ihn schon seit langem. Immer, wenn Sherif sich vornahm, nicht mehr mit ihm zu reden, mußte er im nächsten Augenblick einsehen, daß dies unmöglich war, daß er sich von ihm unter keinen Umständen trennen konnte. Er war sich selber nicht darüber im klaren, warum er eigentlich diesen »Stadthalunken« derart ins Herz geschlossen hatte. Vielleicht war das gleich am ersten Tag geschehen, als Javer, mit seinem länglichen, wachsfarbenen Gesicht, das man ihm auf groteske Weise verbunden hatte, zu ihrem Bataillon gestoßen war. Und in der Tat — die erste Bekanntschaft der Partisanen mit dem Neuankömmling war wirklich merkwürdig gewesen. Einige Tage bevor er in die Berge gekommen war, kreiste ein kleines seltsames Flugzeug mit eingedrückter Schnauze über den schneebedeckten Bergdörfern und warf einige beschriebene Blätter ab, auf denen zu lesen war, daß ein junger Kommunist namens Javer Kurti seinen zur *Balli*-Organisation gehörenden Onkel beim Essen einfach niedergeschossen hatte. Als sich dann, etwa eine Woche später, herumsprach, daß dieser Junge es fertiggebracht hatte, seinen Häschern, den Milizen, zu entkommen, und sich nun in diesem Bataillon befand, brannten alle Partisanen darauf, ihn kennenzulernen. Dino Sinojmeri, der Kommandant der Kompanie, von dem man sagte, er kenne die griechische Mythologie besser als die Dachziegel seines eigenen Hauses, begrüßte Javer Kurti, als man ihn seiner Kompanie zuteilte, folgendermaßen: »Bevor du auf eigenen Beinen zu uns kamst, mein Junge, haben wir dich bereits wie Zeus vom Himmel herabsteigen sehen — und zwar in Gestalt von Flugblättern. Du willst wohl sehr hoch hinaus!« Der Ankömmling, der darauf nichts zu erwidern wußte, hatte nur mit den Schultern gezuckt. Und Sherif Goreni tat es direkt weh ums Herz beim Anblick der dünnen, feingliedrigen Hände dieses Jungen, der sich bemühte, seinen verrutschten Verband zurechtzurücken.

Kein einziges Wort werd' ich mehr mit ihm reden! nahm sich Sherif hoch und heilig vor. In seinem tiefsten Innern aber wußte er genau: Natürlich wirst du mit ihm reden, du Trottel! Du wirst mit ihm reden wie immer, er wird dich weiter necken, und niemals wirst du dich vor ihm retten können!

Sherif erinnerte sich an den gestrigen Nachmittag. Da war wirklich die Hölle los gewesen! Sie kämpften nun schon seit einigen Tagen innerhalb der Stadt und hatten allerlei Gebäude, Hotels, Kinos und Warenlager im Sturm genommen. An diesem Nachmittag aber war es das erste Mal, daß sie sich dem Zentrum der Hauptstadt genähert hatten. Das Wort *Zentrum* wurde neuerdings von allen auf eine besondere Weise ausgesprochen, und in Sherifs Hirn rief es allerlei chaotische Vorstellungen hervor. Wo liegt es denn nun, wo? fragte er mehrere Male. Noch ein gutes Stück weiter! antwortete man ihm und, wie es gewöhnlich mit den Dingen geschieht, die einem vorenthalten werden (Sherif hatte das Gefühl, als bewege sich das Zentrum ständig von ihm fort), wurde auch seine Vorstellung über das Stadtzentrum immer erhabener... Gestern nachmittag jedoch, gerade als sie eine Straßenkreuzung unter dem Sperrfeuer des Feindes hinter sich gelassen hatten, flüsterte ihm Javer, der neben ihm auf dem Boden kroch und seine Panzerfaust hinter sich her zog, zu: Da ist das Zentrum!... Wo, wo? hatte Sherif wie traumverloren gefragt. Und Javer wies mit einer Kopfbewegung in die entsprechende Richtung. Dort lag ein ziemlich großer Platz, eingerahmt von gewaltigen Gebäuden, die mit schwarzen, eisenbeschlagenen Toren, verschiedenartigen Ornamenten und gemeißelten Statuenköpfen, die aus Nischen über den hohen Fenstern blickten, geschmückt waren. Das sind die Ministerien, hatte Javer ihm erklärt. Dort, uns gegenüber, liegt das Rathaus. Und links, das schöne Gebäude aus roten Ziegeln mit den Eisengittern, das ist die Staatsbank... Für das andere brauchte Sherif keine Erklärungen, das konnte er schon selbst erkennen:

Von den Rändern des Hauptplatzes starrten ihnen deutsche Bunker entgegen. In der Mitte drehte ein in den Boden eingegrabener Panzer seinen eisernen Turm mit dem langen Geschützrohr in alle Richtungen. Der Panzer glich einem schrecklich anzusehenden Krüppel ohne Beine. Der Platz wirkte durch seine düstere Leere noch größer. Von Zeit zu Zeit flogen Geschosse und Kugeln aus den grinsenden Schlitzen der Bunkerschießscharten über die graue Betonfläche; es war wie ein schwerer Todeshauch, der über eine Wüste weht... Die Partisaneneinheit mußte auf die andere Seite gelangen und über den nordöstlichen Rand des weiten Platzes kriechen, um eine zum *Boulevard Mussolini* parallel verlaufende Straße zu erreichen. Die Partisanen robbten in einer Zickzacklinie und benutzten das granitene Becken eines großen Springbrunnens und den breiten Sockel eines Denkmals als Deckung.

Sherif kroch dicht neben Javer und schleppte sein schweres Maschinengewehr hinter sich her. Mechanisch, wie von einer Maschine gesteuert, senkten sie immer wieder ihren Kopf, als wollten sie den vorüberzischenden Kugeln freies Geleit geben. Sherif fühlte unter seinem Körper, und besonders unter den Ellbogen, den harten Beton. Durch seinen Kopf schwirrten flüchtig einige Gedankensplitter: Wir überqueren das Zentrum, sagte er zwei, drei Mal zu sich, als ob er sich vergewissern wollte, daß dies auch wirklich wahr sei. Dann wieder schien ihm diese unbarmherzige öde Fläche, umsäumt von Skulpturen, Eisengittern und den eisenbeschlagenen Toren der Regierungsgebäude, wie der Rücken des Staates selbst, über den er jetzt hinwegkroch: Sie befanden sich im Zentrum, also genau in der Mitte des Staates, und als Strafe dafür, als Sühne, daß sie es gewagt hatten, den verbotenen Ort — wie in den Hexenmärchen — zu betreten, mußten sie nun büßen, wurden sie vom Tod niedergemäht... Wir befinden uns in der Mitte des Staates, wiederholte er bei sich. Noch nie zuvor war seinem Hirn ein Begriff derart klar entsprungen, hatte das Reich der Abstraktion verlassen, um rasch die konkrete Form einer glatten Fläche anzunehmen, über die der kalte Herbstwind Plakatfetzen mit Ankündigungen der letzten Vorstellungen einer dahingehenden Gesellschaftsordnung jagte — Regierungsverordnungen, nunmehr tote Zeitpläne und Bekanntmachungen über Polizeistunden. Einen Augenblick lang starrte Sherif auf das Denkmal, das einem verrückten Blinden ähnelte, der vergebens nach einem Weg suchte, um aus dieser ausweglosen Situation zu fliehen. Es ist das Denkmal eines nichtswürdigen Trottels, hatte Javer ihm vorhin erzählt... Plötzlich hörte Sherif eine Stimme hinter sich: »Belul ist tot!« Er biß sich auf die Unterlippe und drückte sich ganz flach auf den Boden; dann kroch er ein Stück weiter und rollte sich plötzlich etwa einen Meter nach links, als gäbe es an dieser neuen Stelle eine sicherere Deckung. Noch in der Bewegung, sah er die große Turmuhr, die, nicht allzu weit entfernt, unheilvoll in den Himmel stach. Da erinnerte er sich, daß auch diese Uhr zum Hauptplatz gehörte. Wie ist es nur möglich, daß sie in diesem Höllenfeuer noch funktioniert? fragte er sich. »Eine Uhr muß immer schlagen«, pflegte seine Großmutter zu sagen. »Denn ein jeder Mensch hat seine Zeit zu leben und seine Zeit zu sterben.« Warum zum Teufel muß ich auch gerade jetzt auf diese Uhr blicken? dachte Sherif wieder. Er hatte den Eindruck, als hänge sie schwebend über dem weiten Platz — einzig und allein deshalb, um die Sekunden seines und des Lebens seiner Kameraden zu messen. Meine Stunde! dachte er wie erstarrt. Hat vielleicht meine Stunde schon geschlagen?... Er verdrängte jedoch diesen Gedanken und kroch noch ein weiteres Stück nach vorn. »Fredi ist auch tot!« sagte wieder eine Stimme, nicht weit von ihm. Ach, dieser verfluchte Platz! schnaufte Sherif. Der verkrüppelte Panzer drehte unentwegt seinen eisernen Turm im Kreis. Ein neuer Gedanke jagte Sherif durch den Kopf: Wäre dieses Biest ein richtiger Panzer, würde er vielleicht weniger schrecklich aussehen, als so, wie er da stand — verkrüppelt, festgenagelt, wie vom Schlag getroffen!... Da kam ihm plötzlich in den Sinn, was man sich in seinem Heimatdorf über einen Krüppel erzählte, einen gewissen Tosun Aga, der zum Schrecken seiner ganzen Sippe geworden war, weil er, für immer ans Lager gefesselt, alle herumkommandierte, und sie dauernd schikanierte, indem er einen langen mit türkischen Inschriften verzierten Stock drohend hin und her schwang...

Sherif kroch weiter. An seiner Seite sah er das weiche Profil Teutas. Achtung, Mädchen! flüsterte er unhörbar. Er drückte seine linke Wange flach an den Boden, so als glaubte er, damit den Umfang seines Kopfes verringern zu können. Mit seinem rechten Auge blickte er wieder auf das Denkmal. Während es ihm das erste Mal vorgekommen war, als rücke das

Denkmal immer weiter von ihm weg, schien es ihm jetzt, als käme es immer näher. Es war tatsächlich ein Verrückter, in bronzene Kleidung gesteckt! Inzwischen konnte Sherifs Ohr die kurzen, häufigen Garben aus den Bunkern von dem schweren, etwas selteneren Beschuß, der von dem Ungeheuer kam, das halb Panzer und halb Bunker war, genau unterscheiden. Schlag nur drauf los, Tosun Aga, du Schweinehund! murmelte Sherif zähneknirschend. Eine unsichtbare Kraft durchströmte seine Ellbogen, seinen Rumpf, seinen ganzen Körper und schien ihn in Richtung des Panzerkrüppels vorwärts treiben zu wollen, um ihm den Garaus zu machen. Doch der Befehl war unmißverständlich: Keiner der Partisanen der Kampfeinheit durfte die Bunker, und schon gar nicht den Panzer, auf dem Hauptplatz angreifen — unter keinen Umständen! Die Aufgabe der Einheit war, die Rundfunkstation zu besetzen, und dafür mußten sie all ihre Kräfte einsetzen. Zudem waren bereits mehrere Partisanen, die versucht hatten, den »Halbpanzer« außer Gefecht zu setzen, getötet worden. Aus diesem Grund wartete man nun auf Spezialeinheiten, die eigens dafür ausgebildet waren; sie sollten das Ungeheuer zum Schweigen bringen... Sherif bemerkte aufs Neue die Partisanin Teuta, die sich, nur ein paar Meter vor ihm kriechend, auf dem harten Asphalt vorwärts bewegte. Und er erinnerte sich wiederum an jenen Tosun Aga aus seinem Dorf, von dem man erzählte, er hätte, noch bevor er starb, eine seiner Schwiegertöchter getötet. Das war ganz zuletzt geschehen, als er schon mit einem Bein im Grabe stand und keiner mehr auf ihn hören wollte. Da hatte er mit zuckersüßer Stimme diese Schwiegertochter an sein Lager gelockt und, als sie so dicht bei ihm war, daß er sie mit dem Stock erreichen konnte, schlug er gleich zu. Die junge Frau war auf der Stelle tot... Achtung, Mädchen! sagte Sherif wieder leise zu sich und meinte dabei Teuta.

Auf dem Boulevard wütete weiterhin der Wind und bog die Bäume erbarmungslos nieder. Die armen Bäume! dachte Sherif, und in seiner Erinnerung tauchten die Apfelbäume seines Dorfes auf. Er begann in Gedanken, sie mit den Bäumen dieses Boulevards zu vergleichen, und murmelte: Gottlob, daß sie so weit entfernt sind! Auch sie würden sich hier fremd fühlen, fehl am Platze zwischen all diesen Vagabunden-Bäumen, diesen alten Junggesellen, gewöhnt an allerlei städtische Schurkereien... Plötzlich erinnerte er sich an eine Waise aus seinem Dorf, eine gewisse Hyrija, die in die Stadt gezogen war und dort ein Straßenmädchen wurde... Sherif machte Hm! und mußte über sich selbst lachen: Was einem nicht so alles durch den Kopf geht!... Er wollte wieder an die schönen Apfelbäume seines Dorfes denken, doch irgend etwas störte ihn dabei...

Aus dem Nordwesten der Stadt drang Geschützdonner herüber. Hier aber, auf dem *Boulevard Mussolini*, herrschte im Moment Todesstille. Die hohen Wohnhäuser mit ihren heruntergezogenen Rolläden ragten in einer Reihe empor, Schulter an Schulter. Hinter den nassen Eisengittern sah man Villen mit großen Gärten, und die Trauerweiden darin glichen Klageweibern. Häuser und Gärten reicher Leute, dachte Sherif. Er konnte die glitzernden Helme der deutschen Wachsoldaten vor dem Tor und auf der Dachterrasse der Rundfunkstation erkennen. Ein gutes Stück weiter rechts erhob sich die breite Rückfront der Staatsbank mit ihren roten Ziegeln. Und auf der linken Seite befand sich ein Hotel. Sherif buchstabierte mühsam und leise: *Hotel Kontinental*.

Aus Richtung des Neuen Gefängnisses hörte man Mörserbeschuß und, in den kurzen Pausen dazwischen, das Rattern schwerer Maschinengewehre. Nach einer Weile vernahm man den Gefechtslärm in unmittelbarer Nähe. Die Bunker im Stadtzentrum hatten den Beschuß wieder aufgenommen, und Sherif konnte dazwischen das Feuer des Panzers heraushören. Schlag nur drauf los, Tosun Aga! schrie er innerlich auf, und stellte sich vor, wie die Kugeln der schweren Maschinengewehre nun die leblosen Körper der Partisanen, die bei der nächtlichen Überquerung des Hauptplatzes in Richtung *Boulevard Mussolini* gefallen waren, erneut durchlöcherten und zu einer blutigen Masse machten. Der Bereich des Boulevards war im Augenblick die einzige verhältnismäßig ruhige Gegend Tiranas. Man sagte, daß sich hier eine ganze Meute Bourgeois, Quislinge, ehemalige Minister und Aristokratie der Hauptstadt zu einem Knäuel geballt hatte, bereit, die Flucht zu ergreifen.

Das Feuer aus den Bunkern hielt an. Gegen seinen Willen stellte sich Sherif vor, wie die Geschosse jetzt die toten Körper Beluls und Fredis in Fetzen rissen. Sie verstümmelten zunächst ihren Rücken, dann ihre Arme und Füße und — als ob das noch nicht genügte — schien sich ein langer mit türkischen Inschriften verzierter Stock zu erheben und gnadenlos auf ihre

Schädel niederzusausen. Sherif schüttelte den Kopf, um den Schlaf zu vertreiben, der ihn zu übermannen drohte. Vom Hauptplatz her drang ein dumpfes rhythmisches Dröhnen bis zu ihnen. Der »Halbpanzer« spie weiterhin seine trockenen Salven aus.

* * *

Zeit ihres Lebens an Wäldchen, Dorfpfade, Wassergräben und Brachland gewöhnt, bedrückte die Partisanen die Statik der Stadt, diese feste Scholle aus Beton und Asphalt, die der auf ihr ruhenden Fußsohle keine Zugeständnisse machte, sondern im Gegenteil, ihr einen Gegenschlag versetzte, der einem durch den ganzen Körper fuhr.

Die Kampfeinheit hatte hinter der Hofmauer eines Stoffwarenlagers Stellung bezogen. Die Maschinengewehre und Panzerfäuste waren bereits in Stellung gebracht und einige große Löcher in die Rückseite der Mauer geschlagen worden, um im Falle eines überraschenden Panzerangriffs den Rückzug zu sichern. Der Befehl lautete: Die Rundfunkstation sollte erst dann gestürmt werden, wenn der Angriff auf die ganze linke Flanke des *Boulevard Mussolini* beginnen würde.

Der Boulevard wirkte weiterhin wie ausgestorben. Ab und zu ratterte ein Motorrad mit Beiwagen vorüber und noch seltener ein Auto. Aus dem Haupteingang des *Hotel Kontinental* trat eine hochgewachsene Frau, den Riemen ihrer Handtasche lässig über die Schulter geworfen. Sie ging, mit ihren hohen Absätzen klappernd, ein paar Schritte auf dem Bürgersteig, blieb plötzlich stehen, öffnete ihre Handtasche und betrachtete sich in einem Spiegelchen. Dann klappte sie die Tasche mit einer energischen Bewegung zu und setzte erhobenen Hauptes ihren Weg fort.

»Sherif...«, sagte die weiche Stimme Javers. Der Angesprochene wandte jedoch nicht den Kopf. Erstaunt verfolgte er mit seinem Blick immer noch die Frau. Es schien ihm, als murmelte sie etwas vor sich hin. Ja, Sherif glaubte sogar, von ihren Lippen ablesen zu können, daß sie zwei, drei Mal das Wort »Schurke« ausstieß. Was ist das bloß für eine verrückte Stadt! sagte er zu sich. Da taucht eine Frau auf einer Straße auf, in der bald der Teufel los sein wird, und stöckelt nicht nur ungerührt zwischen zwei Armeen dahin, sondern betrachtet sich auch noch im Spiegel und schimpft »Schurke«!...

Die Frau hatte einen auffallenden Gang; sie schien leicht zu hüpfen, und diese Bewegung verteilte sich auf alle ihre Glieder. Es wirkte fast, als gäbe es im Zentrum ihres üppigen Körpers, irgendwo zwischen den Hüften und dem Bauch, ein Luftloch, das dieses ungewöhnliche Hüpfen verursachte.

»Na, Sherif, gefällt sie dir?« hörte er die Stimme Javers hinter seinem Rücken, und wieder ignorierte er ihn. Im nächsten Augenblick spürte er dicht an seinem Ohr ein schweres Atmen. Er brauchte sich nicht umzudrehen, um zu erraten, daß es die Atemzüge des Stummen waren.

»Was hast du?« fragte ihn Sherif.

»Uuu!« gab der Stumme von sich und wies mit den Augen in Richtung der Frau, die, sich in den hohen Hüften wiegend, weiterschritt.

»Na und?« fragte Sherif wieder.

In den Augen des Stummen lag ein ungläubiges Staunen, und Sherif bereute seinen schroffen Ton.

»Sie ist sicher ein schlechtes Weib« sagte er.

Der Stumme nickte. Er besaß helle Augen, die leicht gläsern wirkten und erfüllt waren von jener eindringlichen Ruhe, die das Fehlen der Sprechmöglichkeit solchen Menschen verleiht. Er hatte sich erst vor zwei Monaten ihrem Bataillon angeschlossen, während des Marsches durch eine Gegend, in der es von Reaktionären nur so wimmelte. Anfangs wollten sie ihn wegen seiner Behinderung nicht aufnehmen, aber er hatte das Bataillon kilometerweit auf schneebedeckten Pfaden verfolgt. Den Partisanen tat er leid, doch andererseits mußten sie ihrem Kommandanten recht geben, denn sie hatten noch nie davon gehört, daß es auch blinde, taube oder stumme Partisanen, wie ihn, gab. Doch er, der Stumme, war weiterhin halb erfroren hinter ihnen hergetorkelt, ohne ihre Spur zu verlieren, wobei er dauernd sein »Uuu!« hören ließ, wie ein Windstoß, der niemals aufhören wollte. Auch lag in seinem Blick ein derart großes und rührendes »Warum?«, daß die Nachhut allmählich weich wurde. Und langsam ging der fragende und verwirrte Ausdruck seiner Augen, der irgendwie an einen trägen Vogel erinnerte, auf die Augen vieler Partisanen und Kommandanten über, bis die ganze Angelegenheit im Stab diskutiert wurde. Der Stab beschloß, ihn in die Reihen des Bataillons aufzunehmen.

Einige Sekunden lang blickte Sherif in die hellen Augen des Stummen.

»Gefällt sie dir?« fragte er ihn und wies mit seinem Kopf in Richtung der Frau. Im nächsten Augenblick aber bemerkte er erstaunt, daß er unwillkürlich in die Rolle Javers hineingeschlüpft war, und er schämte sich.

Der Stumme zuckte abwehrend mit den Achseln; sein ganzes Gesicht zeigte Abscheu.

Hinter ihrem Rücken begann es lebhaft zuzugehen. Sherif drehte sich um und bemerkte, daß sich etwa vier, fünf Partisanen rings um den Kommissar versammelt hatten. Alle hielten den Oberkörper gebückt und betrachteten etwas. Einer von ihnen hatte dieses Etwas so gepackt, wie man einen Menschen an der Gurgel packt, um ihn zu erdrosseln. Was machen die denn da? fragte sich Sherif verwundert, denn es sah tatsächlich so aus, als hätten seine Kameraden jemanden in die Knie gezwungen, um ihm den Garaus zu machen. Derjenige, der da erdrosselt wurde, ließ, sobald er die Gurgel frei bekommen hatte, einen heiseren Laut hören, der dann plötzlich in ein arrogantes, bellendes Geschrei umschlug. Was kann denn das sein? fragte sich Sherif erneut. Dann glaubte er, verstanden zu haben, was da vor sich ging: Sie hatten sicher einen deutschen Soldaten überwältigt; man hörte ja seine Stimme, und er sprach deutsch! Sherif gab dem Stummen zu verstehen, er solle sich nicht von der Stelle rühren, und ging nach hinten.

»Was ist denn da los?« fragte er die anderen und bemühte sich, zwischen ihren Beinen den gefesselten Gefangenen auszumachen. Doch am Boden lag überhaupt kein Gefangener. Dort befand sich nur etwas, das wie ein Kasten aussah, dessen Vorderseite mit einem Stoffviereck bespannt war. Und mit diesem Kasten war der Kommissar beschäftigt, indem er an verschiedenen Knöpfen herumfummelte.

»Das ist ein Radio«, antwortete ihm jemand. »Ein Radio mit Batterie.«

»Ach so!« sagte Sherif, und das war auch das einzige, was er hervorbrachte. Es war das erste Mal in seinem Leben, daß er ein Rundfunkgerät zu sehen bekam. Allerdings wirkte es auf ihn ausgesprochen banal.

Die Stimme des deutschen Sprechers hörte sich abwechselnd einmal dünn und einmal heiser an, oft wurde sie von einem schrillen Pfeifen übertönt. Plötzlich verschwand sie ganz und ließ nur ein gleichmäßiges Brummen zurück. Die Partisanen hoben ihre Köpfe und blickten den Kommissar fragend an. Der Kommissar starrte auf den Kasten, rührte aber keinen der Knöpfe an. Aus dem Radio kam ein lautes Schnarchen, und gleich danach ertönte eine klare melodische Frauenstimme: »Hier ist Radio Tirana! Wir brachten Nachrichten in deutscher Sprache. Sie hören nun Nachrichten in albanischer Sprache... Die ruhmreichen Streitkräfte des Deutschen Reichs schlagen die Angriffe der roten Rebellen auf Tirana erfolgreich zurück...«

»Oh, du ... du verdammte Sau!« schrie Mete Ali mit seiner ewig heiseren Stimme. Er war der heißblütigste Partisan der Kampfeinheit. Seine angsteinflößenden Augen hefteten sich auf die der anderen, und es schien, als ob deren Gelassenheit ihn mehr als die Worte der Sprecherin in Harnisch brachte. »Wie...?« schrie er wiederum und zeigte mit zitternder Hand auf das kleine Rundfunkgerät. »Was bildet sich diese Hure und Hurentochter eigentlich ein, so etwas... so etwas... Und ihr, was macht ihr...?«

Aus seinen Mundwinkeln trat weißer Schaum.

»Sei still, Mete!« sagte der Kommissar zu ihm. »Laß uns mal hören.«

»Hören?!« empörte sich der Partisan und zog mit einer heftigen Bewegung seinen Revolver aus dem Halfter. Ein paar Hände versuchten, ihm in den Arm zu fallen, doch er schaffte es immerhin, zwei Kugeln auf das Radio abzufeuern. Eine davon erwischte das Gerät, aus dem nun ein ohrenbetäubendes Plärren erschallte.

»Das hast du gut hingekriegt, Mete! Bravo!« sagte der Kommissar mit einem bösen Unterton in der Stimme. »Große Tapferkeit hast du da gegenüber einem Kasten gezeigt. Meine Hochachtung!«

Mete Ali knirschte mit den Zähnen.

»Ich denke nicht daran, mir anzuhören, was diese streunende Hündin da plappert«, murmelte er. »Ich jag ihr eine Kugel in den Hintern... Jawohl — das werde ich tun!«

»Es ist kein großes Kunststück, sich mit einem Holzkasten anzulegen«, sagte der Kommissar. «Deinen Mut solltest du morgen oder übermorgen beweisen, wenn der richtige Augenblick kommt. Dort...!« und er zeigte mit dem Arm in Richtung des Rundfunkgebäudes, von dessen Dachterrasse aus die deutschen Wachsoldaten die Umgebung mit Feldstechern kontrollierten.

»Mut?« schnaubte Mete Ali, immer noch völlig außer sich. »Mir willst du erzählen, was Mut ist?«

»Ich habe nicht gesagt, du seiest nicht mutig«, erwiderte der Kommissar. »Daß du mutig und manchmal auch draufgängerisch bist, das wissen alle. Aber das, was du gerade getan hast, hat wenig mit Mut zu tun.«

In dem Blick und der Stimme des Kommissars gab es keine Spur von Hohn. Trotzdem aber war er in seinem Gesicht nicht zu übersehen — er zeichnete sich auf seinem breiten knochigen Unterkiefer ab.

Mete Ali wurde plötzlich ruhig. Den Unterkiefer des Kommissars fesselte den Blick seiner Augen. Es waren kleine Augen, die, ständig leicht gerötet, den Eindruck erweckten, als ermüde sie der Schlaf in gleichem Maße wie die Schlaflosigkeit; zudem lag in ihrer rötlichen Trübung etwas, das zwischen ihm und den anderen eine gewisse Distanz schuf, die durch seinen grauen, außerordentlich langen Militärmantel noch mehr betont wurde.

Mete Ali murmelte etwas Unverständliches. Alle waren es seit längerem gewöhnt, daß seine Zornesausbrüche jäh kamen und ebenso jäh wieder aus seinem zunderfarbenen Gesicht verschwanden, wobei dessen Züge dann einen ratlosen Ausdruck annahmen.

Die Stimme der Rundfunksprecherin entwich weiterhin dem Apparat, übertönt von einem dauernden Gekrächze. Mete Ali hörte mit niedergeschlagenen Augen zu.

»Dieser Kasten trägt keine Schuld«, erläuterte der Kommissar mit ruhiger Stimme, ohne sich an jemand Bestimmten zu wenden. »So wie er üble Sachen von sich gibt, kann er auch gute Sachen sagen, denn er wird von ferne gesteuert.« Er hielt eine Weile inne, offenbar, um eine einfachere Erklärung zu finden, und dann zeigte er erneut auf das hohe graue Gebäude der Rundfunkstation. »Seine Seele befindet sich dort.«

Einige Partisanen drehten den Kopf in die angegebene Richtung.

Der Kommissar verfügte über eine angenehme Baritonstimme, und Sherif wunderte sich ständig darüber, wie aus einem derart langen Hals ein so voller Klang ertönen konnte. Immer, wenn sich der Kommissar zum Sprechen anschickte, erwartete Sherif, er würde endlich eine dünne hohe Stimme zu hören bekommen, doch das geschah nie. Eigentlich hätte Sherif selber gerne eine solch weiche und klangvolle Stimme besessen.

Seine Seele befindet sich dort! wiederholte Sherif in Gedanken die Worte des Kommissars. In seinem Dorf erzählte man sich in den langen Winternächten Märchen über Hexen und böse Geister, die in Zweikämpfen unbesiegbar waren, weil sie ihre Seele in einer Muschel tief auf dem Meeresgrund oder gar auf dem Gipfel eines schneebedeckten Berges versteckt hatten. Um sie zu besiegen, mußte man ihre Seele finden. So war es sicherlich auch mit diesem Holzkasten — seine Seele befand sich in diesem Gebäude mit den vielen Antennen auf der Dachterrasse, das von deutschen Soldaten bewacht wurde. Zum ersten Mal war Sherif nun überzeugt, daß dieses Gebäude tatsächlich wichtig sein mußte, da es ja eine Seele beherbergte, einen bösen Geist sogar ...

»Diese Stimme kann man überall auf der Welt hören«, erläuterte der Kommissar und legte seine Hand auf den Radioapparat. In seiner Stimme schwang ein bitterer Ton des Bedauerns mit, als er sagte: »Eigentlich müßte sie die Stimme Albaniens sein, aber leider...«

Er drehte an einem der Knöpfe, und die Stimme der unsichtbaren Frau hob und senkte sich einige Male hintereinander, als würde er ihr die Kehle zuschnüren. Die Finger des Kommissars zitterten vor Nervosität.

»Albanien hat noch keine Stimme!« fuhr er fort. »Albanien ist stimmlos, wie der Stumme!«

Als der Stumme merkte, daß von ihm gesprochen wurde, drehte er den Kopf in Richtung der kleinen Gruppe. In seinen hellen traurigen Augen standen plötzlich zwei große Fragen.

»Wie der Stumme«, wiederholte der Kommissar, wobei ein nachdenklicher Zug um seine Lippen spielte.

Mete Ali seufzte laut.

»Du bist mir aber einer, Kommissar!« stieß er mühsam, fast schluchzend, hervor. Er wollte noch etwas hinzufügen, doch die Ergriffenheit, die ihn überrollte, wie ein Bach, der eine weiche Einfriedung mit sich reißt, hinderte ihn daran, die richtigen Worte zu formen. Er machte eine vage Bewegung mit der Hand, als wollte er etwas Unsichtbares, das an seinen Fingern klebte, abschütteln, und machte sich entlang der Mauer davon.

Nach kaum fünf Schritten prallte er beinahe mit dem Kommandanten seiner Kompanie zusammen. Der Kompaniekommandant Dino Sinojmeri war untersetzt, hatte einen kurzen Haarschnitt, der seinem Kopf ein eigensinniges Aussehen verlieh, und trug eine Brille, deren Gläser während des gestrigen Kriechens etliche Risse bekommen hatten und die zudem an dem einen Ohr mit einem Stück Draht und an dem anderen mit einem Bindfaden befestigt war. Er kam mit jenem etwas unnatürlichen Schwung dahergestürmt, der den aufbrausenden, aber zerstreuten Menschen eigen ist. In einer Hand hielt er einen Bund Schlüssel der verschiedensten Größen.

»Was treibt ihr denn da?« rief er und versperrte Mete Ali den Weg. »Wollt ihr euch duellieren?!«

Mete Ali wußte nicht, wohin er blicken sollte. Mit seiner Handfläche wischte er etwas Unsichtbares in der Luft fort, als wollte er damit zu verstehen geben: Lassen wir das jetzt. Was geschehen ist, ist geschehen!... Er versuchte, sich unauffällig wegzustehlen, und zwar zu jener Seite hin, an der das Brillenglas des anderen durch die vielen Risse, die es bekommen hatte, in ein dichtes Strahlenbündel verwandelt war, so daß das Auge des Kommandanten mit Sicherheit die Welt in einem gänzlich verzerrten Bild festhielt.

»Halt!« rief der Kommandant und stampfte mit seinem linken Stiefel vor die Füße Mete Alis. »Da du versuchst wegzulaufen, muß ich sicher wieder einmal sagen: Besinge, o Muse, die Bubenstücke Mete Alis aus der 3. Kompanie!« — »Wirklich ein schwarzer Tag für mich«, murmelte Mete Ali kaum hörbar vor sich hin. »Man erniedrigt einen Menschen wegen einer hergelaufenen Hure...«

»Es ist nichts Ernsthaftes passiert, Professor«,

mischte sich der Kommissar ein. »Mete Ali hatte ein kleines Mißverständnis mit dem Radioapparat.« Er versuchte, das Loch von Mete Alis Kugel mit der Hand zu verdecken und fügte gleich darauf hinzu: »Was sind das für Schlüssel, Professor?«

»Die Nachschlüssel zum Gebäude der Rundfunkstation«, antwortete der Kommandant. »Soeben vom Stab erhalten. Dieser große gehört zum Haupttor, der andere zum Nachrichtenstudio, der dritte zum Archiv und so weiter.«

»Verdufte jetzt, solange der Professor mit anderen Dingen beschäftigt ist!« flüsterte jemand Mete Ali ins Ohr.

Da er vor dem Krieg in der Schule eines gottverlassenen Städtchens Altgriechisch unterrichtet hatte, nannten einige Partisanen, darunter auch der Kommissar, den Kommandanten ihrer Kompanie »Professor«. In Wirklichkeit hatte niemand jemals beweisen können, daß jene Sprache, die er schon seit Jahren seine Schüler lehrte, tatsächlich Altgriechisch war. In den Berichten der Inspektoren des Bildungsministeriums war oft gemeldet worden, daß es sich dabei um eine unbekannte Sprache handelte, von der der Lehrer zwar behauptete, es sei Altgriechisch, die aber, laut Meinung der Inspektoren, ebenso gut auch Sanskrit oder gar Keltisch hätte sein können. Als das Bataillon die Nachricht erreichte, daß der Professor des Altgriechischen, der bekannte komische Kauz, der jahrelang dem Königlichen Bildungsministerium Scherereien bereitet hatte, als Partisan in die Berge gegangen war und nun in ihr Bataillon kommen würde, erwarteten alle, einen spindeldürren, blassen Intellektuellen zu sehen, den ein veralteter nationaler Idealismus zu diesem Schritt bewegt hatte, und der, früher oder später, den Schwierigkeiten des Lebens in den Bergen nicht gewachsen, das Bataillon bestimmt wieder verlassen würde. Umso verblüffter waren sie dann, als sie, anstatt eines zierlichen Männleins mit Spazierstock und Regenschirm, einen breitschultrigen Mann zu sehen bekamen, der zwar etwas schief ging, doch dessen merkwürdige Haltung seltsamerweise einen Eindruck von Stärke hinterließ. Das einzige, was ihrer Vorstellung entsprach, war seine Brille — aber auch sie, fast wie in böser Absicht, war anders als erwartet: Zwei runde Gläser in einem schmucklosen dünnen Gestell, hinter denen seine jähzornigen Augen wie festgeschraubt wirkten und keine Spur von einem belesenen Büchernarren verrieten. Nach zwei Wochen, beim ersten Angriff auf eine Kaserne italienischer Besatzungssoldaten, hatte der »Professor« eine seltene, fast wilde Tapferkeit an den Tag gelegt, und etwa zwei Monate später wurde er zum Kompanieführer befördert.

»Nun haben wir also alle Schlüssel«, sagte Dino Sinojmeri und schüttelte heftig das Schlüsselbund in seiner Hand, das ein heiteres Klirren von sich gab.

Die Partisanen blickten mit unverhohlener Neugier auf die Schlüssel und wandten mehrere Male ihren Kopf nach der Rundfunkstation, als schiene es ihnen unglaublich, daß die Schlüssel zu diesem Gebäude, mit dem ihr Schicksal so eng verbunden war, sich nun hier befanden.

Irgendwo hinter ihrem Rücken lachte jemand hell auf. Es war Teuta, das einzige Mädchen in der

Kampfeinheit; sie hatte offenbar soeben den sich verdrückenden Wirrkopf Mete Ali getroffen.

»Hm!« machte Dino Sinojmeri.

Teuta kam auf sie zu, und das Lachen hatte nicht nur von ihrem Gesicht Besitz ergriffen, sondern schien auch den Rhythmus ihrer Schritte verändert zu haben.

Teutas Lachen würden ihre Kameraden unter tausend anderen erkennen. Sie lachte völlig ungezwungen, und oftmals, wenn sie meinte, ihr Lachen sei unpassend, hielt sie rasch die Hand vor den Mund, als wäre es ein Vögelchen, das aus dem Mund herausgeflogen kam und das man am Schwanz oder an den Flügeln packen konnte, um es wieder zurückzustoßen. Auch jetzt, als sie den Kommandanten erkannte, hielt sie die Hand vor den Mund. Es war jedoch zu spät.

»Hm!« räusperte sich Dino Sinojmeri wiederum und sah das Mädchen ein wenig schief an. Teuta zog leicht verlegen die Schultern hoch, als wollte sie sagen: Hab ich was falsch gemacht?

»Wir haben von den Schlüsseln gesprochen. Unsere Leute haben tatsächlich ganze Arbeit geleistet«, wiederholte Dino Sinojmeri.

Er schüttelte nochmals das Schlüsselbund in seiner Hand, und dann mußte ihm plötzlich etwas eingefallen sein, denn er ließ die anderen einfach stehen und schritt eilig zu jener Stelle der Mauer, wo man wieder eine Öffnung für ein weiteres Maschinengewehr schlug.

Die kleine Gruppe, die sich um das Radiogerät zusammengeschart hatte, ging nun auseinander.

»Was war denn dort drüben los?« fragte Javer, als Sherif zu ihrer Stellung zurückkehrte. Seine Stimme klang diesmal weich und ernst, und Sherif, der sich eigentlich fest vorgenommen hatte, kein Wort mehr mit ihm zu sprechen, überlegte es sich dann doch anders.

»Mete Ali hat mit dem Revolver auf den Radiokasten geschossen«, sagte er leise.

Javer kicherte.

»Das war zu erwarten«, sagte er. »Mete Ali hat immerhin schon seit einigen Tagen keinen Ärger mehr gemacht.«

»Uuu!« machte der Stumme und zeigte mit dem Kopf in Richtung Boulevard.

»Was ist denn nun schon wieder, Stummer?« fragte ihn Sherif.

Auf dem Boulevard fuhr ein Personenwagen im Zickzack, wie ein Betrunkener schlingernd. Aus einem seiner zerbrochenen Fenster hingen die Fransen eines Perserteppichs heraus.

»Ich hab' noch nie einen Wagen gesehen, der so fährt«, meinte Javer.

»Wart' ab, er wird sicher gleich in unsere Mauer hineinfahren!«

Der Personenwagen wendete jedoch plötzlich mit quietschenden Reifen und bog in eine Straße ein, die den Boulevard mit der *Königlichen Straße* verband.

»Uuu!« hörte man den Stummen nach einer Weile wieder, doch Sherif beachtete ihn nicht mehr. Die Abenddämmerung breitete sich aus; ihn schmerzten die Schläfen, und die Augen fielen ihm fast zu. Verworren kamen ihm wieder die Worte des Kommissars in den Sinn: Albanien ist stimmlos, wie der Stumme!... Was sich dieser Kommissar nicht alles ausdenkt! spann er seinen Gedanken weiter. Und warum sollte er auch nicht? Dafür ist er ja Kommissar, eben damit seine Gedanken überall hinfliegen... Stimmlos, wie der Stumme! wiederholte er nochmals bei sich. Und wer weiß, wie lange Albanien schon in diesem Zustand verharrt. Tausend Jahre Stummheit vielleicht. Oder vielleicht noch länger ... Wie alt wird Albanien wohl sein?... Sherif hatte einmal die Absicht gehabt, diese Frage in der politischen Unterrichtsstunde zu stellen, doch er hatte sich geschämt. In seinem Heimatdorf lebte die Greisin Kenane; sie war eine uralte Frau, und man erzählte sich, sie erinnere sich noch an den Kurier des türkischen Reichs, der das abgeschlagene Haupt Ali Paschas von Tepelena nach Istanbul brachte. Der Wagen, mit dem dieser Bote angekommen war, trug das Reichswappen, und das Haupt des Wesirs, in Eis und Salz gebettet, glänzte wie der Kopf einer geschmückten Braut. So hatte es die alte Kenane erzählt. Albanien mußte aber noch viel, viel älter sein...

Er erinnerte sich an sein Dorf und an sein Haus. Wie oft hatte er schon von seinem Haus geträumt; dessen Wände wölbten sich und wollten sich auf ihn stürzen, ihm wie eine häßliche Decke den Atem rauben, ihn ersticken. Und auch der schwarze, rußige Kamin schnappte nach ihm wie ein beißender Hund. Er hatte sein Haus an einem Februartag mit eigener Hand in Brand gesteckt. Hätte ihm früher irgend jemand gesagt, er würde eines Tages mit einem brennenden Holzscheit das Haus seines Vaters in Schutt und Asche legen, wäre er vor Lachen umgefallen. Und trotzdem war dies geschehen, an einem Winternachmittag, als ihre Kampfeinheit in sein von einer deutschen Strafabteilung niedergebranntes Heimatdorf einmarschiert war. Das Dorf war fast bis zur Unkenntlichkeit verwüstet — überall nur schwarze Ruinen, rußige Gebälküberreste und Asche, kalte Asche. Alles war wie ausgestorben, nur die plätschernden Dorfbrunnen schienen noch lebendig zu sein — es war wie ein schmerzhaftes Keuchen inmitten einer trostlosen Einöde. Und plötzlich, zwischen den gespenstischen Ruinen, die ihn durch rauchgeschwärzte leere Fensterlücken anstarrten, erblickte er das väterliche Haus, das wie durch ein Wunder heil und ganz geblieben war... Es traf ihn wie ein Schlag, er konnte es nicht begreifen, wieso ihm das Haus, nach dem er monatelang eine verzehrende Sehnsucht verspürt hatte, nun, da er endlich davor stand, wie eine böse junge Hexe vorkam, die sich im Angesicht des Todes seelenruhig kämmte... Wie kommt es, daß du so dastehst?! hatte seine innere Stimme wütend und anklagend geschrien, und es war ihm vorgekommen, als hätte er sein Haus bei einer schändlichen Tat ertappt. Wütend und völlig durcheinander, hatte er dann ein Holzscheit mit Petroleum getränkt und das Haus einfach in Brand gesteckt, bevor ihn jemand daran hindern konnte. Bis zum Ende hatte er dann mitangesehen, wie sein Elternhaus niederbrannte. Auch heute noch klang in seinen Ohren das Zischen der Flammenzungen, das laute Getöse und gedämpfte Ächzen der niederstürzenden Balken, das mal wie hilfloses Jammern, mal wie fürchterliches

Fluchen tönte. Nur der hohe Kamin aus Ziegeln war nicht ganz eingestürzt und schien zu ihm zu sprechen: »Sherif, mein Sohn, was hast du uns nur angetan?!...« Als dann seine Kampfeinheit abgezogen war, hatte er sich ein letztes Mal umgewandt... Die Ruinen seines Hauses ragten nun ebenfalls empor, schwarz und noch immer von Rauchschwaden umhüllt, inmitten ihresgleichen; sie teilten das gemeinsame Schicksal seines Dorfes...

Jetzt, da Sherif auf diesen ihm gänzlich fremden Boulevard mit seinen schönen Villen blickte, seufzte er tief und dachte: Wie viele Häuser werden noch niedergebrannt werden müssen!... Dabei starrte er unentwegt auf die heruntergezogenen, gleichgültigen Rolläden.

Irgendwo rechts von ihm setzte wieder schweres Maschinengewehrfeuer ein.

»Vielleicht wird der Hauptplatz gerade von der Kampfeinheit überquert, die die Bank einzunehmen hat«, meinte Javer und reckte den Hals, wie um besser hören zu können.

Zwischen den Maschinengewehrsalven vernahm man den Einschlag von Handgranaten.

»Sie sind es!« sagte Javer.

Nun meldeten sich die Bunker des *Skanderbeg-Platzes*, und Sherif glaubte, auch den Beschuß des Panzerkrüppels herauszuhören. Er stellte sich das lange Geschützrohr mit den eingravierten deutschen Buchstaben vor (ganz sicher gab es darauf solche Buchstaben!), wie es immer länger und länger wurde, um die Leichen der gefallenen Kameraden zu erreichen. Tosun Aga in seinem Heimatdorf hatte, nachdem er die eigene Schwiegertochter ins Jenseits befördert hatte, noch eine Zeitlang mit seinem langen mit türkischen Inschriften verzierten Stock auf sie eingeschlagen, bis es den anderen gelang, den leblosen Körper aus seiner Reichweite zu bringen...

»Es ist kalt«, ließ sich Javer wieder vernehmen.

Es herrschte tatsächlich ziemlich kaltes Wetter. Die über die Stadt herabfallende Abenddämmerung wurde dichter und dichter, und die Antennen auf der hohen Dachterrasse der Rundfunkstation hüllten sich allmählich in einen Nebelschleier. Wiederum kamen Sherif die Worte des Kommissars über die Stummheit des Landes ins Gedächtnis. Was sich dieser Kommissar nicht alles ausdenkt! murmelte er. Albanien ist stimmlos!... Aber, so war es wirklich. Albanien hatte zwar Donner, das Heulen des Windes in schwindelerregenden Schluchten, Gewehrschüsse, einige unendlich in die Länge gezogene und wehmütige Begleitstimmen in seinen Volksliedern, die von einer Hochebene zur anderen erschallten, einige gedämpft tosende Laute in seinem Erdinnern (die er selbst gehört hatte, wenn er als junger Ziegenhirt sein Ohr auf den Boden preßte) — eine Stimme aber hatte es nicht!... Das ist wirklich so, nur ist mir dieser Gedanke bislang noch nie in den Sinn gekommen, dachte er.

In diesem Augenblick erspähte er jenseits des Boulevards so etwas wie eine weiße Säule, die sich lautlos gegen den Himmel hob. Er verfolgte mit seinem Blick aufmerksam das Licht des Scheinwerfers, das zu zittern begann und sich immer mehr herunterneigte, bis es fast auf dem Boden zerschellte, um sich dann im nächsten Moment mit spielerischer Leichtigkeit wieder aufzurichten. Vor zwei Monaten noch hätte Sherif beim Anblick einer solch geisterhaften Erscheinung verdattert dagestanden. Jetzt aber, während des Angriffs auf Tirana, hatte er sich an die Scheinwerfer schon gewöhnt.

»Sicher erproben sie gerade einen neuen Scheinwerfer«, sagte Javer zu ihm. »Stell dich schon mal drauf ein, unter grellen Lichtern zu kämpfen, wie auf einem Ball.«

Hinter ihrem Rücken knurrte wieder der Radioapparat. Der Kommandant, der Kommissar und einige Partisanen hatten sich über ihn gebeugt und hörten sich die Nachrichten an. In dem kleinen Haufen entdeckte Sherif Teutas weiches Profil und, wie immer, wenn er sie ansah, fühlte er einen leichten Stich in seiner linken Brustseite. Einen Tag zuvor, beim Überqueren des Hauptplatzes, hatte ihn für einen kurzen Augenblick der verrückte Gedanke befallen, Teuta würde sich plötzlich aufrichten und sich schnurstracks dem gefürchteten »Halbpanzer« nähern. Obwohl er Gefahr lief, von den umherfliegenden Geschossen getroffen zu werden, hatte er sich sogar auf die Ellbogen gestützt und den Kopf nach ihr umgewandt, um zu sehen, was sie gerade tat. Fast hätte er ihr zugerufen: Teuta, du blöde Gans, schlag dir das aus dem Kopf! Er tötet dich bestimmt! Er tötet dich mit seinem eisernen Stock, wie der ... wie der... Aber den kennst du ja nicht, jenen Tosun Aga aus meinem Dorf...

Er hatte einmal eine ganze Nacht neben Teuta geschlafen, in einer Sennhütte bei Belsh. Es war Oktober gewesen. Der Sturm hatte sie auf der Hochebene überrascht, und sie waren in die Sennhütte gegangen, um zu übernachten. Alle hatten dort Unterschlupf gefunden, naß bis auf die Haut, verfroren, niesend und hustend. Es ergab sich so, daß er sich neben Teuta ausstreckte. Noch nie im Leben hatte er so nahe bei einer Frau gelegen. Immer, wenn das Feuer im Herd ein wenig aufleuchtete, lag ein leichter Glanz auf ihrem regennassen Haar, das sich von der Finsternis ringsumher abhob. Er konnte ihre geschlossenen Lider mit den langen Wimpern erkennen und auch ihr Gesichtchen, das am Tage, auch wenn es einmal nicht lachte, stets die Spuren einstigen Lächelns bewahrte, jetzt aber, im Schlaf, nur Leid ausdrückte. Es schien, als ob dieses Mädchen für die unschuldige, reine Freude des Tages nachts seinen Tribut zahlen mußte. Sherif fühlte sich bei ihrem Anblick von einer warmen Welle überflutet, einer Empfindung, die der Wehmut sehr nahe kam und die doch nichts mit Mitleid zu tun hatte. Es war mehr ein Gefühl von Traurigkeit, das ihn überfiel, aber seltsamerweise eine leichte, ausgeglichene Traurigkeit, ohne den bitteren Kern in ihrer Mitte. Diese neue Empfindung, vermischt mit alten, ganz verschiedenartigen Gefühlen, kostete er, wie eine unbekannte Frucht, zum ersten Mal — und dabei kamen ihm fast die Tränen.

»Uuu! Uuu!« Der Stumme hatte sicher wieder etwas auf dem Boulevard bemerkt.

»Was ist los, Stummer?« fragte ihn Javer.

»Uuu!« kam die Antwort.

Stimmlos, dachte Sherif. Ein Mensch ohne Stimme ist ein Häufchen Elend. Und wie ist es dann erst mit einem ganzen Land?

Sherifs Augen blieben eine ganze Weile auf die Dachterrasse der Rundfunkstation geheftet, die in der rasch herabsinkenden Abenddämmerung immer undeutlicher wurde.

Von den Bunkern des Stadtzentrums heulte und pfiff es erneut; der Beschuß hielt ohne Pause an. Bald würde die Nacht über dem *Skanderbeg-Platz* hereinbrechen, und die Partisanen der Sondereinheit würden versuchen, die gefallenen Kameraden zu bergen. Noch lagen ihre Leichen in verschiedenen Stellungen überall herum, und zwischen ihnen schien das alte, von seinem Sockel herabgestiegene Denkmal des »Trottels« mit wehender Pelerine herumzuwandern, wobei er sich mal über die Leichen der einen und ein mal über die der anderen kämpfenden Seite beugte und sie ausfragte: Wer seid ihr?... Woher kommt ihr?... Weshalb seid ihr da?... Und ihr anderen?... Weshalb... weshalb?...

Zweites Kapitel

Während er aus dem Fenster seines Hotels auf den nassen und öden *Boulevard Mussolini* hinausblickte, stellte er sich vor, wie sie jetzt mit ihrem wippenden Gang auf dem Bürgersteig dahinstöckelte, sich in dem Handtaschenspiegelchen betrachtete und durch die Zähne das Wort »Schurke« ausstieß. Es war nicht das erste Mal, daß eines ihrer Zusammentreffen auf diese Weise endete. Er zuckte mit den Schultern, verzog verächtlich die Lippen und dachte bei sich, daß das Wort »Schurke« eigentlich gar nicht so häßlich klingen würde, wenn es nur eine Silbe hätte...

Hinter dem Gardinentüll sah man den düsteren Säuleneingang der Staatsbank, einige Villengärten und in der Ferne das hohe Gebäude der Rundfunkstation mit dem Antennenwirwarr auf der Dachterrasse. Hin und wieder drang aus verschiedenen Teilen der Stadt, mal lauter und dann wieder schwächer, das Kampfgetöse herüber.

Das Land bereitet sich darauf vor, seine Gesellschaftsordnung zu ändern, dachte er. Im Räderwerk seines Hirns, das im Laufe seiner Arbeit als Schriftsteller viel Übung in der Schaffung von literarischen Bildern bekommen hatte, wurde instinktiv ein Versuch unternommen, für das Phänomen dieser Veränderung einen möglichst konkreten Vergleich zu finden. Veränderung des Antlitzes des Landes, seines

Kerns, seiner Gesichtszüge, seiner Haut... Der Wolf wechselt sein Fell... Nein... Nein... Die Schlange wirft ihre Haut ab... Nein!... Er schrie das Wort fast heraus. Das ist ein ekelhaftes Bild! Und er schüttelte heftig den Kopf, wie um es von sich wegzuschleudern. Außerdem entspricht es auch nicht der Wahrheit, dachte er wieder bei sich. In diesen Tagen wurde etwas Großes verändert! Diese Tage... Diese Zeit...

Ach, was kann man von eurer außerhalb der Zeit stehenden Kunst schon erwarten! hatte ihm vor zwei Monaten ein Kollege gesagt, ein Linker. — Immerhin kann man nicht behaupten, meine Kunst sei nicht zeitgemäß, war seine Antwort gewesen. Zumindest in diesem Punkt sind sich sämtliche Kritiker einig, die über mich geschrieben haben, auch diejenigen, die mich ablehnen. — Der andere hatte nur gelächelt, ohne ihn dabei anzublicken (dieses flatternde Lächeln, das irgendwie seitlich wegzuhuschen scheint, fürchtete er am meisten bei den Menschen). Das hängt davon ab, welchen Begriff der Mensch von der Zeit hat, hatte der andere schließlich gesagt, und sein Lächeln war allmählich verblaßt, wie die Theaterbeleuchtung, bevor der Vorhang aufgeht. Schurke!...

Die Zeit! dachte er. Ich habe mich noch nie in die Brust geworfen und behauptet, mein Werk stünde außerhalb der Zeit. Im Gegenteil. Nun muß ich mir noch sagen lassen, auch das genüge nicht! Eure Zeit. Unsere Zeit. Es gibt aber nur eine Zeit, verdammt noch mal! Ob wir wollen oder nicht. Wir werden in ein und derselben Zeit leben und auch sterben, alle zusammen, Freund und Feind!...

In all diesen letzten Jahren, zwischen den Tumulten und Stürmen, die von beiden Seiten heraufbeschworen worden waren, hatte er nach einer dritten Zeit gesucht, nach einer eigenen, allgemeineren und unvergänglichen Zeit, die über den Leidenschaften und Verwüstungen stand, wie ein kalter Himmel über den Stürmen. In seinem Innern war er fest davon überzeugt, daß eben diese Zeit die wahre sei. Die anderen Zeiten waren bloß Regen, Wolkenzusammenprall, Donner und Wirrwarr, jedoch keine richtigen Zeiten.

Aus dem Stadtzentrum dröhnte ein starkes Donnern herüber. Alle zusammen, dachte er wieder. Trotzdem mußte er etwas unternehmen. Er konnte nicht unschlüssig dastehen und warten, daß die Zeit zu ihm kam, wie der fallende Schnee, der sich zusammen mit dem Winter nähert. Er mußte unbedingt etwas tun — ein Stückchen von der Schlangenhaut abstreifen... Nein, nein, nein... Etwas, um dem Lande beim Abstreifen zu helfen... Aber nicht Haut, nicht Schlange... Wie dem auch sei, die Idee blieb: Dem Land dabei zu helfen, sich vom Alpdruck zu befreien.

Für mich bedeutet dies die logische Fortsetzung meines Lebens und meines Werkes, dachte er bei sich. Ich war immer ein Mensch der Zeit... Jedenfalls meiner Zeit.

Er war zum Wandschrank gegangen und suchte sich zwischen den Kleiderbügeln ein Hemd und eine Krawatte heraus. Dann öffnete er das Schubfach seines Nachttischs und holte den Revolver hervor. Er hielt ihn einige Sekunden auf der offenen Handfläche und blickte starr auf den kurzen Lauf, auf dem ein fahles Licht tänzelte. Er schloß die Finger fest um den Griff und steckte die Waffe in die Tasche. Unbewußt hatte er begonnen, sich anzuziehen. Ich muß hier raus, sagte er zu sich. Wenigstens soll niemand sagen können, ich hätte mich mit einem Weib im Hotel eingeschlossen, währenddessen ringsherum der Krieg tobte. Schurke!

* * *

Draußen war es kalt, und er schlug den Kragen seines Wintermantels hoch. Auf dem *Boulevard Mussolini* war keine Menschenseele zu sehen. Die Dämmerung brach herein. Er ging an den würdig dahinwelkenden Gärten vorbei, in denen das Tageslicht rasch verblaßte. Die ungeraden Hausnummern der geschlossenen Tore schienen von hohem Fieber zu niedriger Temperatur zu fallen — 41, 39, 37, 35 — und er hatte das Gefühl, durch seine Angst vor der Einsamkeit mehr und mehr in Panikstimmung zu verfallen. Er beschleunigte seine Schritte und bemühte sich, auf den von fern dröhnenden Lärm zu horchen, den der Wind einen Augenblick lang von rechts heranwehte. Ihm wurde klar, daß er ziemlich unbedacht gehandelt hatte, als er sich so mutterseelenallein in die Abgeschiedenheit des Hotels auf diesem ausgestorbenen Boulevard zurückgezogen hatte. Der Widerhall des fernen Lärms wurde stärker. Einem plötzlichen Entschluß folgend, bog er in eine Seitenstraße ein, die ihn seinem Gefühl nach diesem dröhnenden Geräusch näher bringen würde. Nach einigen Minuten erkannte er, daß er sich nicht geirrt hatte. Man hörte von weitem Autohupen und monotone, wellenartige Geräusche. Als er die *Königliche Straße* erreicht hatte, stellte er erstaunt fest, daß es, im Kontrast zu dem geisterhaft leeren Boulevard, auf dieser Straße äußerst lebhaft zuging. Dutzende von Personenwagen, Karren, Kutschen reicher Leute, Motorräder, kleinere Lastwagen und Taxis, voll beladen mit Menschen und verschiedenstem Gepäck, bewegten sich schnekkenhaft langsam vorwärts oder standen vor Villeneingängen; sie hupten, rammten einander und fuhren dann in Richtung der breiten Autostraße im Westen der Stadt.

Sie flüchten! dachte er. Zwischen den Fahrzeugen tauchten hin und wieder schwarze Limousinen auf. Seine Wahrnehmung konzentrierte sich völlig auf die Masse der Autos, die vor dem unscharfen Hintergrund klare Umrisse annahm, so als wäre sie von einem Teleobjektiv näher gerückt worden: Karossen von Ministern, Abgeordneten und kirchlichen Würdenträgern, die bunte, vielfarbige Palette der Autos von Großkaufleuten, Großgrundbesitzern, Quislingen, Bankiers, ehemaligen Ministern des ersten Königreiches und die eleganten Sportwagen mondäner Damen, faschistischer Funktionäre und bekannter Glücksspieler. Die ganze Straße war nichts als ein wirres Durcheinander von Flucht. Aus Wagenfenstern und geöffneten Kofferräumen ragten lange, zusammengerollte Teppiche mit traurig wehenden Fransen hervor, die kapriziös verrenkten Beine von vergoldeten Stühlen und Tischen, metallene Kassetten mit Wappen auf den Deckeln, Spiegel, Leuchter,

Bilder in vergoldeten Rahmen, Jagdstiefel, Skier. Und immer wieder Perserteppiche und Wandteppiche — unzählbare Teppiche, zusammengerollt wie Schlangen im Winterschlaf.

Deutsche Soldaten mit Helmen und dem Zeichen der Feldgendarmerie auf der Brust gaben durch hastiges Winken den Autos, Karren, Kutschen und Lasterwagen zu verstehen, daß sie sich rascher bewegen sollten. Doch die Straße leerte sich nicht, vielmehr entstanden immer neue Engpässe, so daß die *Königliche Straße* einem Schlund glich, in den man unaufhörlich neue Nahrung hineinpreßt.

Vor dem schmiedeeisernen Gittertor einer Villa bemerkte er am Boden die Scherben eines Porzellanservices, das offensichtlich während des Abtransports zerbrochen war. Ohne zu wissen, warum er es tat, bückte er sich, nahm eine Scherbe und steckte sie in die Tasche.

Hinter seinem Rücken erklang das nervöse Hupen einiger Autos. Immer wenn Wagen an ihm vorbeifuhren, erblickte er hinter den Fensterscheiben starre Gestalten, die aussahen, als wären sie auf ihren Sitzen angenagelt... Schwarze, steife Herrenhüte und auch ab und zu eine Frau, die ihre Augen mit den Händen bedeckte, weil sie offenbar weinte. Und auf den Wagendächern immer wieder zusammengerollte Teppiche in eingefrorenem Winterschlaf.

Er spürte, wie sich in seinem ganzen Wesen eine lastende Müdigkeit ausbreitete und der geheime Wunsch, sich wie diese Teppiche zusammenzurollen und in die Kältestarre, in einen langen, langen Schlaf zu sinken, bis wieder wärmere Zeiten kommen würden, um aufzuwachen... Wo warst du, als die Erde bebte und ringsherum der Teufel los war? Wo warst du, Adrian?

Nirgends! sagte er zu sich.

Er blickte wieder auf die Straße, auf der die Koffer und die Ballen auf den Wagendächern, die Köpfe der Gäule und die Teppichrollen den Eindruck erweckten, als würden sie von einer reißenden Flut hinweggeschwemmt, und er spürte, daß diese Welt im Begriff war, ein für alle Mal zu verschwinden. Jene zusammengerollten Teppiche waren Papyrusrollen, Überlieferungen alter Begebenheiten; die Menschen dieser Welt hatten sich jahrelang auf diesen Teppichen bewegt, hatten sie unter ihren Füßen gespürt und sich auf ihnen niedergelassen, um Gespräche zu führen oder auch um sich der Liebe hinzugeben... Und jetzt nehmen sie sie in die Fremde mit! dachte er.

Er hatte Kopfschmerzen. Es schien ihm, als treibe etwas Weiches, Konturloses durch die Windungen seines Gehirns, das in ihm ein sanftes Gefühl der Auflösung auslöste. Er wollte so rasch wie möglich diesem Golgatha entkommen und blieb vor dem Eingang eines Kaffeehauses stehen. Eine der beiden Laternen am Eingang war zerbrochen. Es handelte sich um ein Kaffeehaus, in dem reiche Leute zu verkehren pflegten, und er war dort nur ein selten gesehener Gast. Nie zuvor hatte er dieses Lokal erfüllt von so viel Tabakqualm, Lärm und feuchter Ausdünstung, die aus den nassen Regenmänteln entwich und sogar den Duft der teuren Zigaretten überdeckte, vorgefunden. Die gläserne Drehtür beförderte durch ihre

Fächer eine Menge Leute nach drinnen und draußen, und in ihren unaufhörlichen, ruhelosen Drehungen lag etwas fast Manisches. Er war gleich hinter einem verwachsenen Mann hineingegangen und, wie dieser, hatte auch er einen raschen Blick über die besetzten Tische schweifen lassen, in der Hoffnung, ein bekanntes Gesicht zu entdecken. Den Verwachsenen winkte man von einem der Tische heran, er selbst aber sah niemanden, der ihm bekannt vorgekommen wäre. Er setzte sich auf einen freien Stuhl, der, zwischen zwei Tische geschoben, niemandem zu gehören schien. Wenigstens kann ich so auf einem Fleck sitzen bleiben, tröstete er sich. Da brauche ich mir nicht dauernd diese Flüchtlingskarawane mit ihren schwindelerregenden Artefakten von Teppichen über den Köpfen anzusehen... Kein Kellner kam, um ihn zu bedienen. Besser so! dachte er... Schurke!

Unwillkürlich begann er Bruchstücke aus den Gesprächen wahrzunehmen, die rings um ihn geführt, aufgebauscht und verströmt wurden, wobei sie fast alles in den Dreck zogen. Er glaubte auch den Namen der Dame Hamide herausgehört zu haben, Anlaß für ihn, die Ohren zu spitzen. Man sprach von Goldtransfer, von in aller Eile ausgefertigten Testamenten, von dem herzzerreißenden Abschied einiger Damen von ihren faschistischen Liebhabern, von der allgemeinen Fluchtwelle... Munir Bey kann sich jetzt, nach einer Gehirnhautentzündung, nicht mehr an die Stelle in seinem Garten erinnern, wo er seine Goldstücke vergraben hat... Sie werden es noch bitter bereuen! hat sie zum Baron von Schwarzenberg gesagt... Nur dreizehn Prozent davon und keinen Pfennig mehr!... Der Garten ist völlig zerwühlt, eine Grube klafft neben der anderen, aber der Schatz bleibt unauffindbar... Jedenfalls bleiben die Schweizer Banken die einzige Garantie angesichts dieses ganzen Schlamassels... Sie werden es noch bitter bereuen! wiederholte der Baron ihre Worte, und fügte hinzu: So viel ich weiß, Dame Hamide, haben Sie dasselbe auch zum Grafen Pontecorvo gesagt!... Ach! entfuhr es ihr, und sie fiel in Ohnmacht... Nur dreizehn Prozent davon und keinen Pfennig mehr! Wenn Sie meine beiden Tanten in Ihrem Wagen mitnehmen, dann könnten wir nochmals darüber reden... Und die Schweiz?... Es wird immer schlimmer... Was ist mit der Schweiz?... Nichts, nichts... Genug jetzt! Alles hat seine Grenzen... Stecken Sie wenigstens dieses Monokel weg! sagte sie, nachdem sie wieder zu sich gekommen war. Sie sehen ja wie ein Richter der Hölle aus!... Das letzte Schiff fährt morgen nacht von Durres ab. Nun erzählt man, er werde die Dame Hamide in seinem Panzer mitnehmen. Ha-ha-ha! Das nenne ich Liebe!... Könnte ich wenigstens einen Ochsenkarren für meine beiden Tanten aufstöbern... Einen Ochsenkarren?... Jawohl, ein Ochsenkarren ist heute so viel wert wie ein Gut... Von Liebhabern in Gondeln habe ich ja schon gehört, aber von Liebhabern in Panzern — nie!... Man wird wohl noch so manches zu hören bekommen...

Er lauschte eine ganze Weile auf die zu ihm hinüberwehenden Gesprächsfetzen, und da sie fast alle von Flucht handelten, hatte er das Gefühl, überall Räder, Ketten und kreisende Scheiben zu erblicken.

Allmählich schienen sich auch die Tische des Kaffeehauses zu bewegen, als hätten sie nur ein Ziel: sich emporzuschwingen, wie der fliegende Teppich aus dem Märchen.

Das alles hier ist ein richtiges Fegefeuer, sagte er zu sich. Es liegt tatsächlich etwas Danteskes in dieser Bewegung von Menschen, Geistern, Goldstücken und Perserteppichen. Nur führt dieses Fegefeuer zu keinem Paradies. Es verharrt unbeweglich zwischen den Zeiten und rumort und brodelt im Innern wie ein Kessel.

Plötzlich wurde der monotone Lärm des Kaffeehauses von der Ansage »Sie hören Radio Tirana!« brutal zerrissen. Jemand hatte das Radiogerät an der Theke eingeschaltet, da das Hören der Nachrichten in öffentlichen Lokalen allgemeine Pflichtübung war. Nach den Nachrichten in deutscher Sprache kam eine kurze Pause, und dann sagte eine Frauenstimme auf albanisch: »Hier ist Radio Tirana! Wir bringen die Abendnachrichten.«

Das war nicht Miriams Stimme, wurde ihm plötzlich klar, und er reckte den Hals, um besser hören zu können.

»Die ruhmreiche 21. Wehrmachtsarmee hat bereits die Grenze Griechenlands überschritten und beeilt sich, den deutschen Truppen, die heldenmütig Tirana halten, zu Hilfe zu kommen...«

Hm, sie hat sich also im letzten Augenblick zurückgezogen! dachte er. Meine Hochachtung, Miriam!

Er stellte sich die Bewegung ihrer Lippen vor, wie sie die Worte »Wehrmachts-Armee« bildeten, und lächelte in sich hinein. Sie besaß jene Art von Lippen, deren süße Schwere man sofort spürt. Als sie nach ihrem ersten Kuß ihren Kopf an seine Schulter gelegt hatte, flüsterte er ihr ins Ohr: Ich kann es kaum glauben, daß die Lippen der wichtigsten Rundfunksprecherin, nachdem sie den ganzen Tag solch grausige Dinge aussprechen, noch die Fähigkeit besitzen, nachts so süße Küsse zu schenken... Und sie, die sich in solchen Situationen äußerst natürlich zu geben wußte, hatte ihm einen bohrenden Blick zugeworfen und nach kurzer Überlegung gesagt: Weißt du..., mit mir ist etwas ganz Komisches geschehen. Früher war ich kalt, eiskalt. Als aber dieser Krieg begann und ich diese grausigen Dinge, wie du dich ausdrückst, ansagen mußte, da wurde ich merkwürdigerweise immer mehr... immer mehr... Verstehst du, was ich meine?... — Ja, natürlich versteh' ich dich, sehr gut sogar! hatte er ihr, ganz nahe an ihrem Ohr, zugeflüstert. Und später, sooft er die Wehrmachtsberichte hörte, erinnerte er sich an ihre Worte, besonders an den Tagen, wenn die Meldungen düster klangen.

Und nun hatte sie es fertiggebracht, sich zurückzuziehen. Meine Hochachtung, Miriam! wiederholte er bei sich und stand auf, um das Lokal zu verlassen.

Draußen war es bereits dunkel geworden. Die *Königliche Straße*, hin und wieder von den starken, flatternden Scheinwerfern der Autos grell erleuchtet, um dann wiederum in eine unerträgliche Dunkelheit zu versinken, erstreckte sich pulsierend bis zu der breiten Autostraße im Westen der Stadt. Mit Ausnahme der *Königlichen Straße*, durch die die Evakuierung erfolgte, herrschte in der ganzen Stadt Polizeistunde und Verdunkelung.

Am Eingang eines Restaurants stieß er beinahe mit dem Publizisten und Literaturkritiker Nebil Kaçaj zusammen. Sie hatten sich monatelang nicht gesehen, genauer gesagt, seitdem der andere begonnen hatte, mit einer Zeitung der Kollaborateure zusammenzuarbeiten. Der Publizist trug eine dieser dikken, kleingemusterten Tweedjacken, die in letzter Zeit sehr in Mode waren.

»Nanu, wo hast du denn gesteckt!?« rief er scheinbar erstaunt aus. »Ich habe dich schon eine Ewigkeit nicht mehr gesehen. Wie geht's denn so?«

Ihm fiel wieder einmal Kaçajs eckig-breite Kinnlade auf, die immer den Eindruck erweckte, als hätte er in seinem Mund eine Menge Wasser oder irgend eine andere Flüssigkeit und könne sich nicht entscheiden, ob er sie herunterschlucken oder ausspukken sollte.

»Wie hätten wir uns auch in diesem ganzen Tohuwabohu treffen sollen!«

»Hast recht«, sagte der Publizist. »Es herrscht ein schreckliches Durcheinander. Trotzdem scheint noch nicht alles verloren zu sein. Die 21. Wehrmachtsar...«

»Ja, ja. Ich hab die Nachrichten gehört.«

»Wenn die Kommunisten den *Boulevard Mussolini* nicht bis Sonntag eingenommen haben, wird sich das Schicksal Tiranas wenden.«

Der Schriftsteller erwiderte nichts. Vor seinen Augen tauchte der erwähnte Boulevard auf, mit seinen nassen Zierbäumen, die mittelalterlichen Pilgern ähnelten, und es schien ihm beinahe, als hätten nun auch die Bäume die Absicht, die breite Straße zu verlassen.

»Gehst du auch fort?« fragte der andere.

Der Schriftsteller schüttelte verneinend den Kopf. Er bemühte sich, dem forschenden Blick des anderen auszuweichen und befaßte sich einige Sekunden lang mit dem Anzünden seiner Pfeife, den Wind segnend, der ihm die Streichhölzer immer wieder ausblies.

»Du brauchst ja auch gar nicht wegzugehen«, sagte Nebil Kaçaj. »Du bist ein bekannter Schriftsteller. Ja, es ist sogar gut möglich, daß du denen, die an die Macht kommen werden, von Nutzen sein kannst.«

»Deine Ironie scheint mir unangebracht.«

»Hier geht es nicht um Ironie. Du weißt doch selbst, daß in letzter Zeit viele Intellektuelle zu den Kommunisten übergelaufen sind. Der Weg dorthin ist ja auch nicht sehr weit«, fügte er nach einer Weile hinzu. »Nur einige Kilometer bis zu deren Stab, in den Außenbezirken Tiranas... Obwohl...« Der Publizist zuckte mit den Achseln und breitete seine Arme aus, als ob er zwei Klammern für einen langen Satz öffnen würde. Der andere wollte ihn zuerst fragen, was er mit diesem »obwohl« meinte, doch er überlegte es sich im letzten Augenblick anders, da er befürchtete, eine solche Frage würde bei seinem Gesprächspartner den Verdacht aufkommen lassen, er suche tatsächlich den Weg zu den Kommunisten.

Vom Bürgersteig aus betrachteten sie eine Zeitlang die Flut der Flüchtlinge, die, zusammen mit ihren Koffern und Ballen, in Autos, Wagen und Karren mit traurig baumelnden Laternen, unaufhörlich dahinströmten.

»Und du?« brach der Schriftsteller das Schweigen. »Was hast du vor?«

Der andere antwortete mit einem »Hm!« und starrte, Gumas Blick ausweichend, in Richtung einer finsteren Seitengasse.

»Natürlich werde ich abhauen«, sagte er schließlich. »Du weißt, daß sie mich einen Kollaborateur nennen, und ich habe nicht die geringste Lust, mit ein paar Kugeln zwischen den Rippen auf dem Straßenpflaster zu verrecken. Hast du schon mal was vom roten Terror gehört?«

»Ja, natürlich. Auch vom weißen.« Er konnte sich in diesem Moment ohne weiteres einen niedergeschossenen Körper vorstellen, der in einer solchen kleingemusterten Tweedjacke steckte.

»Roter Terror. Weißer Terror. Alles leere Worte! Warst du in letzter Zeit schon mal in einer dieser Seitengassen der *Königlichen Straße*?«

»Nein«, sagte der Schriftsteller.

»Komm, wir gehen zusammen hin. Nur zwei Schritte weiter.«

Sie gingen etwa drei Minuten lang auf dem Bürgersteig und bogen dann in eine der finsteren Gassen ein. Zu beiden Seiten der Gasse erblickten sie hoch über sich Gehenkte an Telefonmasten. Auf ihre Brust hatte man große Pappschilder geheftet, auf denen zu lesen stand: *Kommunist*.

»Die Hingerichteten sammeln sie schon im Morgengrauen ein, laden sie auf Karren und bringen sie weg. Diese hier aber lassen sie lange Zeit baumeln.«

Dem Schriftsteller drehte sich der Magen um.

»Laß uns von hier fortgehen«, sagte er.

»Das ist nur der eine Terror, der weiße«, sagte Nebil Kaçaj. »Die andere Sorte, der rote Terror, ist noch schrecklicher.«

»Laß uns von hier fortgehen«, bat der Schriftsteller. »Mir wird übel.«

Er kehrte als erster den Telefonmasten den Rücken und entfernte sich. Der andere folgte ihm.

»Nun werden sie natürlich von uns Rechenschaft für jeden Gehenkten verlangen«, sagte Nebil Kaçaj. »So etwas!«

Von mir nicht, dachte Adrian Guma. Nur von dir.

Nur von dir. Wie ein nackter Zweig, der plötzlich sein neues Blätterkleid anlegt, bekamen auch die Worte mit einem Mal eine andere Natur. Erleichtert, wie beflügelt von einer leisen Tangomusik, schwebten sie langsam an die Oberfläche seines Bewußtseins, zusammen mit dem mattgoldenen Schein der Schläfen der Dame Hamide und ihren blonden Locken, die alles Dunkelbraune und Grobe ihres türkischen Namens Lügen straften. Jetzt befindet sie sich auf der Flucht, eingeschlossen in einem deutschen Panzer, dachte er. Sie, die eleganteste Frau Albaniens, die einst auf ihren hohen Absätzen schwanenhaft leicht dahinschritt, zerwühlt jetzt mit den eisernen Tatzen eines Panzers die Erde. Kaum vorstellbar! »Also, was ist? Wirst du zu den Partisanen überlaufen?« ließ sich Nebil Kaçaj erneut vernehmen, als sie die *Königliche Straße* wieder erreicht hatten.

Der andere glaubte aus Nebil Kaçajs Stimme eine unverhohlene Schadenfreude herauszuhören.

»Ich verstehe dich nicht«, antwortete er ihm. »Was soll diese Frage?«

»Oh, mir kannst du dich ruhig anvertrauen!« sagte der Publizist. »Ich werde dich bestimmt nicht denunzieren.« Und er fügte mit einem bitteren Lächeln hinzu: »Übrigens reicht dazu auch die Zeit nicht mehr aus.«

»Das stimmt. Die Zeit reicht für nichts mehr aus.«

Die Kinnlade des Publizisten klappte zu, als wäre sie wieder mit jener Flüssigkeit gefüllt, von der er nicht wußte, ob er sie herunterschlucken oder ausspucken sollte.

»Du bist ein bekannter Mann«, sagte er leise. »Du kannst für jede Ordnung wertvoll sein... Obwohl...«

»Was meinst du eigentlich immer mit diesem »obwohl«...?«

Der andere spitzte die Lippen und neigte den Kopf ein wenig zur Seite. Seine Antwort kam etwas zögernd:

»Ich meine, ob es nicht vielleicht ein bißchen zu spät dafür ist?«

Dem Schriftsteller kam es so vor, als hätte sich in der widerwärtigen Kinnlade des anderen eine wilde Schadenfreude konzentriert. Vor seinem inneren Auge ließ er das Bild des von Kugeln durchsiebten Tweedjackets vorbeiziehen, und ein bissiges Lächeln breitete sich dabei über sein Gesicht aus. Als er, nach einer ziemlich abrupten Verabschiedung, wieder die *Königliche Straße* entlangging, wiederholte er immer wieder in Gedanken: Roter Terror. Weißer Terror.

Mir wird keiner von denen an den Kragen gehen, dachte er. Und doch verspürte er bei diesem Gedanken merkwürdigerweise keine Freude, sondern eine düstere Vorstellung überfiel ihn: Er sah sich in einer trostlosen, einsamen Ebene, auf der sich weiße und rote Tiger tummelten, und beide Arten trugen dieselbe Gleichgültigkeit gegenüber seinem Fleisch zur Schau. Keinerlei Terror, murmelte er vor sich hin. Er fühlte sich völlig verlassen in jener unwirklichen Öde.

In den Nächten der Verhaftungen hatte es nie furchterregend an seine Tür geklopft, und sei es auch nur irrtümlicherweise. Es war schon vorgekommen, daß die ganze Nacht, bis zum Morgengrauen, ein unaufhörliches Klopfen ertönte, doch er wußte genau, daß diese Glocken für andere schlugen, nicht für ihn. Es gab Mitternachtsaugenblicke, da ihm dieses Klopfen willkommen und höhnisch zugleich vorkam. Vor diesem ohrenbetäubenden Lärm duckten und entfärbten sich sämtliche Artikel, die über ihn in der Presse erschienen waren, sie lösten sich in Nichts auf, genauso wie sein ganzer Ruhm... Der Morgen graute, und er versuchte sich in einem Anflug von Selbstbetrug weiszumachen, daß dies eben sein besiegeltes Schicksal sei; in seinem Innern wußte er jedoch ganz genau, daß es noch immer in seiner Hand lag, dieses Schicksal zu verändern, daß er mit einer einzigen Geste die weißen Tiger heranlocken konnte — und dann würden sich um Mitternacht alle Posaunen und Glocken und das gesamte Hundegebell zu einem uralten und makabren Ritual vor seiner Tür versammeln. Aber für diese Prüfung fehlte ihm die Kraft. Er hatte schon einige Male versucht, diesen Schritt zu tun, doch ohne Erfolg; und das letzte Mal, als er sich zu diesem unwiderruflichen Akt aufgerafft hatte, war er in einem Hotelzimmer gelandet, eingeschlossen mit einer ehemaligen Geliebten.

Aus dem Stadtzentrum ertönte erneut das dumpfe Dröhnen. Er schritt völlig unkonzentriert dahin, und die Scheinwerfer der Autos schlugen ihm von Zeit zu Zeit brutal ins Gesicht, wie Ohrfeigen. Die *Königliche Straße* und dahinter die breite Straße im Westen der Stadt erstreckten sich vor ihm in ihrer ganzen Länge, abwechselnd von Licht- und Finsternisstreifen gepeitscht. Das ist die Straße der Evakuierung, dachte er. Vielleicht würde sie in Zukunft auch so heißen. Das ist der Dickdarm dieses Landes... Hm! Für eine derartige Formulierung müßte man ihm eigentlich seine Neutralität verzeihen... Vielleicht würden sie ihn doch brauchen, vielleicht könnte er ihnen doch von Nutzen sein, wie sich dieser Nebil Kaçaj vorhin ausgedrückt hatte...

Vor dem schmiedeeisernen Tor eines schönen Hauses stand eine Menschenansammlung. Eine alte Frau von aristokratischem Aussehen hatte sich niedergekniet und küßte die Schwelle.

»Allmächtiger Gott, warum verbrennst du nicht diejenigen, die uns aus unserem Heim vertreiben und entwurzeln! Oh!...«

Sie fiel in Ohnmacht, und ein hochgewachsener Jüngling hob sie mit Hilfe zweier Männer, die wie Diener aussahen, vom Boden auf und setzte sie behutsam in die schwarze Limousine, die am Rande des Bürgersteigs geparkt war.

Entwurzelung! murmelte er vor sich hin. Das ist das einzig richtige Wort dafür.

Drinnen in der schwarzen Limousine war die alte Frau offenbar wieder zu sich gekommen und versuchte nun, die Wagentür aufzureißen, um sich erneut auf das Tor zu stürzen. Die beiden Diener hatten Mühe und Not, sie zurückzuhalten.

»Oh! Oh!« schluchzte sie immer wieder.

Er ging weiter wie im Traum und stieß oft mit Unbekannten zusammen, die er nur wie Schatten wahrnahm. Fegefeuer! murmelte er zwei, drei Mal. Ein wanderndes Fegefeuer!

»Komm, Liebling!« hörte er eine Frauenstimme ganz nahe an seinem Ohr. »Man sagt, Tirana soll heute nacht in die Luft gesprengt werden...«

Er fühlte, wie die Hand der Prostituierten sachte nach seiner Hand griff, so wie das nur wirkliche Prostituierte beherrschen, um den Mann aus seiner Unschlüssigkeit aufzurütteln.

»Vielleicht sind das die letzten Nächte unseres Lebens«, sagte die Stimme wiederum.

Er überließ seine Hand ihren Fingern, wobei ihn ein kaltes Armband leicht streifte, drehte jedoch nicht einmal den Kopf nach ihr um.

»Ich habe mich eben erst von einer deiner Kolleginnen getrennt«, sagte er und verspürte im gleichen Augenblick Abscheu gegen sich selbst wegen dieser heimtückischen Rache an seiner ehemaligen Geliebten.

Die Finger der Unbekannten entspannten sich sofort, und seine Hand blieb hängen wie abgehackt.

»Was schlenderst du dann durch die Straßen, du Narr!« sagte die Stimme, und die Frau verschwand in der Finsternis.

Das hat mir gerade noch gefehlt, sagte er zu sich. Daß mich eine Hure einen Narren nennt!

Ein greller Lichtstrahl schlug ihm ins Gesicht, und

er bedeckte die Augen mit der Handfläche, als sei er verletzt worden.

Die Stadt lag im Dunkeln, kalt, taub, mit einer einzigen lebendigen Straße in dieser Nachtstunde, erfüllt von der Vorahnung des Todes wegen der Minen, die irgendwo tief in den Kellern oder gar in den Labyrinthen der Abwässerkanäle gelegt worden waren; die Stadt beherbergte Soldaten, die die nordische Sprache der Deutschen sprachen und von weit hergekommen waren, um sich in Bunkern einzuschließen und dieses Land gegen seine Bewohner, die seit über dreitausend Jahren hier lebten, zu verteidigen, und eine Frau, die vielleicht noch immer auf ihren hohen Absätzen dahinschritt und das Wort »Schurke« zwischen zusammengebissenen Zähnen wiederholte. Wie absurd doch das alles war!

»Liebster«, hörte er wieder eine Frauenstimme. »Kommst du mit? Es spricht sich herum, daß die Stadt vermint sein soll...« Wieder streckte sich eine Hand nach der seinen aus; da sie sie aber in der Dunkelheit nicht fand, blieb sie hilflos in der Luft hängen.

Vor einem hohen Tor mit eisernem Schutzdach wurde gerade ein Lastwagen beladen. Das Haus der Biçakçis! stellte er fest. Im Schein einer schwachen Laterne bemerkte er zwischen achtlos aufgeladenen Koffern, schlummernden Teppichen und nackten Spiegeln eine Marmorbüste, in deren fahlen Augen jene zweitausendjährige Gleichgültigkeit stand, die allen Büsten der Antike zu eigen ist.

Es schoß ihm durch den Kopf, daß in solch einer angsterfüllten Nacht mit Sicherheit Schätze der

Kunstgalerie, kostbare und seltene Statuen des Mittelalters verschwanden.

»Ist die Fahrt durch den *Boulevard Mussolini* eigentlich gestattet?« fragte ihn ein Mann durch die halb heruntergelassene, schmutzige Fensterscheibe seines Wagens.

»Weiß ich nicht«, antwortete er.

»Ich glaube kaum«, sagte ein anderer Fußgänger aus der Dunkelheit. »Es ist zu spät.«

Trotzdem ist es vielleicht doch noch nicht zu spät, wie du Trottel anscheinend glaubst! hätte er fast mit lauter Stimme gesagt, da er sich im gleichen Augenblick an die Worte Nebil Kaçajs erinnerte und sich nun wieder vorstellte, wie dieser in seiner kleingemusterten Tweedjacke erschossen dalag...

Er befand sich nun am Ende der *Königlichen Straße*. Einige Meter weiter begann die Zone der Sperrstunde und der befohlenen Verdunkelung. Er blieb nicht stehen, sondern verlangsamte nur seine Schritte. Eine merkwürdige Starre nahm von seinem Körper Besitz, die von unten her seine Beine hochkroch. Dort hinten lauern die Finsternis und der Tod, sagte er zu sich, und versuchte mit seinen Blicken die verbotene Zone zu durchdringen. Aber trotzdem blieb er nicht stehen — mit mechanischen Bewegungen überquerte er die Straße und tauchte im Reich des Schattens unter... Sein Bewußtsein schlummerte ein... Er schritt seltsam unbeteiligt durch die Nacht, ein lebendes Bündel aus Beinen, Händen, Kleidung und Schuhen — ein wanderndes Stilleben mit Hut und Pfeife. Hin und wieder konnte er im Dunkeln einige kreuzartige, skeletthafte Formen ausmachen, die sicherlich die Überreste einstiger Straßen waren und in dieser Nacht der Zerstörung endgültig der Auflösung anheimfielen. Manchmal trat er plötzlich in eine Pfütze hinein, raffte sich dann mühsam auf und setzte wassertriefend seinen Weg durch die endlose Nacht fort. Er glaubte, er sähe zu beiden Seiten leere, längliche Särge sich rhythmisch bewegen, die wie Pferde aussahen, und die er, falls er nur Lust dazu verspüren würde, besteigen könnte... Ein Volkslied kam ihm plötzlich in den Sinn:

»Und fragt sie gar, auf welchem Pferd ich ritt,
Sagt ihr, das Totengespann nahm ihn mit...«

Oh, Mutter! hätte er fast laut ausgerufen, doch das Volkslied entschwand, wie es gekommen war, und dann — er wußte selbst nicht, weshalb — tanzte ihm plötzlich der Titel seines Buches *Die Ellipsen der Störche* vor den Augen mit dem berühmten Leitmotiv: »Wie oft bin ich schon in den Ellipsen der Störche gestorben...« Du hättest gut daran getan, woanders zu sterben! hatte seinerzeit ein gewisser G.G. in der Zeitschrift *Neue Welt* geschrieben. In unserem Albanien gibt es so viele andere Möglichkeiten, sich aufzuopfern... Keine Sorge, sagte er laut. Ich werde euch auch diesen Gefallen tun... Die leeren Särge, die wie Pferde aussahen, bewegten sich langsam in der Dunkelheit, länglich und schwarz... »Und fragt sie gar, auf welchem Pferd ich ritt...« Herr Lehrer, Herr Lehrer, auf welchem Pferd ritt Adrian Guma in jener Nacht dort, ganz am Rande der Stadt...?

»Halt! Wer bist du?«

Die Stimme war rauh und ein wenig heiser von der Feuchtigkeit der Nacht. Er erschrak.

»Wer bist du?« kam erneut die Frage aus dem Dunkel.

Ist es möglich, daß ich schon auf der anderen Seite angelangt bin? fragte er sich, und eine innere Stimme antwortete: Wenn nicht, umso schlimmer für dich!

»Wer bist du? Ich schieße!«

Es war der dritte Warnruf, und erst jetzt wurde er wachgerüttelt. Ich muß doch etwas sagen! schoß es ihm durch den Kopf. Es gab da doch eine gewisse Parole, und diese Parole mußte man unbedingt aussprechen, sobald man auf der anderen Seite anlangte. Anderenfalls mußte man mit dem Tod rechnen. Ja, der Tod! fiel es ihm plötzlich ein, dies war das erste Wort der Parole, die er sagen mußte. Und laut rief er aus:

»Tod dem Faschismus!«

Nun werden sie gleich schießen, wo ich sie schon selber auf den Gedanken gebracht habe, und dann nimmt diese Geschichte endlich ein Ende, murmelte er.

Da erklang jedoch aus der Dunkelheit der Ruf:

»Freiheit dem Volke!... Hände hoch! Komm näher!«

Er hob die Hände und ging weiter.

»Schneller, schneller!« rief die Stimme.

»Nimm die Hände nicht runter!« rief eine andere Stimme aus der Ferne.

Wenigstens das hättest du vorher üben müssen, dachte er mit einer merkwürdigen Gelassenheit. Noch nie im Leben hatte er seine Arme so lange hochgehalten.

»Nimm die Hände nicht runter!«

Es war dieselbe rauhe Stimme. Wie bin ich bloß bis hierher gekommen? fragte er sich. Ja, wie ein Schlafwandler hatte er die Trennlinie zwischen den beiden kämpferischen Seiten hier in den Randbezirken Tiranas überschritten. Er verspürte das Verlangen, umzukehren und diesen Weg noch einmal bewußt zurückzulegen, wie zu seinem Golgatha, zwischen zwei Rufen und den Kugeln der deutschen Patrouillen. Doch das, was geschehen sollte, war bereits geschehen.

»Wer bist du und was willst du?«

Er, endlich vollkommen nüchtern geworden, nannte seinen Namen und verlangte, zum Stab geführt zu werden.

Die Stimmen in der Finsternis sprachen miteinander.

»Er ist ein bekannter Schriftsteller«, sagte jemand.

»Adrian Guma, jawohl. Sehr bekannt...«

Eine Weile blieb es still. Man war offenbar unschlüssig.

»Nimm die Hände runter!... Safet, führ ihn zum Stab!«

»Folge mir!« sagte eine dünne, hohe Stimme.

Er ging gehorsam hinter dem Mann her, der als letzter gesprochen hatte. In der Finsternis konnte er nur mühsam den langen dürren, vogelhaften Hals des Partisanen erkennen.

»Bist du vielleicht ein Spion?« sagte dieser zum ihm, ohne sich umzudrehen.

Der Schriftsteller wollte auflachen, ließ es dann aber sein, da es ihm wie zu gekünstelt vorkam.

»Vor einer Woche kam ein Spion zu uns«, fuhr der Partisan fort. »Als ihm klar wurde, daß wir ihn erschießen würden, begann er auf allen vieren zu kriechen und uns um Erbarmen anzuflehen, dort bei jenem ausgehöhlten Baumstamm.«

Der Pfad, auf dem sie gingen, war steil und voller Büsche. Links tauchten hin und wieder die Umrisse einer Bergstraße auf.

»Vorsicht, hier liegen Leichen herum!« sagte der Partisan.

Die Leichen der Gefallenen lagen da wie dunkle Bündel, einige unnatürlich ausgestreckt, andere wieder zusammengekrümmt. Vom Himmel fiel ein fahles, diffuses Licht herab, und er hob einige Male vergebens den Kopf, um eine Spur vom Mond oder von den Sternen in dieser unendlichen Kuppel zu entdekken. Der Mond war jedoch nicht zu sehen, nur seine Ruinen konnte man am Himmel ausmachen, und das unwirkliche Leuchten war ja letzten Endes nichts anderes als die Widerspiegelung dieser Ruinen.

Seine an die Finsternis bereits gewöhnten Augen konnten nun klar die Leichen deutscher Soldaten erkennen, erschossene, hingestürzte Pferde mit gespreizten oder gebrochenen Beinen, die an zerbrochene Denkmäler erinnerten, Panzerketten auf der Fahrbahn, die wie schwarze Gedärme zusammengeringelt waren, in Wassergräben gefallene, umgekippte Lastwagen, furchterregende Kanonenmündungen, Motorräder, Krankenwagen mit entstellten roten Kreuzen, verlassene Feldküchen, beschädigte Flakgeschütze und wiederum Leichen, in deren Nähe Stahlhelme herumlagen, wie weggeworfene, unnötige Schalen. Im Dunkeln konnte man Partisanen erkennen, die in kleinen Gruppen um sorgfältig abgeschirmte Feuerchen hockten.

Das fahle, bleierne Licht des Himmels fiel trübe auf ihre unförmigen Silhouetten mit den zusammengerollten Decken auf den Rücken. Je mehr sich die beiden dem Stab näherten, desto zahlreicher wurden die Partisanengruppen. Ab und zu entriß ein matter Feuerschein Gesichter und Gewehrläufe der tiefen Finsternis und überzog sie mit stumpfen Lichtreflexen.

Adrian Guma vermutete, daß sich auf dieser mit Gestrüpp bewachsenen Ebene ganze Bataillone befinden müßten. Die anderen, die Gestürzten, flüchteten indessen durch die *Königliche Straße*, eine Karawane nach der anderen, mit Wehgeschrei und mit ihren zusammengerollten Perserteppichen, so daß diese hier, mit ihren zusammengewickelten Decken auf den Rücken, auf ein Vakuum zumarschieren würden. Er hatte den Eindruck, als ob die ganze Ebene mit zahllosen Glutpünktchen gesprenkelt war.

»Stehenbleiben! Wer bist du?«

Der Partisan, der voranging, murmelte etwas, und die Wachen ließen beide vorbei. Anscheinend waren sie bereits beim Stab angelangt. Man konnte ein niedriges, längliches Gebäude erkennen, eine Art Garage oder Scheune. Und in der Dunkelheit noch mehr Wachen.

»Du bleibst hier und wartest auf mich!« sagte der Partisan und trat über die Schwelle.

Adrian Guma rührte sich nicht von der Stelle, er blieb kerzengerade stehen und starrte auf die ferne, schwarze Linie des Horizonts. Vielleicht war es gerade Mitternacht geworden, vielleicht war es aber auch schon viel später. Auf diesem Erdball schreitet ein jeder Mensch mit einem eigenen Horizont dahin, der wie ein Fächer hinter seinem Kopf entfaltet ist. Es gibt eine besondere Stunde vor dem Morgengrauen, in der es leichter als in den anderen Tagesstunden ist, ein möglichst reales Verhältnis zwischen sich und diesem Erdball herzustellen.

Nach einer Weile tauchte der Partisan wieder auf.

»Komm mit mir«, forderte er ihn auf und ging an dem Gebäude entlang. »Man hat mir mitgeteilt, daß ich dich zu den Künstlern führen soll.«

Adrian Guma wurde aus diesen Worten nicht klug. Wer waren denn diese Künstler? Wollte man ihn etwa an die Wand stellen?

»Hier!« sagte der Partisan und zeigte auf eine Tür. »Geh nur hinein!«

Der Schriftsteller bewegte sich langsam auf die Tür zu und betrat dann einen weiten, kalten Raum, der zum größten Teil in tiefer Finsternis lag. Eine Menge Leute standen um einen langen Tisch herum, und jeder hatte irgendein Papier in der Hand. Eine auf dem Tisch stehende Karbidlampe beleuchtete grell Hände und Papiere; die zu diesen Händen gehörenden Köpfe verschwanden jedoch im Halbdunkel. Der Ankömmling blieb an der Tür stehen und traute sich nicht näher heran. Er wunderte sich, daß die Menschen, die um den Tisch herum standen, zwar laut, aber mit ganz unnatürlichen Stimmen sprachen, so als träumten sie. Plötzlich trat jemand aus dem Schatten an den Tisch heran und sagte etwas,

was all diese Schlafwandler aufschreckte. Adrian Guma hätte fast geschrien: Lassen Sie doch diese Leute in Ruhe! In diesem Moment entdeckten seine durch das Halbdunkel geschärften Augen eine bemalte Leinwand hinter dem Tisch, und er begriff, daß man in diesem riesigen, kahlen Raum gerade eine Theaterprobe abhielt. Dies war also das vielerwähnte Partisanentheater, von dem man so oft im *Café Kursaal* gesprochen hatte! Bevor sie in Tirana einmarschieren, treffen sie also schon alle Vorbereitungen, dachte er bei sich. Die Theater, die Konzerte ...

Eine Hand hielt die Karbidlampe hoch, und ihr Licht ließ die Wände und die Decke erzittern wie ein dumpfes Erdbeben. Hinter der Karbidlampe sah Adrian Guma zwei Augen, die ihm vage bekannt vorkamen und die ihn kalt anblickten. Auch hatte er den Eindruck, daß der Mann mit der Lampe an seiner linken Wange eine Blessur hatte — doch nein, die Verletzung lag in seinen Augen!

»Zu spät!« — Noch bevor der andere diese Worte ausgesprochen hatte, las es Adrian Guma schon in seinen Augen.

»Zu spät!« sagte in diesem Moment tatsächlich der andere, ohne die Karbidlampe aus der Hand zu lassen. »Zu spät!« wiederholte er, eher mit Bedauern als mit Zorn.

Adrian Guma fühlte eine große Leere in seiner Brust, und gleichzeitig schienen seine Atemwege verstopft zu sein. Er hatte immer gewußt, daß auf dieser Welt die Worte wie Gewichte sind, die ihre Kraft nie ganz in die Waagschale werfen, da sie sonst den Zuhörer erschlagen würden. Doch die soeben ausgesprochenen Worte *Zu spät!* waren hinter der Zeit zurückgeblieben. Sie lief ihm weg, und der Abgrund zwischen ihm und ihr wurde immer breiter und breiter.

»Obwohl...«, flüsterte der Mann mit der Lampe ganz leise; doch Adrian Guma hörte dieses *obwohl* nicht mehr. Vielleicht hätte er, wenn er die Lippenbewegung des Sprechenden beobachtet hätte, dieses Wort noch verstanden; aber der Arm, der die Karbidlampe bisher hochhielt, hatte sich nun, wahrscheinlich vor Müdigkeit, gesenkt und den Mund des Sprechenden im Dunkeln gelassen.

Dann wurde die Lampe wieder auf den Tisch gestellt, nachdem sie noch einmal die Wände und die Decke des Raumes wie auch sein ganzes Leben hatte erzittern lassen. Die Papiere in den Händen der anderen begannen wieder zu rascheln.

Adrian Guma blieb im Kreis der Dunkelheit eingeschlossen. Er drehte sich langsam um und ging geräuschlos hinaus. Der Partisan folgte ihm.

»Ich muß jetzt fort«, sagte er. »Du kannst erst einmal hier in der Nähe bleiben. Morgen früh wird man für dich schon eine Beschäftigung finden.«

Adrian Guma blickte dem Partisanen nach, bis dieser von der Dunkelheit verschlungen wurde, dann atmete er tief ein. Wo bin ich hier eigentlich? fragte er sich. Und weshalb bin ich hier? ...

Er fühlte sich mutterseelenallein, fern von seinen Büchern und seiner Kunst, auf einer für ihn gänzlich unbekannten Bühne, mit Kulissen, die hin und wieder seitlich vom Mondlicht schwach beleuchtet wurden. Angesichts dieses amorphen Bildes einer winterlichen Nacht, fühlte er das unwiderstehliche Bedürfnis, sich an etwas Realem festzuklammern. Der Tag, der bald anbrechen würde, hatte einen Namen; er würde ein Freitag oder ein Sonnabend sein, und er hatte auch eine Zahl in der Menge der Tage des Monats; und dieser Monat, der Herr über diesen bestimmten Tag, hatte ebenfalls eine Zahl, so wie auch das Jahrhundert, in dem man lebte — all das aber schien ihn nicht mehr zu betreffen: im Trennungsmechanismus war etwas kaputtgegangen, und sie alle, die Tage, die Wochen, die Jahreszeiten und die Jahrhunderte, von ihren Schrauben befreit, wurden nun auf einen Riesenhaufen zusammengeworfen, der keinen Namen hatte, keine Vergangenheit und keine Zukunft. Da gab es keinen 12. November mehr, keinen 3. August, kein Jahr 1944, kein 20. Jahrhundert, keinen 7. April 1939, als die italienischen Besatzer in Albanien einfielen ... Was ist das für ein schrecklicher Zustand? fragte er sich, und mit seltsamer Gelassenheit gab er sich zur Antwort: Das ist deine Zeit ... die dritte ...

Seine Hand betastete die Porzellanscherbe, die er vor einigen Stunden in seine Tasche gesteckt hatte. Moment mal! sagte er nach einer Weile zu sich. Diese Stelle kommt mir irgendwie bekannt vor. Jetzt, wo der Mond ... Hatte der Mond auch damals geschienen oder nicht ...? Ja, das war genau die Stelle außerhalb der Stadt, wo er mit Miriam einen Spaziergang gemacht hatte, nach dem großen Empfang, der für Viktor Emanuel gegeben wurde, genau am Tage des Attentats auf ihn. Der Palast des Vize-Königs mußte irgendwo in der Nähe liegen, dort auf dem Hügel hinter dem Wäldchen ... Sie hatte sich damals eng an ihn geschmiegt und verlangt, daß er sie im Licht des Mondes nahm — eine alte Laune von ihr... Er jedoch dachte in jener Nacht an die kleine Revolverkugel, die die Grundfesten seines Lebens, seine Überzeugungen, seine Kunst, die Titel seiner Bücher, erschüttert hatte. Alles war durchlöchert worden, hatte Havarie erlitten. Heute bin *ich* der wirklich Getroffene! ... Er konnte sich nicht genau erinnern, ob er an jenem Abend diese Worte zu Miriam gesagt hatte, aber das war auch nicht mehr wichtig. Sie war ja schon halb vergessen... Die Geschichte des Mondes auf ihren nackten Brüsten, und andere solche Plattitüden ...

Zwei, drei Jahre hintereinander hatte er vergebens versucht, sich selbst anzulügen: das Loch, das jene kleine Revolverkugel gerissen hatte, vermochte er dennoch nicht zusammenzuflicken. Eine Zeitlang war er der Meinung gewesen, es genüge eine dauernde oppositionelle Stellungnahme, einige ironische oder gar sarkastische Phrasen auf Empfängen, in mondänen Salons — und schon würde es aussehen, als hätte auch er eine bestimmte Position bezogen. Doch spät mußte er einsehen, daß dies nichts weiter als ein bißchen mehr als nichts war, wie der Bankier Rrokaj geringe Geldsummen zu nennen pflegte. Zu mehr aber war er nicht fähig. Etwas fehlte in ... in seinen Wurzeln. Die Bäume haben die Erde, um dort Wurzeln zu schlagen, wir hingegen haben die Klasse, zu der wir gehören! hatte ihn einst ein linker Schriftsteller belehrt. Seine eigenen Wurzeln jedoch lagen frei, und jeder Sturm, jeder Sturm ... Oh, sie können mit mir anstellen, was immer sie wollen! stöhnte er verzweifelt.

Vor einigen Stunden hatte er versucht, seine letzte Chance wahrzunehmen, indem er sich wie ein Verrückter zwischen die beiden kämpfenden Seiten stürzte, zwischen ihre beiden Zeiten, wie zwischen Skylla und Charybdis, wobei er seiner Zeit, der dritten, den Rücken kehrte. Wie alles andere aber, das unecht ist, war auch diese Pilgerfahrt unwirklich, und der Tod wurde zum Hermaphroditen — er stand abseits und ließ ihn mittenhindurch laufen. Ich gebe mich nicht mit dir ab! sagte der Tod der einen Seite. Ich gebe mich auch nicht mit dir ab, kannst ruhig weitergehen! sagte der Tod der anderen Seite. Wer wird sich denn dann mit mir abgeben? hätte er beinahe in die ihn umhüllende Nacht gebrüllt. Du selbst! ... Diese Stimme, die aus seinem tiefsten Innern heraufklang, überhörte er, nur sein Hals erstarrte wie im Krampf.

Es war kalt. Die verschwommene Mondscheibe am herbstlichen Himmel, die einer archäologischen Ausgrabungsstätte glich, schien noch ferner gerückt zu sein. Er setzte sich langsam in Bewegung, die Hände in den Taschen vergraben. Nun waren über der weiten Ebene die zahllosen Glutpünktchen nicht mehr so deutlich zu erkennen wie vorher. Auf der naheliegenden Straße bewegte sich in langer Reihe still ein Partisanenbataillon. Bewegung gab es auch bei den anderen Kampfeinheiten, die die Nacht in der Ebene verbracht hatten und sich nun offenkundig auf einen Marsch vorbereiteten.

Das sind diejenigen, die bald Tirana stürmen werden, dachte er und verfolgte durch die sich langsam lichtende Dunkelheit mit seinen Blicken die Köpfe der Partisanen, die sich über Rucksäcke, zusammengebundene Decken und Gewehre reckten. Sie würden sich nun in zahlreichen Verbänden in Marsch setzen, wie eine anonyme Horde, die aus der Nacht emporsteigt ...

Was bringen die wohl mit? überlegte er. Welche Dramen tragen sie da zusammen mit ihren Sachen auf ihrem Rücken? Eine Sekunde lang zeichnete sich in seiner Erinnerung bruchstückhaft die *Königliche Straße* ab, so wie er sie im letzten Augenblick gesehen hatte, mit den Scheinwerfern der vielen Autos und mit deren Insassen, die ihre Dramen in den Pelzmänteln oder in den zusammengerollten Perserteppichen mitschleppten.

Auch sie werden es nicht leicht haben, dachte er. Kann sein, daß die Rätsel, die sie auf ihrem Rücken tragen, momentan noch einfach zu lösen sind, doch auch sie werden sich eines Tages ebenfalls komplizieren; ihre heutigen zusammengewickelten Decken könnten sich in Perserteppiche verwandeln, und dann, dann ...

Allerdings werde ich dann nicht mehr da sein, dachte er. Nein, nicht erst dann, sondern sogar schon vorher werde ich nicht mehr da sein... Daß ich nicht lache! Morgen früh...?

Er hatte das Gefühl, daß in seinem Kopf die Gedanken langsam versickerten. Sie schienen eingefroren zu sein und zerbrochenen, spitzen Grabsteinen zu gleichen, die schräg in die Erde gestampft worden waren, in die Erde einer Ebene, die ebenfalls schräg war... Woher war so plötzlich dieses Todesgefühl über ihn gekommen? Die Reihen der Grabsteine in seinem Kopf lichteten sich, und anscheinend würde letzten Endes nur einer übrigbleiben, nur ein einziger Grabstein — für ihn: Hier ruht der bekannte Schriftsteller Adrian Guma, der...

Er sah Gesichter, die von der Morgendämmerung schwach skizziert wurden, Bajonette und die kurzen Läufe von Maschinengewehren, die auf Rädern liefen, und immer wieder diese auf den Rücken zusammengerollten Decken, graue und braune Decken...

Er fror. Unerträglicher als die Kälte jedoch war für ihn die Leere in seiner Brust, genau unter den Rippen, die offensichtlich durch nichts auf der Welt auszufüllen war. Seine Füße glitten an einer unebenen Stelle ab, und er streckte die Hand aus, um sich abzustützen. Er war in einen flachen Graben voller verfaulter Blätter hineingerutscht. Meine Erde, die du mir zur Stiefmutter wurdest! klagte er und krallte seine Finger in den lockeren Boden. Für die anderen war sie Heimaterde, für ihn dagegen Stiefmuttererde... Wehmut stieg in ihm hoch, und er fühlte sich auf diffuse Weise in seinem Stolz verletzt, weil diese Erde so viele Söhne hatte, während sie ihn dagegen nun im Stich ließ. Du wirst es schon noch bereuen, wenn du siehst, was ich jetzt tun werde, aber dann wird es zu spät sein! murmelte er fast unhörbar vor sich hin. Doch sogleich überkam ihn die bittere Erkenntnis, daß die Erde niemals etwas bereut ... Und dann fühlte er wieder jene Leere unter seinen Rippen, jenen Mangel, der schrecklicher war als jeder Schmerz... Und plötzlich, ganz unverhofft, als ob all das noch nicht genügte, hörte er das Echo, das die hohen Absätze einer Frau auf der Straße hinterließen, und die Stimme einer Frau, die dauernd das Wort »Schurke« durch die Zähne stieß... Nun ist es aber genug! sagte er. Und damit ich dich und all die anderen nicht mehr zu hören brauche... — und blitzartig, als könne er mit dieser Bewegung die Schritte der Frau in weiter Ferne aufhalten, riß er den Revolver aus der Tasche und schoß sich unter die Rippen, genau an die Stelle, wo er die große Leere spürte, die er nun, in dem Zehntel einer Sekunde, endlich mit etwas ausgefüllt zu haben glaubte.

Er war nicht sofort tot. Er fühlte noch, wie sich sein Körper in voller Länge in dem weichen Graben ausstreckte und wie ihm der angenehme Duft des faulen Laubs ins Gesicht wehte. Die eine Hand hatte er mit gespreizten Fingern auf die Stelle gepreßt, an der sich die Wunde befand, und in aller Ruhe, ja fast mit einer gewissen Genugtuung, verbiß er sich in den Gedanken, daß dort nur ein Stück Blei... eine kleine Kugel... ein Kügelchen steckte... ein Kügelchen... chen... ch... ch...

Von oben her, jenseits des Grabenrandes, drangen einige fremde Stimmen zu ihm hinunter, Stimmen, die sich spiralförmig mit einem dumpfen Klang ausbreiteten: Wer hat geschossen? Wer hat geschossen?... Niemand! Es ist nichts! Wir haben uns wohl verhört... Ja, ihr habt euch verhört und ihr habt nicht richtig hingesehen! war sein letzter Gedanke. Ich habe niemals existiert...

Und dann starb er.

* * *

Früh um halb fünf, nachdem er nur zwei Stunden geschlafen hatte, ging der Stabsangehörige, der sich unter anderem auch mit Kulturfragen befaßte, zum Beobachtungsposten hinüber. Obwohl es noch ziemlich dämmerig war, blickte er durch seinen Feldstecher, in der Hoffnung, vielleicht doch etwas beobachten zu können. Der anbrechende Tag war düster, und durch die Linsen des Feldstechers betrachtet, schien die feuchte Trübheit dieses Morgens zaghaft einzuschrumpfen, so als ob auch sie gerade erst aufgewacht wäre, wobei sie zögernd die Konturen einer hingestreckten Masse aufdeckte, die sowohl eine Stadt als auch als ein großer Wald oder einfach ein Nebelschwaden des Novembers sein konnte. Das Stabsmitglied nahm den Feldstecher von den Augen und ging zurück. Am Eingang des Stabsgebäudes versuchte eine der Wachen, ihre kalten Hände mit dem eigenen Atem zu erwärmen.

»Ich glaube, wir bekommen Regen«, bemerkte das Stabsmitglied.

Die Wache zuckte mit den Achseln. Irgendwo seitlich hörte man gedämpfte Schritte vorbeihuschen. Über ihren Köpfen raschelte es im nackten Geäst.

»Der Mann von gestern nacht... ist tot«, stieß der Wachposten hervor.

»Was?« fragte der andere.

»Dieser Wissenschaftler... oder Schriftsteller... ich weiß nicht genau, was er war... Der, der mit Ihnen gesprochen hat.«

»Ja, und?«

»Er hat sich erschossen. Vor einer Stunde ungefähr.«

Das Stabsmitglied blickte die Wache nicht an. Der Partisan atmete erleichtert auf. Er studierte unauffällig das Gesicht des anderen und bemühte sich, herauszufinden, ob es ratsam wäre, noch etwas hinzuzufügen oder lieber zu schweigen.

Der andere stand eine Weile unbewegt da, dann fragte er:

»Habt ihr euch vielleicht ihm gegenüber schlecht benommen?«

»Nein«, sagte die Wache. »Überhaupt nicht.«

Noch eine Minute lang verweilte der andere regungslos, das Gesicht der Richtung zugewandt, in der die Stadt liegen mußte. Dann ging er in das Gebäude, zündete ein Streichholz an und beugte sich über einige Papiere, die auf dem Tisch ausgebreitet lagen. Er blickte angestrengt darauf, bis ihm das Streichholz die Finger verbrannte, und ging wieder hinaus. Die Morgendämmerung breitete sich rasch aus.

»Er hat also Selbstmord begangen«, sagte er zu der Wache, wie um das Gespräch wieder aufzunehmen, obwohl er bei diesen Worten etwas zerstreut wirkte.

»Ja«, sagte die Wache. »Dort drüben, in einem Graben. Wir dachten uns, daß ...«

Der Partisan führte den Satz nicht zu Ende, weil der andere bereits wieder die Stadt mit seinem Feldstecher auskundschaftete. Sie lag grau in der Ferne, und man konnte nun etwas deutlicher ihre Hausdächer und Moscheen, die deutschen Bunker und die Barrikaden erkennen. Der milchige Nebel gab nach und nach den Blick auf die Stadt frei. Man sah zuerst den Platz vor der Staatsbank, die *Dibra-Straße*, den Prinzessinnen-Palast, den *Boulevard Mussolini*, der ein wenig schief aussah, wie ein Schlafender, der gekrümmt daliegt, dann den hohen Glockenturm der orthodoxen Kirche und schließlich das Stadtzentrum, wo der eingegrabene Panzer weiterhin sein Feuer gegen die Partisanen ausspuckte. Hier und da ragten in den Linsen des Feldstechers die schlanken Minarette empor, und er vermutete, daß er auch die Storchennester auf ihren Spitzen hätte ausmachen können, wenn der Morgen etwas klarer gewesen wäre. Dieser Adrian Guma hatte doch etwas über den Flug der Störche geschrieben...

Er hatte Guma vor ein paar Jahren kennengelernt, als auch er selbst sich ein wenig mit Literatur befaßte, hauptsächlich aber mit Journalismus; der Schriftsteller, der sehr bekannt war, hatte sich jedoch sicher nicht mehr an ihn erinnert. Er hätte niemals gedacht, daß sie sich unter solchen Umständen wiederbegegnen würden, und noch weniger, daß er der letzte Mensch sein würde, der mit ihm gesprochen hatte.

Im begrenzten Ausschnitt des Feldstechers tauchten unzählige Schornsteine auf, doch Rauch bemerkte er kaum. Seitdem die Stadt eingekreist war, gab es kein Brennholz.

Er ließ den Feldstecher auf seine Brust sinken und versuchte, sich die Wiederbelebung der Schornsteine vorzustellen, und auch die der Theater, Kinos und Konzertsäle. Da er recht gut mit der Literatur- und Kunstwelt vertraut gewesen war, hatte ihn der Stab beauftragt, sich auch mit Kulturfragen zu befassen. Am vergangenen Abend hatte er sich die Proben zu einem Bühnenstück angehört, das einen Tag nach der Befreiung Tiranas aufgeführt werden sollte. Außerdem mußte er sich um das erste Konzert kümmern, das im Saal des großen Kinos *Kosovo* stattfinden sollte.

Wieder führte er den Feldstecher an die Augen, und nun glitt vor ihm das Zentrum Tiranas vorbei, mit dem heimtückischen Grau des *Skanderbeg-Platzes*, auf dem jener festgenagelte Panzer — wie die Mitteilungen lauteten — weiterhin die Hälfte der Bataillone verbluten ließ. Daneben lag der etwas gekrümmte *Boulevard Mussolini* und das massive Gebäude der Rundfunkstation, mit dem er demnächst ebenfalls zu tun haben würde.

Nun strömte das volle Tageslicht von allen Seiten auf ihn ein. In etwa einer Stunde würde der Stab fast in das Zentrum der Hauptstadt verlegt werden. *Haupt-Stadt* wiederholte er die zwei Silben in Gedanken. In welcher anderen Sprache wurde noch dieselbe Bezeichnung benutzt? Und wer hatte sie erstmals im Albanischen geschaffen? Sicher der Dichter Naim Frashëri, Ende des vorigen Jahrhunderts... Sein Grab lag irgendwo auf einem der einsamen Hügel in der Umgebung Tiranas. Im Feldstecher zeichneten sich jetzt unscharf einige nackte Hügel und Weinberge ab. Wieviele Partisanen würden wohl heute fallen, durchzuckte es ihn mit einem eisigen Schmerz, der etwas von der Kälte einer Handvoll Schnee an sich hatte. Es war sehr wohl möglich, daß auch einige von denen, die eine Rolle in dem soeben vorbereiteten

Theaterstück übernommen hatten, bei den bevorstehenden Kämpfen fallen würden, unabhängig davon, ob sie in ihren Rollen zu sterben oder lebendig zu bleiben hatten... Und dann, am Vorabend der Vorstellung, würde man in aller Eile die entstandenen Lücken mit anderen Laienkünstlern besetzen müssen!... Sie würden da und dort getötet werden, auf wichtigen Straßenkreuzungen und großen Plätzen, wo sich Begebenheiten von nationaler Bedeutung ereignet hatten, und auch in engen Gassen und auf kleinen Plätzen, wo vielleicht hunderte von Jahren überhaupt nichts geschehen war, wo sich die Menschen in der Sonne gewärmt, gegähnt und sich zur Mittagszeit gegenseitig »Guten Appetit« gewünscht hatten. Unbewußt, vielleicht durch den Gedanken an den möglichen Tod der Kameraden ausgelöst oder durch die Erinnerungen an die alten Lieder und Balladen, in denen fast immer Vögel vorkommen, die über den Sterbenden kreisen, ließ er seinen Feldstecher in einem weiten, raschen Bogen über die Stadt wandern, aber die Linsen erfaßten keinen einzigen Vogel, welcher Art auch immer. Wieder erinnerte er sich an die Störche und daran, daß sie niemals in Städte kommen, wo Krieg herrscht; und durch die Störche fiel ihm der Schriftsteller ein, der sich vorhin erschossen hatte. Er war hergekommen, um hier, unter ihnen, zu sterben — und trotzdem war dieser Tod, obwohl auch durch eine Kugel verursacht, irgendwie eine völlig andere Sache, als der Tod, den er kannte. Ganz und gar verschieden von jenem, sehr realen Sturz zu Boden, wobei es manchmal geschieht, daß sich der Mund mit Erdklumpen füllt, und dadurch der Tod sogleich das schwere Gewicht der Erde zu erhalten scheint. Gumas Tod war von einer anderen Art... ja, er war ein abstrakter Tod, irgendwo hoch am Himmel, zwischen den Flügen ... Aber natürlich! Das war es! Jetzt erinnerte er sich: *Die Ellipsen der Störche.* So lautete der Titel eines seiner Bücher. Eine Zeitlang stellte er sich die lange Linie vor, auf der in diesem Moment die in Bereitschaft stehenden Bataillone aufgestellt waren, und obwohl er sicher war, den Selbstmord des Schriftstellers aus seinen Gedanken verbannt zu haben, murmelte er plötzlich vor sich hin:

»Welch' ein einsamer Tod!«

Drittes Kapitel

Der Kommandant blickte wieder auf seine Papiere. Es waren eng betippte Blätter mit vielen Informationen über den *Boulevard Mussolini*; auch dessen Grundriß war darin aufgezeichnet; ferner gab es eine ausführliche Beschreibung der Entfernungen zwischen den einzelnen Gebäuden und Straßenkreuzungen sowie andere, schwer zu begreifende Zeichen und ein Schema der Abflußkanäle; dann kamen wieder eng beschriebene Zeilen mit den verschiedensten Daten, einige davon ziemlich merkwürdig und überflüssig. Hm! stieß Dino Sinojmeri hin und wieder hervor und schüttelte den Kopf, an dessen rechter Schläfe eine Schramme zu sehen war.

Als er meinte, genug gelesen zu haben, hob er den Kopf und spähte zum Boulevard hinüber. Eine Weile stand er unbewegt da, nahm dann plötzlich seine Brille ab und wischte sich mit dem Handrücken über die Augen.

»Die Augen tun mir weh«, sagte er. »Ich glaube, diese Brille taugt nicht für mich.«

Sherif Goreni lächelte in sich hinein. Im ganzen Bataillon, ja sogar in einem Großteil der Brigade, erzählte man sich die phantastischsten Geschichten über Dino Sinojmeris Brillen. Fast bei allen Angriffen mußte die Brille, die er gerade trug, büßen, immer wurde sie zerbrochen. Während die anderen nach einem Zusammenstoß mit den feindlichen Truppen losrannten, um den gefallenen deutschen Soldaten Waffen und Stiefel abzunehmen, guckte Dino Sinojmeri ihnen ganz genau unter den Helm und vergewisserte sich, ob der Tote vielleicht eine Brille trug. Schon oft hatte er Brillen getöteter deutscher Soldaten aufgesetzt; einige davon waren für Weitsichtige, andere wieder für Kurzsichtige; sie hatten die verschiedensten Brennweiten, doch das schien ihn überhaupt nicht zu kümmern. Er setzte sie einfach auf und jammerte dann, daß ihm die Augen schmerzten. Einmal trug er ungeschliffene Gläser, ein andermal hatte er irgendwo die Sonnenbrille einer eleganten Dame aufgegabelt, und dann wieder sah man ihn mit einem Kneifer aus Großvaters Zeiten herumlaufen, an dem sogar ein silbernes Kettchen baumelte. Zwei Mal schon hatte der Stab einen Beschluß gefaßt, der dem Kommandanten das Brillentragen untersagte, weil die militärischen Operationen dadurch gefährdet würden. Denn es waren tatsächlich einige unangenehme Dinge passiert: Im Laufe eines Angriffs wurde er zusammen mit vier weiteren Partisanen beinahe getötet, weil er die Deutschen, die sich nur ein paar Schritte weiter befanden, in einer viel größeren Entfernung glaubte; die Schuld daran trug natürlich wieder einmal seine damalige Brille! Und ein anderes Mal, während eines schwierigen Angriffs auf sumpfigem Gelände, hatte der Kommandant recht merkwürdige Sprünge über vermeintliche Gräben vollführt, in die richtigen Gräben aber war er hineingeplumpst; seine unkoordinierten, grotesken Bewegungen hatten zwar die feindlichen Truppen anfangs ziemlich durcheinandergebracht, dann wurde die Sache jedoch bald sehr brenzlig für die Partisanen.

Aus den Augenwinkeln sah Sherif, wie sich sein Kommandant die Stirn kratzte und sich noch immer nicht entschließen konnte, die Brille aufzusetzen. Das letzte Mal hatte er eine gute und passende Brille gehabt, doch bei einem bewaffneten Zusammenstoß mit den Deutschen und Söldnern der *Balli*-Organisation, die gemeinsame Sache machten, hatte ihm ein *Ballist* mit hochgezwirbeltem Schnurrbart von weitem zugerufen: »Hör zu, Kommandant! Ich scheiß auf deine Brille!« Dino Sinojmeri wurde daraufhin rasend vor Wut und warf die Brille einfach weg. Einige Wochen lang war er daraufhin ohne Brille herumgelaufen; dann, vor etwa einem Monat, stellte sich nach einem Gefecht heraus, daß alle vier gefallenen Deutschen Brillen trugen. Er machte es kurz, riß die erstbeste Brille an sich und setzte sie mit einer solchen Heftigkeit auf, als ohrfeigte er sich selbst.

»Ja, so muß es wohl sein«, murmelte Dino Sinojmeri nachdenklich und betrachtete seine Brillengläser voller Sprünge. »Auch diese taugen nicht für mich.«

Auf dem Boulevard ratterte in diesem Moment ein Motorrad mit Beiwagen, auf dem sich zwei deutsche Soldaten befanden, mit ohrenbetäubendem Lärm vorbei. Der eine, der im Beiwagen saß, trug eine Brille. Der Kommandant verfolgte ihn eine Weile mit neidischem Blick.

Als das Motorrad außer Sicht war, sah er auf seine Uhr. Es war Viertel nach neun.

»Bald wird es losgehen«, sagte Dino Sinojmeri und verschwand raschen Schrittes.

* * *

Um neun Uhr dreißig tauchten an der Stelle, wo sich die *Rilindja-Straße* und der *Boulevard Mussolini* kreuzen, zwei Männer auf. Sie trugen alte Hüte auf dem Kopf und schleppten mühsam ein schneeweißes Waschbekken. Plötzlich ließen sie es auf den Boden fallen, aber so behutsam, daß es nicht zerbrach, sondern umgekippt mitten auf der Straße liegenblieb. Die beiden Männer entfernten sich eiligst. Nach einer Weile ließ jemand aus einer kleinen Pforte in unmittelbarer Nähe einen arg mitgenommenen Räderkarren direkt zu dem umgekippten Waschbecken rollen. Genau gleichzeitig rannten von der gegenüberliegenden Straßenseite ein Junge und ein Mädchen herbei und ließen an derselben Stelle einen offenbar mit Sand gefüllten Sack und einen alten Teppich liegen, den das Mädchen bis dahin vor der Haustür ausgeklopft hatte. Kaum waren die beiden jungen Leute weg, da wurden auch schon, von wie aus dem Nichts aufgetauchten Fußgängern, Stühle, Ziegel, Kupferkessel, altmodische Fauteuils, weitere Teppiche und ein schwerer Samtvorhang mit bewundernswerter Schnelligkeit zu dem Haufen geschleppt und aufeinandergeschichtet. Doch schon im nächsten Augenblick wurde die neugeborene Barrikade von einem Bunker auf der gegenüberliegenden Seite des Boulevards mit einer Maschinengewehrsalve belegt.

»Sie sind drauf gekommen!« brüllte Dino Sinojmeri enttäuscht und riß seine Brille heftig von der Nase. »Sie sind gleich drauf gekommen, die Hunde!«

Ein junger Mann, der wie ein Student aussah und sich tiefgebückt unter der Last eines Sandsackes der Barrikade näherte, ließ sich schnell auf den Boden fallen, kroch dann mit den geübten Bewegungen eines Sportlers an die Barrikade heran, riß mit unverhohlener Freude einen kleinen Revolver aus seiner Jackentasche und feuerte dreimal in Richtung des Bunkers.

»Sieh mal an, so ein Schlingel«, rief Dino Sinojmeri anerkennend. »Er hat die Barrikade eingeweiht!... Nimm dich in acht, Junge!...« Dann wandte er sich seiner Brigade zu: »Seid ihr bereit?«

An der Hofmauer des Stoffwarenlagers standen die Partisanen schon seit längerem in Bereitschaft.

»Feuer!« befahl Dino Sinojmeri. »Da es nun einmal losgegangen ist, machen wir auch weiter!«

Das Feuer trommelte stark und andauernd. Als es für einige Augenblicke verstummte, vernahm man das Klirren der zerbrochenen Fensterscheiben des Rundfunksenders, die noch immer herunterfielen, wie die Tropfen eines stürmischen Regens.

»Recht so!« übertönte Dino Sinojmeri das Geknatter und setzte mit einer heftigen Bewegung seine Brille wieder auf.

* * *

Abgesehen von einigen kurzen Pausen, dauerte der Feuerwechsel zwischen Barrikade und Bunker den ganzen Vormittag über an. Der Verkehr der Deutschen auf dem *Boulevard Mussolini* war zur Zeit gänzlich unterbrochen. Rechts, aus Richtung der Staatsbank, und aus der Umgebung der Neuen Kirche krachten ebenfalls Schüsse. Anscheinend wurden auch dort Barrikaden errichtet. Die Gewehrsalven, die je nach Kaliber der feuerspeienden Gewehrläufe mal leiser, mal lauter klangen, wurden immer häufiger. Von Zeit zu Zeit zerrissen die Einschläge von Handgranaten die diesige Luft und übertönten für einen kurzen Augenblick den anderen Lärm, und dann begann alles von vorne.

Allmählich wurde der *Boulevard Mussolini* auf seiner ganzen Länge — wie von einer riesenhaften Pythonschlange — vom Krieg verschlungen.

* * *

Dino Sinojmeri hielt wieder einmal die eng getippten Blätter in der Hand. Er las darin und dachte verwundert, daß er nie zuvor auf derart wichtige Informationen gestoßen war, die zugleich mit so viel wertlosem Schund gespickt waren.

Die Arbeiten am Bau des Boulevards begannen im Jahr 1927, gemäß dem Entwurf einer Aktiengesellschaft. Dabei wurde die Schneider-Methode angewandt. Die Steinschicht unter dem Kies und dem Asphalt liegt in 15 cm Tiefe und ist 40 cm dick. Falls die Notwendigkeit bestehen sollte, die Steine zur Errichtung von Barrikaden herauszureißen, muß berücksichtigt werden, daß der Teerguß gemäß Spray-3-Methode vorgenommen wurde. Bei der Einweihung, die am 15. April 1931 stattfand, war die gesamte hochgestellte Gesellschaft der Hauptstadt zugegen, und der Bür-

germeister von Tirana sagte unter anderem: »Möge dieser Boulevard ein ewiges Denkmal der italienisch-albanischen Freundschaft sein! Mögen die Kastanien an seinen Bürgersteigen ewig blühen und die Menschen unter ihnen sich lieben! Kein Unglück und kein Übel sollen ihren Weg bis hierher finden!« (Der Ausspruch aber: »Ich habe zwar Städte ohne Boulevards gesehen, doch noch nie Boulevards ohne Städte«, von dem man munkelt, er stamme vom Schriftsteller Adrian Guma, der damit auf den Mangel an Gebäuden entlang dieses Boulevards anspielen wollte, dieser Ausspruch also — ist nicht auf diese Begebenheit zurückzuführen, sondern auf die Einweihung des Großen Boulevards, *die ein Jahr später stattfand.)*

Hm! schnaubte Dino Sinojmeri. Mögen die Kastanien auf seinen Bürgersteigen ewig blühen!... Wegen der Sprünge in seinen Brillengläsern schien ihm der Boulevard schon jetzt in seiner ganzen Länge und Breite zerrissen und aufgewühlt. Trotzdem gab es in dieser ganzen Zerstörung einen intakten, hellen Streifen, was wiederum der Spiegelung seiner Brillengläser zuzuschreiben war. Er versuchte, sich vorzustellen, wie unter jener weichen, fünfzehn Zentimeter dicken Asphaltschicht die Steine und der Kies lagen, endlos dahingestreckt, wie die unzähligen Wirbel einer Riesenschlange. Falls die Notwendigkeit bestehen sollte, die Steine zur Errichtung von Barrikaden herauszureißen... Dino Sinojmeris Blick wanderte sofort zur Barrikade, die unterdessen an Höhe gewonnen hatte. Unter den übereinandergetürmten Gegenständen bemerkte er eine große Truhe und einen runden, niedrigen Eßtisch. Dieser Tisch erinnerte ihn an sein Heim. Dino Sinojmeri atmete tief ein. Nein, so etwas würdest du schwachköpfiger Bourgeois niemals verstehen! schimpfte er mit unterdrückter Stimme. Mir willst du erzählen, wo und wie tief ich graben muß, um Steine für die Barrikade zu finden?! Du elende Archivmaus!... Mal sehen, was es da noch für weitere Ergüsse gibt.

Den ersten Palast im Barockstil, der auch über einen großen Ballsaal verfügt, ließen die Alizotajs bauen (jetzt hat er die Hausnummer 141). Zur Einweihung des Ballsaals führte die Derwischsekte der Rufais *einen Trance-Tanz auf. Eingeladen waren mehrere Honoratioren, darunter auch der Botschafter Großbritanniens und seine Ehefrau. Die Gäste standen mit vor Staunen offenem Munde da. Der gegenüberliegende Palast gehört dem Fiqiri Bey, der als erster ein türkisches Bad und einen englischen Schornstein in seinem Haus errichten ließ. Beide Paläste sind mit dicken Marmorsäulen verziert; sie verfügen über weiträumige Keller (in denen man Minen legen kann) sowie über unterirdische Geheimgänge mit einer Höhe von 1,20 m, durch die sich ein Mensch in gebückter Stellung (nachdem er das Gewehr von der Schulter genommen hat) bewegen kann. 1931 errichtete der Bankier Rrokaj nebenan seinen Palast* Muße; *im oberen, seitlichen Stockwerk ließ er einen kleinen Turm mit Schießscharten einbauen, nach der Tradition der Turmhäuser der Nordgebirgler. Außerdem wurde im Garten ein 2,25 m tiefes Schwimmbecken angelegt.*

Die erste Frau, die darin badete, war die Gattin des Außenministers D. Z., von der böse Zungen behaupteten, sie triebe es mit dem Bankier. Ihr Badeanzug war lange Zeit Gesprächstoff der städtischen Klatschbasen.

Sherif richtete langsam den Lauf seines Gewehrs auf

die nunmehr scheibenlosen Fenster des Rundfunkgebäudes; der Lauf setzte seine Bewegung fort, immer höher und höher, bis zu den oberen Stockwerken, und hielt zuletzt auf der Dachterrasse mit ihrem Tangenten- und Spiralengewirr von Antennen an.

Die Kugeln flogen endlos zum Zentrum des Himmels. Javer fühlte sich wie trunken und hielt gerade mit halbgeschlossenen Augen inne, als man von der Barrikade her einen freudigen Ruf vernahm:

»Er hat sie getroffen! Sie ist umgestürzt!«

Eine der Antennen war zur Hälfte über den Rand der Dachterrasse gefallen und dort noch immer wippend hängengeblieben.

Mit dem kleinen Radiogerät in der Hand, kam Teuta zu ihnen hinübergerannt.

»Es gibt keinen Ton mehr von sich! Es spricht nicht mehr!« rief sie begeistert und zeigte den Radiokasten herum. »Wer hat die Antennen getroffen? Du, Sherif?«

»Sie ist umgestürzt!« erschallte wieder der freudige Ruf von der Barrikade.

Die Mauer entlang rennend, tauchte plötzlich Mete Ali vor ihnen auf. Er mußte einen Streifschuß abbekommen haben, denn über seiner rechten Augenbraue sah man Blut.

»Ich hörte, daß diese verdammte Sau keine Stimme mehr hat!« rief er ganz außer Atem. »Nun, da sie zu nichts mehr taugt, möcht' ich sie haben. Gib her!« Und ohne auf Teutas Antwort zu warten, riß er ihr das Rundfunkgerät aus der Hand. »Na warte nur, du läufige Hündin!« keuchte er. »Du hast uns beschimpft! Was du uns nicht alles an den Kopf geworfen hast!...«

Mit einer heftigen Bewegung riß Mete Ali den Deckel an der Rückseite des Radios ab.

»An den Haaren werd ich dich packen, du Hure!« brüllte Mete Ali aus vollem Herzen weiter und rupfte mit der rechten Hand ein Büschel dünner Drähte aus dem Innern des Radiogeräts.

»Der dreht ja völlig durch!« rief Teuta und blickte mit ihren lebhaften Augen in die Runde, als wollte sie herausfinden, ob es angebracht war, über den Auftritt von Mete Ali zu lachen.

»Uuu!« machte der Stumme plötzlich.

»Wo brennt's denn, Stummer?« fragte Javer.

»Uuu!« wiederholte der andere und deutete zur Straßenkreuzung hin. Von der Barrikade trug man gerade jemanden an Armen und Beinen fort.

Unweit des Rundfunkgebäudes, auf derselben Straßenseite, liegt der Regentenpalast, der früher Eigentum des Monsignore Toçi war. 1940 wurden die Weinkeller zu Luftschutzkellern umgebaut. Von der Terrasse dieses Gebäudes hat man einen guten Blick auf die Dachterrasse des Rundfunksenders. Im April 1938 wurden auf der Terrasse des Regentenpalastes die Hochzeitsgeschenke für König Zogu ausgestellt; sie kamen vom Heiligen Stuhl, vom Patriarchat der orthodoxen Kirche in Istanbul, vom Großmufti der arabischen Länder, vom Oberhaupt der Bektaschisekte, vom japanischen Jesuitenorden, vom Dalai-Lama und anderen. Auf derselben Terrasse sangen am Hochzeitstag des Monarchen die Stammeshäuptlinge des Nordens epische Rapsodien, begleitet von der Lahute, einem einsaitigen Volksinstrument. Um den ganzen Palast herum läuft ein eiserner Gitterzaun, der sich zur Panzerabwehr eignet. Im Garten gibt es Heckenrosen.

Es war bereits Nachmittag geworden. Ein mattes Licht, der letzte Schimmer der untergehenden Sonne, ruhte auf den Eisengittern, hinter denen die nun unansehnlichen, ausgetrockneten Springbrunnen und die schon seit langem blütenlosen Heckenrosen wie einbalsamiert wirkten.

Der Kommandant der Kampfeinheit dachte daran, daß dieser Boulevard zweitausendvierhundert Meter lang war und daß ihn mit Einbruch der Dämmerung Meter um Meter, Fuß um Fuß, auf seiner ganzen Länge Mengen von Blut, gleichgültig über einen dünnen Teppich welker Blätter rinnend, überströmen würden.

Er überflog wieder die getippten Seiten, die zwischen dem Text ab und zu auch einige Skizzen enthielten. Da gab es eine Menge Striche und ausführliche Aufzeichnungen über die Entfernung zwischen den verschiedenen Gebäuden, Kreise mit dem Durchmesser der Plätze und Straßenkreuzungen und auch unzählige Notizen, die zum größten Teil recht merkwürdig waren. Dino Sinojmeri las von einem Geheimgang der Dame Hamide, den sie für das Rendezvous mit dem Grafen Pontecervo benutzte und den sie mit einem schwarzen Schleier über dem Gesicht durchquert hatte. Ihr Weg war mit einem schwarzen Pfeil markiert, und über dem Pfeil war an drei Stellen *Hamide* verzeichnet. Ein zweiter schwarzer Pfeil verlief in entgegengesetzter Richtung und war mit *Der Graf* überschrieben. Der Treffpunkt war mit einem kleinen roten Kreuz markiert. Auf einem anderen Blatt stand neben einer sorgfältig gezeichneten Ellipse: *Das Schwimmbecken, in dem sich die alte Groß-*

grundbesitzerfrau Gjyslihan nach Beendigung des Prozesses in der Erbschaftssache gegen die Kasimataj ertränkte.

Auf jedem Fußbreit ein Verbrechen! dachte Dino Sinojmeri und stopfte die Blätter wieder in seine Tasche. Wer mochte wohl dieser Mensch gewesen sein, der sich die Mühe gemacht hatte, all diese Aufzeichnungen anzufertigen? Bestimmt war es so ein komischer Kauz von Bourgeois, der zuletzt mit der Befreiungsbewegung zu sympathisieren begonnen hatte...

Unwillkürlich tauchte in der Vorstellung Dino Sinojmeris ein Schwimmbecken mit bewegter Wasseroberfläche an einem Wintertag auf, und dann sah er in Gedanken die Silhouette einer alten Frau am Rand des Schwimmbeckens stehen. Es konnte doch nicht möglich sein, daß dieser manische Sonderling Zeit seines Lebens auf diesen Boulevard heruntergestarrt hatte, um alles Beobachtete in seiner Chronik aufzuzeichnen.

Auf jedem Fußbreit ein Verbrechen! wiederholte Dino Sinojmeri. Heute oder spätestens morgen früh werden wir in Gesellschaft von Geistern kämpfen müssen!

Er blickte auf seine Uhr. Es war halb vier. Von den Bunkern des Stadtzentrums erschallte wellenartig das vertraute, dumpfe Dröhnen zu ihnen herüber. Die Barrikade hatte Nachschub bekommen, weitere Guerillas des Wohnviertels waren hinzugekommen. Bislang gab es erst einen Toten.

Welch ein langer Tag! seufzte Dino Sinojmeri. Die Zeit schlich sehr langsam dahin, und er kauerte sich in einer Ecke nieder, stützte den Kopf auf seinen rechten Ellbogen und versuchte, für ein paar Minuten einzuschlummern.

* * *

»Uuu!« gab der Stumme von sich.

Javer horchte auf. Der Stumme hatte seinen Kopf angestrengt in eine Richtung gereckt, und sein ganzer Körper drückte gespanntes Horchen aus. Sein Blick war flatternd und unruhig.

Sherif glaubte, so etwas wie ein Rattern zu hören, doch er wußte nicht recht, ob es wirklich vom Boulevard her kam oder ob es bloß drinnen in seinem Kopf rumorte.

»Uuu!« machte der Stumme erneut, aber diesmal klang es eher schneidend, wie ein kurzer Vogelschrei.

Sherif wollte gerade den Mund öffnen und fragen, was denn dieser dumpfe Lärm zu bedeuten hätte, als plötzlich eine scharfe Stimme vom anderen Ende der Stellung ertönte:

»Panzer!«

Sie krochen aus einer Gasse heran, die an der Rückseite des Rundfunksenders lag, und ratterten drohend auf die Barrikade zu. Es waren zwei. Hinter ihnen lief geduckt eine lose Schar deutscher Soldaten. Die ersten Geschosse aus einem der beiden Panzerrohre zerrissen den Körper des Kommissars. »Die Panzerfäuste! Die Benzinflaschen!« brüllte Dino Sinojmeri. »Feuer!«

Sein schmerzerfüllter Blick flog rasch von den Panzern zum leblosen Körper des Kommissars. Stücke eines zerschmetterten kupfernen Kohlenbeckens waren mit seinem Körper vermengt, und wahrscheinlich tränkte sich in diesem Augenblick die Asche mit seinem Blut. Binnen einer Sekunde, wie in einem stürmischen Wirbel ineinander verwoben, kreiste im Kopf Dino Sinojmeris alles, was mit dem Wort »Herd« zusammenhing: Volksgedichte und alte patriotische Lieder, die von der Verteidigung des heimatlichen Herdes handelten... Die ersten Flugblätter... Der Feind hat unseren Herd mit seinen Stiefeln getreten... Den letzten Blutstropfen für unseren Herd hergeben... Und nach diesem verwickelten Knäuel von Empfindungen ergriff ein etwas ruhigerer Gedanke von ihm Besitz: Sein Kamerad, der Kommissar, war soeben bei einem Kohlenbecken, also bei einem Herd, getötet worden, und dessen Asche bedeckte nun sanft seine Wunden...

»Angriff!« brüllte Dino Sinojmeri. Sein Schrei war so laut, daß ihm davon der Kopf schmerzte, und trotzdem wurde er vom Lärm der beiden Ungeheuer übertönt.

Die Panzer näherten sich, einer hinter dem anderen. Die Erde bebte. Javer schoß einmal und dann noch ein zweites Mal. Der erste Panzer war kleiner als der zweite, der ihm samt den Soldaten folgte.

»Die Handgranaten!« befahl Dino Sinojmeri.

Mehrere Granaten schlugen auf dem Panzer und in seiner unmittelbaren Nähe ein, aber er ließ sich nicht aufhalten.

»Werft sie auf die Ketten!« schrie der Kommandant. »Zielt nur auf die Ketten!«

Javer feuerte ein weiteres Geschoß aus seiner Panzerfaust ab. Ein anderer Partisan feuerte ebenfalls aus seiner Stellung etwas weiter oben. Wie ein Tier, das dazu fähig ist, zwischen unzähligen starken Geräuschen durch seinen Spürsinn das einzig wirklich gefährliche Geräusch zu erkennen, blieb der Panzer plötzlich, nur einige Meter von der Barrikade entfernt, stehen. Javer schoß bereits das vierte Mal mit seiner Panzerfaust. Der andere Partisan feuerte ebenfalls. Der Motor des Panzers brüllte auf; es war ein kurzes, mächtiges Röhren, auf das eine Rauchwolke folgte; daraufhin machte der eiserne Körper kehrt, anfangs sehr langsam und dann mit einer wilden, vollständigen Drehung.

Der andere Panzer, der zweite, der hinter ihm stand, wich zur Seite, um seinem Gefährten den Weg frei zu geben, und bewegte sich dann vorwärts in Richtung Barrikade. Inzwischen stand bereits der ganze Platz vor der Barrikade durch das vergossene Benzin in Flammen. Der große Panzer blieb stehen, grollte einige Male, legte dann den Rückwärtsgang ein und begann, sich langsam zurückzuziehen, offensichtlich darauf bedacht, die eigenen Soldaten nicht zu überfahren, die ebenfalls den Rückzug angetreten hatten, wobei sie vereinzelt aus ihren Gewehren feuerten.

»Na, du verfluchter Hund, nimmst wohl Reißaus!« schrie einer der Partisanen, riß eine Handgranate aus seinem Gurt und sprang mit einem Satz aus seiner Stellung, um hinter dem Panzer herzujagen. Er hatte jedoch noch keine drei Schritte getan, als ihm ein Geschoß aus der Panzerkanone den Kopf abriß. Man sah nur zwei Arme, die sich dorthin hoben, wo eben noch sein Kopf gewesen war, die nach der schrecklichen Leere griffen, und dann stürzte der Körper des Getroffenen schräg zu Boden.

* * *

Welch ein verfluchter Nachmittag! brummte Dino Sinojmeri und knirschte mit den Zähnen. Lang wie des Teufels Schwanz!... Er blickte jede Minute auf seine Uhr und empfand das endlose Dahinkriechen des Nachmittags fast als eine persönliche Schikane. Am Abend mußte der Bunker gestürmt werden. Ehe dieser verdammte Bunker nicht zerstört war, konnte von einem Angriff auf das Rundfunkgebäude überhaupt keine Rede sein.

Man hatte die Verwundeten und Gefallenen von der Barrikade geholt und schleppte nun weitere Sandsäcke und Ziegel herbei. Die Kampfeinheit stand für den Angriff auf den Bunker bereit. Jetzt mußte man bloß noch auf den Einbruch der Dunkelheit warten.

* * *

Doch gerade als die Abenddämmerung hereingebrochen war und die Kampfeinheit sich darauf vorbereitete, den Bunker zu zerstören, griffen die Deutschen erneut an. Im gleichen Moment, als man das »Uuu!« des Stummen vernahm, schrie jemand von der linken Seite der Stellung:

»Die Panzer kommen!«

Wie beim letzten Mal tauchten die beiden Panzer auch jetzt aus der Gasse an der Rückseite des Rundfunksenders auf und, gefolgt von einer größeren Anzahl Soldaten, bewegten sie sich schwerfällig zum Boulevard hin, um ihn zu überqueren. Der größere Panzer fuhr nun vorneweg, der kleinere folgte ihm dichtauf, und dahinter krochen zwei zusätzliche Panzerwagen heran, bemalt in den Farben eines Schildkrötengehäuses.

Sherif glaubte förmlich zu spüren, wie die Kugeln aus seinem Maschinengewehr an dem eisernen Panzerturm, der einem massigen Nilpferd ähnelte, wie harmlose Hagelkörner abprallten. Diese zusammengeballte blinde Metallmasse ließ ihm alleine den Gedanken an Eisen als abscheulich erscheinen. Aus den Augenwinkeln bemerkte er, wie ein Zittern durch Javers Hände lief, als er mit seiner schweren Waffe auf den großen Panzer zielte. Inmitten des dichten Kugelhagels wirkte Javers Geschoß wie ein einsamer junger Wolf in einem Rudel Hunde, und nur seine Geschoße schienen die Schwächen der gepanzerten Haut zu kennen.

Auf die Panzerkette prasselten immer noch unaufhörlich die Handgranaten nieder, aber der Riese zeigte sich gegenüber diesem tödlichen Regen unempfindlich. Der eiserne Turm, der kraftstrotzend und zugleich absurd, fast lächerlich wirkte, näherte sich auf seinen stählernen Tatzen mit bedrohlicher Langsamkeit.

»Barrikade, Rückzug antreten!« brüllte Dino Sinojmeri. »Seitlich! Seitlich!«

Der Panzer befand sich nur noch einige Schritte entfernt. Vier Schritte. Zwei Schritte. Das Panzerrohr berührte den oberen Teil der Barrikade, während seine Ketten bereits ihren Körper zermalmten.

Sherif glaubte das Krachen des Waschbeckens zu hören, und preßte seine Kiefer zusammen, als wären es seine eigenen Knochen, die zerbrachen. In diesem Moment, gerade als der Panzer, gleich einem Schwein, das seine Schnauze in einen Haufen Gemüse steckt, sein Vorderteil in das Gerümpel der Barrikade grub, erhob sich Dino Sinojmeri aus seiner Stellung und schleuderte eine Benzinflasche, diesmal jedoch nicht auf den Panzer, sondern auf die Barrikade, die sich in Sekundenschnelle in ein Meer aus züngelnden Flammen verwandelte. Kurz darauf existierte die Barrikade nicht mehr. Der Panzer versuchte zunächst, sich wie beim letzten Mal langsam zurückzuziehen, um die Soldaten hinter sich nicht ohne Deckung zu lassen, aber die Flammen verbreiteten sich derartig schnell, daß er gezwungen war, rasch zu wenden und davonzurattern, um dem Feuer zu entgehen. Eigentlich benötigte er nur einige Sekunden, um sich von der Barrikade zu lösen und die größeren Gegenstände abzuschütteln; inzwischen hatten seine Ketten jedoch den alten Teppich, den schweren Samtvorhang und die Verkleidungen der altmodischen Fauteuills mitgerissen, die zerfetzt zwischen den ineinandergreifenden metallenen Gliedern hängenblieben und sich nun brennend und qualmend drehten.

»Seht doch! Seht!« rief einer der Partisanen.

Der Anblick war tatsächlich beeindruckend: bedeckt von flammenden Fetzen, schrecklich und lächerlich zugleich, ergriff der große Panzer die Flucht.

Das, was sich danach ereignete, war einfach unglaublich: der große Panzer, geschmückt mit seiner brennenden Girlande, jagte davon; hinterher stürzten schreiend und grölend die Partisanen und Guerillas, als ob sie zum Spaß einem Verrückten hinterherlaufen würden, dessen zerfetzte Kleider Feuer gefangen hatten. Die deutschen Soldaten, nun ohne Dekkung durch ihren Panzer, rannten hinter ihm her, einige von ihnen schossen, sich rückwärts bewegend, weiter. Der andere Panzer war stehengeblieben, und einer der Panzerwagen hatte Feuer gefangen. Ein gelbbekleideter Arm, der aus einer seiner Öffnungen herunterhing, pendelte schwach, so oft er von den Flammenzungen geleckt wurde. Der große Panzer raste weiter auf den Bunker zu, als hoffte er, dort Rettung zu finden. Hinter ihm tobte das Chaos: es war kaum zu erkennen, ob die Verfolger hinter dem Panzer herrannten, um ihn endgültig zur Strecke zu bringen, oder ob sie versuchten, bei ihm Deckung zu finden. Es geschah sogar, daß Partisanen und Deutsche einige Meter Seite an Seite liefen, bis ihnen die Situation plötzlich wieder zu Bewußtsein kam und sie sich gegenseitig mit Maschinenpistolen niedermähten. Mit einem Mal schien sich auch der Panzer anders zu besinnen: er stoppte seine fluchtartige Fahrt und richtete seinen eisernen Turm auf die Verfolger; genau in diesem Augenblick hatten jedoch die Flammen offensichtlich den Motor erreicht, und er setzte aus. Die Schar der Soldaten trennte sich nun endgültig von dem Panzer und rannte zum Bunker. »Stürmt den Bunker!« schrie Dino Sinojmeri aus vollem Halse. »Vorwärts, Jungs! Dort steht er!« An beiden Seiten des Panzers entlanghuschend, stürmten die Angreifer voran. Der Bunker hatte während des ganzen Angriffs geschwiegen, weil er ansonsten die eigenen Soldaten getroffen hätte. Er war nur noch zehn Schritte entfernt — ein sechseckiger glatter Betonblock, mit waagerechten und senkrechten Schlitzen, die alles Böse, Abstoßende und Feindliche, was von solch einem Bau ausgeht, in sich zu vereinigen schienen. Der Bunker schwieg noch immer. Acht Schritte. Sechs. Fünf. Dann erwachte auch er aus seinem bedrohlichen Schlaf. Drei Partisanen und ein Guerillakämpfer wurden von Maschinengewehren niedergemäht, ihre Granaten in den Händen und nur drei Schritte von ihm entfernt. Der fünfte Angreifer, Mete Ali, erreichte mit einigen geschickten Sprüngen eine der Außenwände des Bunkers, die keine Schießscharte hatte; er preßte den Körper eng an den kalten Beton und kroch weiter bis zu einer Stelle, wo die Wand eine Ecke bildete; im Schutz dieser Ecke streckte er einen Arm weit vor und versuchte, seine Granate in die nächstgelegene Schießscharte zu schieben. Die Granate rutschte jedoch nur ein ganz kleines Stück hinein, da sich die Öffnung plötzlich trichterförmig verengte. Mete Ali überlegte blitzschnell, ob er seine Granate einfach abziehen, auf den Boden fallen und explodieren lassen sollte; doch im gleichen Moment krallte sich in seinem Hirn der Gedanke fest, daß er dann nie, nie mehr dazu kommen würde, dieses verdammte Nest auszuräuchern!... Jetzt, wo ich dich endlich gefunden habe,... du Teufelsbrut!... Mete Ali konnte an nichts anderes mehr denken. Mit geschlossenen Augen und zusammengebissenen Zähnen preßte er seinen Körper noch fester an die Betonwand, darauf bedacht, seinen rechten Arm weit, möglichst weit auszustrecken... den Arm, der nun noch senkrecht in der Luft schwebte, und doch schon jenseits, in einer anderen Welt war... Er stieß die abgezogenen Granate noch einmal in die Schießscharte und hielt sie fest umklammert in seiner Hand, bis sie explodierte...

Dies alles ging so schnell vor sich, daß diejenigen, die hinter ihm heranstürmten, zunächst gar nicht merkten, was geschehen war. Von weitem hatte es so ausgesehen, als würde Mete Ali sich an ein Vogelnest heranschleichen, um die Jungen zu stehlen, wie sie es fast alle in ihrer Kinderzeit getan hatten. Erst als aus den drei Schießscharten des Bunkers schwarze Rauchschwaden quollen und sie Mete Ali erblickten, der sich totenblaß und schwankend mit dem einzigen Arm, der ihm geblieben war, an der Betonwand abzustützen versuchte, verstanden sie, was sich da soeben abgespielt hatte.

* * *

Während des gesamten Angriffs hielten Sherif und drei weitere MG-Schützen die Dachterrasse und sämtliche Fenster des Rundfunkgebäudes unter Beschuß, um die deutschen Soldaten daran zu hindern, auf die Partisanen und Guerillas zu schießen. Es war Sherif nicht entgangen, was sich in der kurzen Zeitspanne abspielte, nachdem der große Panzer die Barrikade mit seiner Schnauze zerstört hatte. Auch jetzt verfolgte er mit unruhigen Blicken die Bewegungen der Kameraden, die nach der Inbrandsetzung des Bunkers mit kurzen Sprüngen entlang der Hausmauern die Straße zurückliefen. Da kam auch Teuta, ohne Mütze und mit großer Mühe Mete Ali stützend, der hin und her schwankte und sich kaum auf den Beinen halten konnte. Sein Gesicht war aschfahl und von einer fast bläulichen Blässe überzogen. Aber wo steckte bloß Javer? durchfuhr es ihn plötzlich, und er spürte, wie sein Herz schwächer schlug. Ach, da war er ja!

Es wurde dunkler, und die anderen waren immer schwieriger zu erkennen. Nun tauchte auch der Kommandant auf! Seine Brille hatte er selbstverständlich wieder einmal verloren. Er sagte gerade etwas zu zwei Guerillakämpfern, die einen gefallenen Kameraden herbeitrugen. Aber was war eigentlich mit Mete Ali los? In seinem unförmigen, allzu langen Militärmantel glich er einem Betrunkenen, der von einem Hochzeitsgelage torkelnd zurückkehrt. Den Kopf möglichst weit von Teutas Schulter weggebeugt, erbrach er sich im Gehen. Was hat er denn bloß? fragte sich Sherif. Aber eine zweite Stimme, die in seinem Innern beklemmend widerhallte, fügte hinzu: Was hat er denn bloß nicht mehr? ... Sherif setzte für einen Augenblick sein Maschinengewehr ab, blickte angestrengt nach vorne, und begriff: Mete Ali fehlte ein Arm!

Sie kamen zurück, einer nach dem anderen. Die Toten legte man in einer Reihe auf dem Boden nebeneinander, nicht weit entfernt von den Munitionskisten.

Auf der Straße brannten der Panzerwagen und der große Panzer weiter. Es roch nach verkohlten Überresten.

Von der niedergebrannten Barrikade her erschallten Schritte und dumpfes Stimmengewirr. In der Dunkelheit bewegten sich Menschensilhouetten, die Federbetten, Ziegel, Wolldecken und allerlei andere Gegenstände herbeischleppten. Die Barrikade wurde wiedererrichtet.

Eine Zeitlang herrschte tiefe Stille, und dann ratterte es vom Stadtzentrum her erneut aus den Bunkern des *Skanderbeg-Platzes*. Schon wieder dieser »Halbpanzer«! dachte Sherif, der sogleich dessen Schüsse aus dem gleichzeitig einsetzenden Trommelfeuer heraushörte... Daheim, in seinem Dorf, hatte Tosun Aga, nachdem er seine junge Schwiegertochter erschlagen hatte, oft stundenlang vor sich hinstierend dagehockt, als hätte ihn der Schlag gerührt, um dann plötzlich mit seinem langen Stock nach jedem zu schlagen, der in seine Nähe kam. Es geschah häufig, daß sich tagelang niemand traute, ihm etwas zu Essen oder zu Trinken zu bringen.

Aus der Umgebung der Staatsbank drangen einige Maschinengewehrgarben herüber. Dann hörte man von Norden her, wahrscheinlich beim Neuen Gefängnis, Mörsereinschläge. Entlang des Boulevards erklang Kriegslärm, der rhythmisch anschwoll und abebbte.

Dino Sinojmeri wandte sich wieder dem Boulevard zu und erblickte unvermutet einen in bleiches Mondlicht getauchten Tennisplatz. Wo kommt denn der her? fragte er sich völlig fassungslos, denn er konnte sich nicht daran erinnern, ihn vorher jemals bemerkt zu haben. Blaß und durch ein durchsichtiges Netz in seiner Mitte geteilt, schien der Tennisplatz aus einer unwirklichen Welt herabgesunken zu sein, bereit, sich bei den ersten Bombeneinschlägen in seiner Nähe wieder emporzuschwingen und das Weite zu suchen.

Der benachbarte Palast der Verlacis verfügt über einen Tennisplatz, der 1929 angelegt worden ist. Die erste Frau des Königreichs, die sich an diesem Spiel beteiligte, war die Dame Hamide, und zwar im Herbst 1931. Damals befand sich Jacomoni gerade zu einem Besuch in Albanien...

Dino Sinojmeri schüttelte heftig den Kopf, wie um die Erinnerung an die vielen Notizen auszulöschen, die er im Laufe des Tages gelesen hatte. An seine Ohren drangen nun einige ganz und gar zusammenhanglose Worte. Das ist Mete Ali, dachte er. Seit einer Stunde schon hatte er hohes Fieber und redete wirres Zeug. Dies war die Nacht seiner fürchterlichen Qualen.

Ihr verfluchten Bourgeois, knurrte Dino Sinojmeri abfällig, all eure Geschichten zusammengenommen sind nicht so viel wert wie dieses Delirium!

Am Abend des 14. November 1944 delirierte der Partisan des 2. Bataillons der 1. Sturmbrigade, Mete Ali, längere Zeit.

Hier Bruchstücke aus seinem Delirium:... die nächste Granate... nimm den Arm zurück... was treibt ihr denn da... duellieren?... Mete Ali wird kritisiert... alle zur Versammlung... Mete Ali wird zurechtgewiesen... die Granate kommt nicht durch... kommt nicht durch... denkste... ach, du Hündin... da hast du's... so, ja so...

Vorsicht, den anderen Arm... der Stumme hat seine Stimme wiedergefunden... sprich, Stummer... brüll... ach ...

Die gelbe Mondscheibe hüllte noch immer den ganzen Boulevard in ihr blasses Licht ein. Ein feuchter Wind wehte vom Süden her. Dino Sinojmeri stand mit vor Müdigkeit halbgeschlossenen Augen da. Langsam, wie eine lange Schlange, die lässig dahinkriecht, wand sich in seinen Gedanken der *Boulevard Mussolini* mit seinen endlosen Bürgersteigen und Hausnummern, mit seiner Chronik der Verbrechen und Sensationen, den Hotel- und Restaurantschildern, dem Klatsch der langen Winterabende, den Geistern, den ausgehängten Öffnungszeiten der Cafés, den Kinoreklamen und den Plakaten der letzten Vorstellungen an den Litfaßsäulen. In ihm verstärkte sich der Eindruck, daß man sich jede Regierung vor ihrem Sturz nicht anders vorstellen konnte als mit Bekanntmachungen über die Polizeistunde und Listen von Hingerichteten. Sein Leben und das seiner Kameraden war auf ziemlich erstaunliche Weise mit diesem Boulevard verknüpft...

Im matten Mondschein lagen sie wie verzaubert da: der Tennisplatz, die hohen Portale, flankiert von den Ranken wilder Rosen, und die großen schwarzen Schrotthaufen und düsteren Pfützen, Überreste der abendlichen Zusammenstöße an der Straßenkreuzung. Plötzlich durchlief ein heftiges Zittern seinen Körper: auf dem Asphalt, ganz nahe am Straßenrand, schien der abgerissene Arm Mete Alis zu liegen! Er rieb sich die Augen, blinzelte ein paar Mal, wie es alle Kurzsichtigen tun, um besser sehen zu können, und stand dann eine ganze Weile wie angewurzelt da. Der Arm lag tatsächlich dort, grau-gelb im schwachen Mondlicht erkennbar. Wahrscheinlich war er durch die Explosion der Handgranate bis dorthin geschleudert worden. Zutiefst betrübt und erschrocken fragte er sich, ob er bis zu jener Stelle kriechen sollte, um den Arm zu holen, damit er morgen nicht bei dem bevorstehenden Angriff zertrampelt würde. In diesem Moment kam jedoch ein stärkerer Wind auf, und der Arm bewegte sich merkwürdigerweise ein wenig. Kurz darauf bewegte er sich zum zweiten Mal, und Dino Sinojmeri wurde nun klar, daß es sich nur um einen verdorrten Zweig handelte, der von einem der Zierbäume am Bürgersteig des Boulevards abgebrochen war. Er stieß einen erleichterten Seufzer aus und sagte zu sich: Ich muß mich wohl ein bißchen ausruhen.

* * *

Es war noch immer Nacht. Nur Dino Sinojmeri glaubte in seiner Ungeduld, daß der Morgen schon graute. Er hielt seine Armbanduhr ganz nahe vor die Augen, doch er konnte auf dem Zifferblatt nur zwei kleine Pfeile erkennen, die sich locker und nachlässig hin und her drehten.

Vom Kampflärm, der die ganze Nacht über in der Stadt gewütet hatte, war nun seltsamerweise nichts mehr zu hören. Auch der Mond hatte sich von der Himmelskuppel zurückgezogen. Jetzt ist es also soweit! wurde es Dino Sinojmeri plötzlich klar.

In der Finsternis war die Bereitschaft aller fast körperlich greifbar. Sie waren nichts als Warten. Der gedämpfte Klang von trippelnden Schritten und so etwas wie ein gemeinsames, heiseres Atmen war zu vernehmen.

Dino Sinojmeri blickte zum Himmel empor, an dem sich endlich ein ganz zarter, grauer Streifen zeigte. Und wieder einmal dachte er: Schade, daß ich keine Brille habe!

»Also vorwärts, Jungs, Glück muß man haben!« rief er dann, trat mit dem Revolver in der Hand aus der Stellung und schritt auf die Gasse zu, so ruhig und gelassen, als ginge er an einem Sonntagnachmittag über die Schwelle seines Hauses. Er ließ vier, fünf Partisanen vorangehen (unter ihnen befand sich auch derjenige, der den Nachschlüssel zum Haupttor hatte) und folgte ihnen dann. Die übrigen Partisanen und Guerillakämpfer eilten ihnen geschlossen nach.

Der Wind war von Regen geschwängert. Sich an den Mauern entlangtastend, erreichten sie den Bürgersteig des Boulevards. Vor ihnen tauchten die schwarzen Umrisse des verbrannten Panzers und des Panzerwagens auf, etwas weiter die Silhouette des anderen Panzers und des halbzerstörten Bunkers. Die Gruppe bewegte sich, als würde sie über den dumpfen Klang ihrer eigenen Schritte schleichen. Sie hatten schon die Hälfte ihres gefährlichen Weges zurückgelegt, als sie von den Deutschen entdeckt wurden. Aus den Fenstern des ersten Stockwerks, aus dem Haupttor und von der Dachterrasse prasselte ein Hagel von Maschinengewehrkugeln nieder. Und als wäre das nicht schon schlimm genug, flammte plötzlich aus einem Fenster (oder war es nur ein in die Mauer geschlagenes Loch?) ein Scheinwerfer auf, der die Kreuzung mit einem grellen Licht überflutete, in dem sich die Angreifer wie in tödlicher Gelatine gefangen fühlten. Im selben Augenblick begannen aus den gegenüberliegenden Stellungen die schweren Maschinengewehre der Partisanen zu bellen, die von dem Ruf Dino Sinojmeris für einen Augenblick übertönt wurden: »Sherif, sieh zu, daß du diesem Teufel das Auge auskratzt! Er macht uns sonst fertig!« Platt auf den Boden gedrückt, die Augen mit dem Ellbogen bedeckt (sie schmerzten auch ohne jenes Höllenlicht), schrie er weiter: »Sherif, reiß ihm das Auge aus!«

Einige Partisanen hatten bereits den großen Panzer erreicht und hinter ihm Stellung bezogen. Die anderen krochen seitlich weg, um wenigstens aus diesem schrecklichen Lichtkegel herauszukommen, der jeden und alles festzunageln schien. Zwei, drei Angreifer rührten sich nicht mehr von der Stelle. Sie waren offensichtlich schon tot.

Noch immer in seiner Stellung verharrend, dachte der Kommandant der Kampfeinheit unwillkürlich daran, daß das Haupttor des Rundfunkgebäudes nur zwanzig Schritte weit entfernt und die Todesgefahr auf diesem schmalen Bodenstreifen unglaublich groß war. In dieses grelle Licht getaucht zu stürmen, bedeutete Selbstmord. Was tun? fragte er sich und hob ein wenig den Kopf. Das Licht des Scheinwerfers klebte wie ein schleimiges Tier auf seiner Haut. Es ist unmöglich! murmelte er. Verdammt, das hab ich nicht erwartet!... Da wurde es plötzlich ganz weiß hinter seinen Augenlidern. Ich hab was abbekommen! schoß es ihm sofort in heller Panik durch den Kopf. Nicht doch! flößte er sich Mut ein. So darfst du nicht verrecken, so, auf die Erde hingestreckt... eine Schande wäre das!... Und er schnellte heftig in die Höhe. Tiefe Finsternis umhüllte ihn, und er lebte. Etwas anderes war tot: der abscheuliche Scheinwerfer mit seinem grellen Lichtkegel.

»Uuu!« erreichten ihn in der Dunkelheit die Laute des Stummen.

»Sturm auf das Haupttor, Jungs, vorwärts!« schrie Dino Sinojmeri, so laut er nur konnte, und rannte los.

Die Angreifer, wie aus einer tiefen Benommenheit aufgerüttelt, stürmten vorwärts. Eine Zeitlang schien es, als würden sie von niemandem beschossen, als stritten sich die schweren Maschinengewehre beider Seiten über ihre Köpfe hinweg, wie bei einem Luftduell. Dann wurden die ersten Handgranaten in die Fenster der unteren Stockwerke geschleudert. Etwas stürzte mit ohrenbetäubendem Getöse herunter. Jemand schrie in Albanisch auf, darauf ertönte ein Schrei in Deutsch und dann folgte eine Reihe von Schmerzenslauten, die man allerdings in keine Sprache einordnen konnte — sie flogen um ihn herum, wie Federn eines gerupften Huhns. Das Feuer der Deutschen trommelte mit einer unvorstellbaren Heftigkeit. Ein ungeheures Chaos war entstanden.

In der zehnten Minute des Sturms erteilte der Kommandant der Kampfeinheit zum Erstaunen aller den Befehl, sich bis zum großen Panzer zurückzuziehen.

* * *

Die Morgendämmerung war noch nicht richtig angebrochen. Am Horizont waren nur die Ränder der Nacht ein wenig verblichen. Hinter den ausgebrannten Panzer und den Panzerwagen geduckt, nahmen die Partisanen und Guerillas weiterhin sämtliche Fenster des Rundfunksenders unter Beschuß. Nach der Zerstörung des Bunkers waren die Deutschen nun auf die Verteidigung dieses Gebäudes angewiesen. Eine Gruppe von Guerillakämpfern, die sich in der Gegend gut auskannten, hatte sich freiwillig gemeldet, den Rundfunksender von der Rückfront aus mit Handgranaten zu überfallen. Dino Sinojmeri wartete nun auf die Einschläge dieser Granaten, die jedoch nicht kamen... In den Aufzeichnungen, die noch immer in seiner Tasche steckten, war die Rede von einer Gartenanlage hinter dem Rundfunkgebäude gewesen, von der man durch eine in die Mauer eingelassene Geheimpforte zum Haus des Mafus Bey gelangen konnte, wo sich einige dunkle Geschichten abgespielt hatten... und... Plötzlich erdröhnte genau von dort eine Detonation, die die Erde erzittern ließ, und alle reckten die Hälse, zum Sprung bereit... Doch Dino Sinojmeri schüttelte verneinend den Kopf. Das war nicht das schnelle, klare und fast fröhliche Krachen von Handgranaten, sondern ein ganz anderes Donnern, das etwas von einem Erdbeben an sich hatte... Minen! flüsterte Dino Sinojmeri vor sich hin und preßte seine Stirn gegen das kalte Eisen des Panzers. Die Guerillakämpfer waren zerfetzt worden...

Es begann zu nieseln. Zwei, drei Mal blickte er mit

zusammengekniffenen Augen zum Horizont, als wollte er aus der endlosen Ferne einen Entschluß ablesen. Die Morgendämmerung brach herein. Wir werden noch am hellichten Tag hier sitzen! durchzuckte es ihn, und schon im nächsten Augenblick schnellte er auf die Knie hoch. Es gab nichts mehr, auf das man warten konnte. Er riß seinen Revolver in die Höhe und schrie:

»Drauflos! Jetzt oder nie!«

Sie stürmten im Halbdunkel voran, und wie schon beim ersten Mal, ließ Dino Sinojmeri, entsprechend den Anweisungen, einige Partisanen vorgehen, und kam erst dann selbst hinter dem Panzer hervor. Schade, daß ich keine Brille habe! dachte er wiederum und fühlte im selben Augenblick einen brennenden Stich in der Bauchgegend. Vor seinen Augen wurde es tiefschwarze Nacht. Nicht doch! flüsterte er schmerzerfüllt. Warum gerade jetzt, zum Teufel!... Er spürte, daß er nicht gestürzt war und daß sich sein Körper noch immer fortbewegte, allerdings mit brutal aus dem Gleichgewicht gebrachten Bewegungen und auf zwei Beinen, die nicht zu ihm zu gehören schienen. Eine zweite Kugel streifte leicht seine linke Wange, und er hätte beinahe bitter aufgelacht. Das ist jetzt ganz und gar unwichtig, meine Liebe! sagte er und meinte die Kugel. Er unternahm noch eine übermenschliche Anstrengung, um nicht zu fallen, und während ihn seine Beine noch immer vorantrugen, sah er nebelhaft, wie der Stumme genau auf der Schwelle des Haupttors getroffen niedersank. Er konnte noch einen anderen Partisanen erkennen, denjenigen, der den Nachschlüssel hatte; dieser spreizte die Beine, um nicht auf den Körper des Stummen zu treten, und stieß den großen Schlüssel wuchtig ins Schloß — dann aber blieb er merkwürdigerweise mit einer Hand am Schlüssel hängen, während sein Körper zusammensackte...

Man tötet sie mir, einen nach dem anderen! schrie Dino Sinojmeri innerlich auf und blickte auf seine Hände nieder, die er jedoch nicht mehr sehen konnte. Er stand noch immer aufrecht auf den Beinen, als ihm der Tod in Gestalt der Dame Hamide erschien, die, in einen schwarzen Schleier gehüllt, durch die über den *Boulevard Mussolini* ausgebreitete Dämmerung auf ihn zukam. Er konnte noch ein von Handgranaten halbzerfetztes Tor erkennen und, wie von einem reißenden Strudel aufgesogen, verschwand er dahinter.

* * *

Der Rundfunksender wurde um sieben Uhr achtundfünfzig, nach dem vierten Ansturm eingenommen. Die Partisanen und Guerillas konnten durch die Fenster des ersten Stockwerks eindringen und entrissen den Verteidigern im Nahkampf ein Stockwerk nach dem anderen, bis sie auf die Dachterrasse gelangten. Der Kommandant der Kampfeinheit, Dino Sinojmeri, der als erster das von Handgranaten zerfetzte Haupttor durchschritten hatte, wurde drei Schritte hinter der Schwelle gefunden, auf dem Bauch liegend und mit zerschrammter Stirn, weil er beim Fallen mit dem Kopf auf die unterste Treppenstufe aufgeschlagen war. Er hatte zwei schwere Bauchschüsse und einen Streifschuß an der linken Wange. Außerdem war auf seinen Rücken ein ganzes Maschinenpistolenmagazin verfeuert worden, wahrscheinlich vom Treppengeländer des ersten Stockwerks aus; doch diese Garbe mußte ihn erst nach seinem Tode getroffen haben.

Zwischenteil

Viertes Kapitel

Die Stadt war noch immer zur Hälfte besetzt und zur Hälfte befreit. Es wurde in der *Königlichen Straße* gekämpft und im Randbezirk Lapraka, auf dem rechten Bürgersteig der *Dibra-Straße*, beim Wohnungsblock der Flieger und in den weitläufigen Gartenanlagen des Schwarzen Palastes.

Die Partisanenbataillone, -kompanien und -züge der 1. und 4. Brigade waren auf breiter Front in Bogen- oder Zickzacklinien, in Hufeisen- und Dreieckformationen und manchmal auch in Keilform aufgestellt, ebenso wie die deutschen Einheiten der 4. SS-Division, die Tirana zu verteidigen hatten. Die vorgeschobenen Stellungen der Partisanen waren des öfteren derart eingekeilt zwischen den deutschen Linien, und die deutschen Unterstände waren umgekehrt so hoffnungslos zwischen den vordersten Partisaneneinheiten eingeklemmt, daß die beiden gegnerischen Seiten den Zähnen eines Räderwerks glichen, die bei der leisesten Berührung Funken sprühten.

Die fast mathematisch-abgezirkelt anmutenden Figuren der Aufstellung der gegnerischen Einheiten bildeten sich langsam, nach einer geheimnisvollen Geometrie, sie fielen auseinander, formten sich erneut und wurden wieder bis zur Unkenntlichkeit entstellt. Und dazwischen, als ob sie ständig einem tobenden Sturm ausgesetzt wären, wurden die Stäbe der Partisanen und der Deutschen mal nach Osten und mal nach Norden, dann wieder nach vorne oder weiter zurück verlegt.

Von Zeit zu Zeit versuchten Eilboten, zu den jeweiligen Stäben zu gelangen, und zugleich wurden von dort Boten in alle Richtungen ausgeschickt. Einige dieser Boten erreichten niemals ihr Ziel. Im Augenblick ihres Todes wurden die Befehle, die sie meistens mündlich weiterzuleiten hatten, ein Teil ihres Stöhnens, ihrer Schreie, ihres letzten Deliriums. So fielen, einer nach dem anderen, die Kuriere Helmut Schwal und Erich Moorkahn, die den Befehl des Stadtkommandanten Lederer zur Verminung des *Großen Boulevard* zu überbringen hatten. Kurz danach, etwa dreihundert Meter vom *Dajti*-Hotel entfernt, wurde der SS-Scharführer Stortebecker auf der Fahrt zum Stab erschossen. Sein Motorrad machte eine wilde Drehung, wodurch sein schon lebloser Körper heftig durchgeschüttelt wurde, ohne jedoch vom Fahrzeug herunterzufallen. Beim Zurückprallen des Kopfes rutschte ihm der Helm herunter und blieb an seinem Hals hängen. Als im nächsten Moment das Motorrad heftig gegen die Kante des Bürgersteigs stieß, fiel sein Kopf vornüber auf den Lenker, so daß es so aussah, als wären dem Toten plötzlich zwei Köpfe gewachsen.

Hundert Meter vom Stab der Partisanen entfernt, wurde der Kurier des Generalstabs, Muman Karafili, der einen Befehl Enver Hoxhas überbringen sollte, tödlich getroffen; er stürzte mit ausgebreiteten Armen bäuchlings auf das gefrorene Gras des Stadtparks, und während er mit bereits vom Tode getrübten Blick auf den Blutstrom aus seiner tiefen Halswunde blickte, erschien es ihm seltsamerweise, als ob der Geheimbefehl, den er auswendig gelernt hatte, aus seinem Körper herausfließen würde, rot und wellenartig die Erde überflutend. Er streckte mühselig, mit einer Geste kraftloser Hastigkeit die Arme aus, als wolle er das, was ihm entglitt, auffangen, und starb.

* * *

Die Stadt mit ihren kalten, rauchlosen Schornsteinen lag grau und starr da, gepeitscht vom Sturm, der heulend über sie hinwegraste. Es gab kein Heizmaterial. Die Telefondrähte hingen überall wie durchschnittene Adern herab, und die langen Selbstgespräche nahmen zu. Auch Strom gab es nicht. Nur die Abwasserrohre funktionierten noch normal.

Überall tauchten Parolen und Aufschriften auf — an Mauern und Hauswänden, auf Barrikaden und an Bunkern, auf dem Rücken Gefallener und auf Panzern. Zwischen dem Toben der Kämpfe erklangen Bruchstücke von Liedern: *Rot ist der Morgen und auch der Abend... Die Vorhut kommt, sie ist schon da...* Die *Königliche Straße* war wegen der Gefechte gesperrt und die Evakuierung unterbrochen. Die Flut der Flüchtlinge in ihren Autos, Lastwagen und Luxuskarossen wurde zurückgeschleudert in den trüben Bauch der Stadt und verschlimmerte dort wie eine böse Verstopfung die Leiden Tiranas. In den Nächten fand man wenig Schlaf, und wenn er kam, war er nur Surrogat, immer wieder von furchterregenden Traumbildern zerrissen, Symbol für die Nächte einer Stadt, in der ein paar Tausend Menschen auf die Bestrafung warteten. Manchmal erweckte die Stadt den Eindruck einer Riesenkonstruktion, gefesselt durch unzählige Ketten mit Schlössern, die gesprengt werden mußten, und manchmal schien sie ein altes, rostiges Wappen zu sein, für das die Zeit gekommen war, von einer zerbröckelnden Mauer abgenommen zu werden. Es war wirklich ein »Wappen-Herbst« (überhaupt hätten die Worte, die in jenen Tagen ausgesprochen oder auch bloß gedacht wurden, sehr leicht eine ganze Menge Titel für Romane hergegeben), und dieser Vergleich drängte sich einem umso mehr auf, wenn man bedachte, daß auf einem großen Teil der Wappen tatsächlich die Blätter verschiedener Bäume abgebildet waren. Die Lieder, die einem in die Ohren drangen, hatten hingegen einen drohenden Klang: *In den großartigen Palästen / Sollst du zittern, blut'ger Rabe...* Von weit her, durch das Gedröhn der Kämpfe, und von ihm und dem heulenden Sturm zerrissen, erklangen Fetzen von Versen, an der Musik wie an einem Rettungsring festgeklammert. Woher kamen nur diese Lieder, die eine solch unheilvolle Kunde brachten, daß man direkt eine Gänsehaut bekam!? Das ist doch keine Musik, sondern reine Politökonomie! hatte der Bankier Rrokaj betroffen ausgerufen. Und tatsächlich — mehr als Lieder waren sie Verkündigungen von neuen Gesetzen, Ultimaten, Bekanntgaben von Sperrstunden, Verordnungen, Wirtschaftsprogrammen, Tarifen, Zeitplänen und Verschickungen... Diejenigen, die sich davon betroffen fühlten, verwandelten sie in Ziffern, in Gefängnisjahre, in Besteuerungen und manchmal auch in die Kugelsalven eines Hinrichtungskommandos. Allah! sagten sie. Jesus Christus! sagten sie, wie ist es denn nur möglich, daß uns dieses heillose Unglück zunächst als Melodie erreicht?! Auch die Posaunen des Erzengels Gabriel am Tage des jüngsten Gerichts wären ihnen nicht schrecklicher als diese Lieder vorgekommen, die sie mit der Pünktlichkeit von Börsenmeldungen aufgetischt bekamen. Und in ihren grausamen Delirien, die sie nun immer öfter befielen, tauchten nicht die Möglichkeit ihres eventuellen Todes und auch nicht die bevorstehenden Gerichtsprozesse auf (Name? *Rabe*. Familienname? *Blutiger*... Du bekommst einhundert Jahre Kerker! Scheinen sie dir etwa zuviel? Der Rabe lebt doch lange, heißt es in der Zoologie. Etwa dreihundert Jahre...), sondern vielmehr ihre Schlösser und Schlüssel, die ihnen in den Augenblikken des Wahns wie eine zähflüssige, klebrige Masse dünkten, welche aus allen Türlöchern und -ritzen hervorquoll. Sie legten sich kalte Umschläge auf die Stirn, um diesem Delirium Einhalt zu gebieten, denn es wäre ihnen ja fast lieber gewesen, ihre eigenen Knochen als ihre eisernen Schlösser und Schlüssel in diesem Zustand zu sehen.

Andere wieder, in eine mystische Verzückung versunken, bereiteten sich seelisch darauf vor, ans Kreuz geschlagen zu werden, auf Pilgerfahrten zum Kalvarienberg oder nach Mekka, auf langes Fasten, auf Flucht durch die Sümpfe...

Die Apokalypse war anfangs in der Gestalt von Möbel-, Teppich- und Gerümpelhaufen erschienen, die man kurzerhand auf die Straße hinwarf, um einige angsteinflößende Hügelchen zu schaffen, die man »Barrikaden« nannte. Auf den Boden geduckt, gewaltigen Kamelen gleich, die sich einmal mit blutüberströmten Rücken und ein anderes Mal mit flammenversengtem Haar zeigten, hatten sie sich der Straßenkreuzungen und ganzer Plätze bemächtigt, und vor allem der *Königlichen Straße*, ihrer letzten Hoffnung, sich aus dieser Hölle retten zu können. Die deutschen Panzer sprangen sie wie Tiger an, jedoch vergebens. Tagtäglich, ja fast stündlich, krochen die Barrikaden langsam vorwärts, in Richtung der großbürgerlichen Wohnviertel der Stadt. Unter ihren Füßen jagten, wie kleine Tierchen, unaufhörlich Ängste, unheilvolle Prophezeiungen, Klatsch, arabische und lateinische Sprichwörter, neue Begrüßungsformeln und Selbstgespräche voran.

Mit Einbruch der Dunkelheit tauchten in Gassen und auf Straßenkreuzungen hier und da allerlei groteske Gestalten auf, Angehörige verschiedener religiöser Sekten, Wahrsager, speicheltriefende Stotterer, die sich als halbe Heilige ausgaben, aus katholischen Klöstern ausgebrochene Nonnen, durchgedrehte Klageweiber und Handliniendeuterinnen. Irgendwo zwischen der *Elbasan-Straße* und der Brücke am *Großen Boulevard* wurde ein hagerer Greis gesehen, der die alte offizielle Uniform des Bannbelegers trug, ein Amt, das bereits vor ungefähr einhundert Jahren aufgehoben worden war, kurz nachdem man die aufständische Petrela-Burg mit dem Bann belegt hatte und bevor sie von einer Strafexpedition des Osmanischen Reichs gestürmt worden war.

Wie nie zuvor wurde in der Stadt die Wahrsagerei

betrieben, man legte hektisch Karten und deutete das Schicksal aus dem Kaffeesatz der eiligst ausgeschlürften Tassen. Es hieß, daß ein äußerst rares Traumdeutungsbuch mit dem Titel *»Tabir name«*, herausgegeben von der Moslemischen Gemeinde, für zehn Goldstücke verkauft worden war. Auch erzählte man sich, daß die alte Dame Makbule, als sie den dicken Krüppel Halb-Dulla (er wurde so genannt, weil er keine Beine hatte und sich statt dessen seiner Handflächen bediente), von ihrem Fenster aus sah, entsetzt ausgerufen haben sollte: »Der Pik-Bube kommt! Der Pik-Bube kommt!« Es war zu beobachten, daß die Spielkarten mit ihren kopfstehenden Bildern nun bei vielen Leuten Entsetzen auslösten.

Aber das, was für den einen Teil der Menschen nur helles Entsetzen bedeutete, war für den anderen Teil die schönste Phase eines langgehegten Traums. Bei all den vielen Informationen und Gerüchten, bei all dem endlosen Pläneschmieden für die Zukunft, die, je nachdem, für einige unglücklich und für andere glücklich ausfallen würde, schwang stets eine Vermutung mit, die gleichermaßen Freude auf der einen und Entsetzen auf der anderen Seite auslöste. Diese Vermutung drückte sich namentlich in den Worten aus: »Wir werden gleich sein!« — Wenn die Großgrundbesitzerfrauen sich die neusten Nachrichten zuflüsterten, die durch ihr Rheuma, ihre Menopausen oder ihre seelischen Erschütterungen noch traumatischer wirkten, sprachen sie diese vier Worte ganz zum Schluß aus, so wie man gewöhnlich die allerschlimmste Kunde bis zum Ende aufhebt. Und diejenige, die diese Nachricht brachte, verfolgte — mit der Überlegenheit derjenigen, die das Leid schon hinter sich hat — mit prüfendem Katzenblick, was sich nun im Gesicht der anderen abspielen würde. Und was sich dann tatsächlich darin abspielte, auf nur ein paar Quadratzentimetern Haut, bot solch einen Anblick schmerzvollen Unglücks, daß man den lebhaften Eindruck bekam, als bewegten sich Kummer und Schock sichtbar auf den Wangen, Augenbrauen, Lippen, Zähnen, dem Hals und dem Haar, und man wunderte sich darüber, wieso sie die Gesichtszüge nicht dauerhaft entstellten. Oft war der Schlag so heftig, daß das Gesicht der Betroffenen erstarrte und etwas von der unendlich weiten Entrücktheit einer Mondlandschaft bekam...

* * *

Zur Hälfte gefesselt und zur Hälfte frei, schien die Stadt den Herbst mit offensichtlichem Widerwillen auf ihren Schultern zu tragen. Die Windstöße waren manchmal so heftig, daß es schien, als breite der Wind eine riesenhafte durchnäßte Pelerine über der Stadt aus, die ihre Zipfel hob und wuchtig damit herumfuchtelte, wobei ihre kupfernen Knöpfe auf Dächer und Minarettspitzen schlugen.

Man kämpfte auf dem *Großen Boulevard*, bei der *Bektaschi-Moschee*, in den weitläufigen Gärten des ehemaligen Königspalastes, in der Umgebung des Alten Gefängnisses und noch immer auf der *Königlichen Straße*, wo unter einem umgekippten Auto der Besitzer tot dalag, gebettet auf einen mit Blutflecken übersäten Perserteppich, der sicher ihm gehört hatte.

Zu den komischen Käuzen und Schwachsinnigen, die, eher aus alter Gewohnheit als von einem bestimmten Ziel getrieben, auf den rumorenden Straßen erschienen, gesellten sich hin und wieder auch mittelmäßige Schriftsteller und kleine Literaten, überwiegend von der Sorte der Formalisten, Klassizisten und verspäteten Parnassiens der Ersten und Zweiten Republik sowie des Königreichs. Sie stapften wie benommen daher, und in ihren Schläfen spürten sie einen Druck und ein Hämmern, so wie es Betrunkene empfinden — zweifelsohne ein Gefühl, das durch die schlichte Erkenntnis hervorgerufen war, daß sie nun einen großen tragischen Augenblick miterlebten.

In ihrem Lebenslauf — dessen waren sie sich sicher — würde die Tatsache vermerkt werden, daß auch sie dabei waren... ja, daß auch sie dort gewesen waren... zwischen dem Fegefeuer und... der Hölle, zwischen dem Fegefeuer und... dem Paradies — dort, wo sich zwei Epochen ablösten, und in deren Mitte sie selbst, starr und weiß, aufgebahrt liegen würden wie in jenen Särgen, die so oft in den Balladen vorkommen.

Das, was sich rings um sie her abspielte, erschien ihnen wie ein großes, gänzlich unverständliches Fresko, einem Traumbild ähnlich, das dazu verurteilt ist, zu verschwinden. Das, was davon noch zu retten war, machte nur ein kleines Teilchen dieses Freskos aus, verschwommen restauriert, mit Flächen verblaßter Erinnerungen, stellenweise lückenhaft, so wie es eben der Nachbildung eines Traums entspricht. Man kann ihn höchstens am nächsten Morgen rekonstruieren, doch niemals einige Tage später und schon gar nicht nach einigen Jahren.

* * *

Parolen und Aufschriften an Wänden und Mauern: Es werden folgende Verräter des Volkes gesucht — Xhelal Staravecka, Xhafer Deva, Mithad Bey, Fiqiri Bey, Kaman Krosi, Dr. Rrokaj. Das Tirana der Tyrannei wird zum Tirana der Freiheit. Ha-ha-ha-, daß wir nicht lachen! Spion, überleg es dir genau, wenn du spionierst! Ihr roten Rebellen, wie lange habt ihr schon nicht mehr gebadet? Keine Sorge, auf dem *Boulevard Mussolini* erwartet euch ein Blutbad. Falls es euch nicht genügen sollte, geht nur ein Stück weiter: in der *Königlichen Straße* erwartet euch wieder ein Bad, mit Dusche sogar! Der schwarze Erzverräter, Padre Anton Harapi, durch den Volkswillen zum Tode verurteilt, wird gesucht. Das Bemalen von Wänden und Mauern ist verboten! Es lebe die KPA! Wer beim Schreiben auf Mauern und Wänden ertappt wird, wird hingerichtet! Stadtkommandant Lederer. Lederer — Folterer. Bevölkerung von Tirana, hilf mit bei der Errichtung der Barrikaden! Die Kollaborateure Menella Çullaj und Prengë Uka werden gesucht. Partisanen, habt ihr Läuse? O barmherziger Allah, mach, daß die Menschen wieder auf Gottes Weg zurückkehren! Partisanenmädchen, ich möchte so gerne *faire l'amour avec vous.* Ein Aufrichtiger. Durchgang verboten!

* * *

Zusammenhanglose Melodiefetzen: Die Vorhut kommt, sie ist schon da! Ihr verfluchten Bourgeois, die Stunde hat geschlagen!

* * *

Chor der alten Großgrundbesitzerfrauen: Sei verflucht, o *Königliche Straße*, die du dich vor uns versperrtest und uns hier, wie Mäuse in der Falle, verkommen ließest! Zerstört sollst du werden und Gras soll über dich wachsen!... Hast du schon davon gehört, Hava? Man sagt, wir sollen nun alle gleich werden! Alle gleich! O Allah, du Allmächtiger, sag uns, daß es nicht wahr ist! Das kann ja nicht wahr sein — besser gleich hinein ins Grab! Gott, o Gott, konntest du für uns kein anderes Ende bestimmen?!... Ist es wahr, daß die Kasimatajs bereits das Weite gesucht haben? Ja, schon vorgestern. Es gelang ihnen zu flüchten. Jetzt müssen sie schon in Italien sein... Alle gleich? Unsereiner soll nun mit Flickschustern und Taugenichtsen gleichgestellt sein! Nie und nimmer!... Warte, es gibt noch andere Neuigkeiten! Herr Ekrem Fortuzi erzählte, sie jagen dir eine Kugel mitten ins Herz, hacken dir eine Hand ab, reißen dir ein Auge oder gar gleich beide Augen aus (das wäre ja fast noch ein großes Glück, dann sähe man wenigstens nicht mehr, was da noch alles kommen wird), rauben dir das Gold, das Haus und die Frau... Ha-ha-ha, es kommt noch besser! Da soll es eine fürchterliche Reform geben, vielleicht habt ihr schon davon gehört, sie hat einen ziemlich prosaischen Namen: Bodenreform, so heißt sie. Dann werdet ihr was zu spüren bekommen, ihr lieben Frauchen! Wie soll ich euch das nur erklären... Man fühlt dabei den Schmerz nicht mehr an solch einem kleinen Fleckchen wie der Menschenbrust, sondern gleich an hunderten, an tausenden Hektar, wenn man zusieht, wie sie sie mit Riesenscheren durchschneiden, zerstückeln und untereinander aufteilen, sich wie ein Rudel Jagdhunde auf die Beute stürzen... Mein Grund und Boden, mit den reizenden, welken Herbstblättern darauf, benetzt von dem weich niederrieselnden Herbstregen! O Schreck! O Schreck!... Weine nur, Makbule, weine dich ruhig aus! Man sagt ja immer, Tränen erleichtern einem das Herz... Was haben wir Dir nur angetan, o großer Gott, daß Du uns auslöschen willst?!... Man munkelt auch von einer neuen, grausamen Erfindung... Barrikade, nennt man sie... Die Verlacis sollen ebenfalls geflohen sein...

* * *

Die zweite Barrikade auf dem Boulevard Mussolini. Augenzeugen zufolge wurden zu ihrer Errichtung die Überreste der ersten Barrikade verwendet, die während des Angriffs auf den Rundfunksender geopfert werden mußte; außerdem benutzte man dafür verschiedene Möbelstücke, Bettdecken; Pflastersteine und Steinblöcke, Eisengitter und eine Badewanne (anfangs wollte man sie gleich wieder beiseitewerfen, weil sie aus dem Wohnhaus des Bankiers Rrokaj hergeschleppt worden war und weil darin seine Töchter gebadet hatten, aber dann ließ man sie doch stehen). Die Rekonstruktion einer Barrikade ist schwieriger als die einer Burgmauer, eines alten Tempels oder eines viele Tausend Jahre alten Ichtyosauriers, und zwar schon einzig und allein deshalb, weil nirgendwo der Entwurf einer Barrikade existiert, weder mündlich, in Form von Legenden, noch symbolisch, auf vergilbten Papyrusrollen aufgezeichnet. Andererseits würde, auch wenn man irgendein Überbleibsel von einer Barrikade fände, dies keineswegs zur Rekonstruktion ihrer anderen Teile beitragen (anders als bei den Knochen eines Ichtyosaurus, die Rückschlüsse auf das Skelett zulassen, läßt sich kein Bestandteil einer Barrikade aufgrund irgendeiner Gesetzmäßigkeit mit ihren anderen Teilen verbinden). Trotzdem aber gibt es etwas Wesentliches, was auch dann weiter bestehen bleibt, wenn sämtliche materiellen Spuren der Barrikade verschwunden sind und das über ihr schwebt wie der Regen oder der Himmel über einer Stadt: Der Tod auf der Barrikade — er ist es, der niemals vergeht!... Bei der zweiten Barrikade auf dem *Boulevard Mussolini* fielen die Partisanen und die Guerillakämpfer Kamber Ruli, Pullumb Arbana, Dule Rasha, Sami Kondi, Llesh Dodë-Ukaj, Marie Toska, Maksut Fraku und Saije Ylli.

* * *

Parolen an Wänden und Mauern: Nieder mit dem weißen Terror! Nazideutschland kaputt! Bekanntmachung: Das Ende der Ausgangssperre wird um eine Stunde verschoben, auf sieben Uhr früh, und ihr Beginn um eine Stunde vorgerückt, auf siebzehn Uhr. Stadtkommandant Lederer. Lederer verkürzt uns die Tage!

In dieser Welt des Chaos und der Tränen verzeih, o Bruder, deinem Bruder! Namensliste der gestern Hingerichteten (es folgt die Liste). Die Kommunisten haben vorgestern den bekannten Schriftsteller Adrian Guma massakriert. Nieder mit dem roten Terror! Verleumder, Adrian Guma hat Selbstmord begangen! Loulou, mein Herzchen, so schön und fein, komm doch endlich zum Stelldichein! Solln sie nur schießen auf ewiglich — ich hab ja dich, und du hast mich!... Was für ein schamloser Vagabund! Es werden gesucht die Verräter: (es folgt die Liste). Tod dem Faschismus! Freiheit dem Volke! Es lebe der Tod! Nicht doch, nicht doch!

* * *

Von der Dachterrasse des Rundfunkgebäudes konnte man fast den ganzen *Boulevard Mussolini* überblicken, der, leicht gekrümmt, den Eindruck erweckte, als hätte er der *Königlichen Straße* den Rücken gekehrt. Von hier oben sah alles ganz anders aus: die Straßen schienen in einer gedehnten Haltung erstarrt zu sein, wie Frauen, die sich ein Korsett anlegen; die Menschen wirkten wie plattgedrückt, und jede Bewegung hatte etwas Entrücktes und Flatterhaftes an sich.

Es regnete. Sherif blickte auf die große Stadt hinunter, deren Ausläufer im Nebel verschwammen, und spürte, wie eine seltsame Mattigkeit von ihm Besitz ergriff. Von Zeit zu Zeit hatte er das Gefühl, als ob seine Hände, Füße oder andere Körperteile, mit Ausnahme seines Kopfes, eingeschlafen wären. Dann schüttelte er sich, um Leben in sie zu bringen. Vom anderen Ende der Terrasse erklang Teutas gurgelndes Lachen. Neben einem jungen Partisanen stehend, einem schmächtigen Blonden, beugte sie sich über die Brüstung, um das, worauf der andere mit dem Finger zeigte, besser sehen zu können.

Nach so vielen Tagen hörte man zum ersten Mal wieder Teutas Lachen. Sie war eine Städterin, ein lustiges Mädchen, bei dem die Freude rasch in Traurigkeit umschlug und umgekehrt. Die ganze Geschichte ihrer Kompanie konnte man gewissermaßen an den Phasen ablesen, in denen Teuta schwieg oder lachte. Was zeigst du uns dauernd deine weißen Zähne? hatte Dino Sinojmeri sie gleich am ersten Abend zurechtgewiesen, als sie gerade, zusammen mit einer Freundin, zum Bataillon gestoßen war; beide Mädchen waren vom städtischen Untergrund entsandt worden. Daraufhin hatte Teuta sofort losgeheult, und alle waren damals fest davon überzeugt, daß dieses zarte Mädchen es nicht allzu lange in den Bergen aushalten würde; sie würde bestimmt bald wieder weggehen, so wie es die meisten der überspannten Jünglinge und verwöhnten Mädchen aus den Städten getan hatten, die nur aus purer Neugier zu den Partisanen kamen. Teuta jedoch ging weder weg noch ließ sie von ihrem Lachen ab, das sehr oft in Tränen umschlug. Und bald bekam sie von Mete Ali den Spitznamen »Lachträne«. Beim ersten Zusammenstoß mit Deutschen und *Ballisten*, an dem sie teilnahm, hatte einer der *Balli*-Kollaborateure von seiner Stellung herübergerufen: »Ihr habt ja auch Weiber dabei! Sehr gut! Das wird uns den Krieg gegen euch versüßen und einen prächtigen Harem für uns geben! Ha-

ha-ha!« In Teutas Kopf war wahrscheinlich jene Stimme haften geblieben. Aus ihrer Angst, eines Tages gefangengenommen zu werden, wurde allmählich ein Alptraum. Und dieser Zustand dauerte bei ihr bis zu dem Tag an, als ihr ein Partisan einen erbeuteten Revolver schenkte. Teuta beruhigte sich augenblicklich, und alle wußten sofort, was sie mit diesem Revolver anfangen würde, falls sie irgendwann einmal verwundet auf feindlichem Gelände liegenbleiben sollte.

Sherif würde es niemals vergessen, wie er sie, einem Lastträger gleich, während eines Rückzugs bei der Winteroperation auf dem Rücken getragen hatte. Sie war verwundet worden, und Dino Sinojmeri bestimmte Sherif als den kräftigsten seiner Männer dazu, das Mädchen zu tragen. Schneeflocken fielen. Die Dörfer der Umgebung standen unter dem Einfluß der Reaktion, und deshalb mieden sie die bewohnten Ortschaften. Ihr Haar fiel ihm in den Nakken, während ihre vor Kälte erstarrten Arme sich um seinen Hals klammerten. Von Zeit zu Zeit nickte sie ein, um dann erschrocken wieder aufzuwachen. Sherif, sagte sie dann zu ihm, wenn etwas passiert, verstehst du, wenn etwas passiert, versprich mir, daß du mich töten wirst, ja?... Er sagte nur ja, ja, und stapfte keuchend weiter über den schlammigen Pfad und durch Wasserpfützen. Du mußt mich töten, und deine Hand darf dabei nicht zittern, flüsterte sie dicht an seinem Ohr, immer wenn sie wieder ein Stück Weg zurückgelegt hatten. Du weißt ja selbst, was es bedeutet, in ihre Hände zu geraten! Du bist doch ein tapferer Mann und wirst nicht schwanken. Oder?...

Ja, ja, entgegnete er ihr immer wieder. Sie beruhigte sich zunächst und glaubte ihm, doch nach einer Weile brach sie plötzlich in Tränen aus. Nein, du hast ein zu weiches Herz, du wirst es nicht tun, sagte sie mit zitternder Stimme zu ihm... Und die ganze Flucht durch Nacht und Schneegestöber war erfüllt von ihren Bitten, sie zu töten, falls sie in Gefangenschaft geraten sollten, und erfüllt von seinen Versicherungen, er werde dies tatsächlich tun, denn er sei doch ein roher und äußerst fanatischer Bauer, ja, er habe sogar einst in seinem Heimatdorf... — und Sherif war zum ersten Mal in seinem Leben gezwungen, eine Geschichte über die angebliche Bereinigung einer Ehrensache zu erfinden.

Vom anderen Ende der Dachterrasse drang wieder Teutas helles Lachen zu ihm herüber. Hm! brummte Sherif. Schon oft hatte er sich dabei ertappt, wie er sich in Gedanken ein kurzes Szenario für ein künftiges Ereignis ausmalte: Eine Einladung zu Teutas Hochzeit... Dann die Hochzeitsfeier... Er unter den Gästen, eine kurze Rede haltend: Da wären wir also, meine liebe Teuta! Erinnerst du dich noch, wie ich dich auf dem Rücken trug, wie ein richtiger Lastenträger? Und wozu? Damit dich schließlich dieser Vagabund hier bekommt!... Ha-ha-ha!... Ha-ha-ha! hörte man Teuta vom anderen Ende der Dachterrasse. Dieser Blonde da... sagte Sherif zu sich, und war im nächsten Moment schon wieder von etwas ganz anderem in Anspruch genommen. Die Bunker im Stadtzentrum begannen nämlich erneut zu schießen. Von hier oben hörte sich dieses Knattern ganz unterschiedlich an; da, jetzt meldete sich auch der »Halbpanzer«. Er hielt sich also immer noch! In aller Frühe hatte man ihn erneut mit Handgranaten und Benzinflaschen angegriffen, doch vergeblich, ganz vergeblich... Dort in seinem fernen Heimatdorf war Tosun Aga gegen Ende seines Lebens völlig außer Rand und Band geraten. Er schlug mit seinem Stock nicht nur nach jedem, der sich in seine Nähe traute, sondern begann, als man ihm die Nahrung nur noch von weitem, wie einem Hund, hinwarf, sogar sich selbst zu schlagen.

»Ein Panzerwagen!« rief plötzlich der blonde Partisan zu Sherif herüber. »Dort!« Er deutete mit der Hand auf das obere Ende des Boulevards, wo sich tatsächlich ein Panzerwagen vorwärtsbewegte.

Sherif beugte sich über sein Maschinengewehr und gab ihm die erforderliche Richtung. Der Panzer fuhr einige Dutzend Meter den Boulevard hinunter, bog aber dann plötzlich in eine Seitengasse ein und verschwand.

»Wer soll bloß daraus klug werden?« meinte der blonde Partisan, der sich zusammen mit Teuta Sherif genähert hatte. »Sie machen merkwürdige Bewegungen wie die Schlafwandler.«

Sherif fuhr mit der Handfläche über die ganze Länge seines Maschinengewehrs und wischte das Wasser weg. Der Regen wollte nicht aufhören. Die Bunker im Zentrum verstummten, und er fühlte erneut, wie ihn diese seltsame Mattigkeit befiel. Unter der Dachterrasse, unter den nichtssagenden Steinplatten und dünnen Wasserrinnsalen, befand sich das leere Gebäude des Rundfunksenders, erstreckten sich in langer Reihe die nun stillen Aufnahmesäle mit ihren Apparaturen und Mikrofonen — wie von einem bösen Geist eingeschläfert. Während die Partisanen durch die Stockwerke, deren Wände größtenteils mit dunkelrotem Samt bezogen waren, hinauf- und hinunterliefen, sprachen sie, ohne genau zu wissen, warum, mit gedämpfter Stimme, und oftmals verständigten sie sich sogar nur durch Zeichen. In einem der Zimmer des zweiten Stockwerks hatten sich vier deutsche Soldaten verbarrikadiert, die sich erst ganz zuletzt ergaben, als die Partisanen und Guerillakämpfer bereits die Dachterrasse erreicht hatten. Die meisten Soldaten, die jede Treppe und jeden Flur verbissen verteidigt hatten, wurden getötet, und ihre Leichen, im Hinterhof des Gebäudes übereinandergestapelt, waren noch nicht beerdigt worden. Einigen der Verteidiger war es gelungen, durch einen geheimen Ausgang zu entkommen, und sie hatten auch drei Albaner mitgenommen — zwei Techniker und eine junge Ansagerin, die letzten Angehörigen des Personals, die bis zum Schluß im eingekreisten Rundfunksender geblieben waren. Die ganze Zeit über, seit dem Abschuß der Hauptantenne und dem Sturm auf das Gebäude, hatten sich die beiden Techniker und das Mädchen — wie einer der deutschen Soldaten, der ein paar Brocken Albanisch konnte, später erzählte — in einem Zimmer des vierten Stocks verkrochen, und während die Techniker hin und wieder aufschluchzten, rauchte das Mädchen seelenruhig eine Zigarette nach der anderen und pfiff allerlei Melodien vor sich hin. Sie war blond, erzählte der Deutsche. Blondes Gift, sagte er und grinste breit. Du hast gut grinsen, fuhr ihn ein untersetzter Partisan an. Hast den ganzen Tag mit deinem Maschinengewehr Hackfleisch aus uns gemacht, und wir füttern dich jetzt auch noch! Diese neuen Kriegsregeln kapier ich einfach nicht...

»Schon wieder dieser Panzerwagen!« ließ sich der blonde Partisan vernehmen und streckte den Arm in Richtung der Staatsbank aus.

Sherif schwenkte sofort sein Maschinengewehr nach links und wartete darauf, daß sich der Panzerwagen näherte, doch wie beim ersten Mal bog er wieder in eine Seitengasse ein. »Er ist fort«, sagte Teuta, und Enttäuschung schwang in ihrer Stimme mit.

Es regnete immer noch. Ihr dichtes Haar, das unter der Mütze hervor über die Schultern fiel, war ganz naß geworden. Sherif wußte, daß Teutas Haar, wenn es feucht war, einen besonderen Duft ausströmte. Damals, während der Winteroperation, fielen Sherif dauernd gefrorene Strähnen ihrer Haare in den Nacken. Schließlich waren sie in ein Bauernhaus eingekehrt. Er, gänzlich erschöpft, hatte sie neben den Herd gebettet. Und nach einer Weile war ihr Kopf plötzlich in Dunstschwaden verschwunden, durch die Hitze des Herdes wie in dichtem Nebel entrückt, und er war zwei, drei Mal aus seinem Halbschlaf aufgeschreckt, mit dem Gefühl, sie befände sich nicht mehr dort neben ihm.

»Sherif«, sprach ihn jetzt Teuta an, »warum machst du ein so böses Gesicht?«

Er wischte wieder mit der Handfläche das Wasser vom Maschinengewehr und zuckte die Achseln. Darauf wußte er keine vernünftige Antwort zu geben. In Wirklichkeit war er weder böse noch traurig. Er fühlte lediglich eine gewisse Beklemmung hier oben, auf dieser hohen Terrasse, von der aus man die ganze Stadt überblicken konnte, die ihm eigentlich noch immer wildfremd war.

»Na, wie soll ich's sagen?« stieß er mühsam hervor. »Den ganzen Tag hier oben, neben all diesen toten Drähten...«

Sie wandte den Kopf zu dem Gewirr der Antennen, deren Drahtenden mit eisernen Ringen an den Steinplatten der Terrasse befestigt waren.

Gleich wird sie zu kichern anfangen, vermutete Sherif. Sie kicherte jedoch nicht, sondern betrachtete lediglich die metallenen Leitungen, von denen unzählige Regentropfen ruhig herunterperlten. Die von Javer getroffene Antenne hing noch immer wippend über den Terrassenrand.

»Gut hast du das gesagt«, meinte Teuta nachdenklich. »All diese toten Drähte...«

Wie streuen sie wohl die Worte in alle Winde aus? fragte sich Sherif. Es sind doch nur ein paar kalte Eisenstäbe, einige Drähte im Regen. In ihm stieg jenes beunruhigende Gefühl auf, das das Rätselhafte immer beim Menschen erweckt. Doch das hier war noch rätselhafter als das Rätsel selbst...

»Uuu!...«

Der Stumme war im Morgengrauen gestorben, nachdem er die ganze Nacht hindurch sein »Uuu!« hervorgestoßen hatte. Es schien, als wollte er etwas sagen, bevor er starb. Auf seinem Gesicht hatte ein Ausdruck von Hilflosigkeit und unermeßlicher Trauer gelegen, weil er nicht dazu imstande gewesen war. Sherif, der die ganze Zeit über bei ihm war, glaubte manchmal, einige deutliche Artikulationen aus den Lauten des Stummen herauszuhören. Das war jedoch eine Täuschung, denn, wie bei einem Kübel, den man an einem Strick aus einem tiefen Brunnen hochzieht, immer weiter hochzieht, und dann, fast am Rande des Brunnens, auf einmal herunterplumpsen hört, weil der Strick plötzlich gerissen ist, so fielen und verloren sich auch die stöhnenden Laute des Stummen in seinen eigenen Tiefen, ohne sich zu Worten formen zu können. Beim Anblick seiner herzzerreißenden Anstrengungen meinte Sherif gar, daß der Stumme wegen seiner schweren Verletzungen vielleicht ganz vergessen hätte, daß er stumm war und deshalb diese höllische Folter durchmachte. Als er schließlich gestorben war, sagte ein älterer Partisan, nachdem er dem Toten die Augenlider geschlossen hatte: »Nun ist auch der Stumme dahingegangen. Er kam auf diese Welt und ging von ihr, ohne ein einziges Wort gesagt zu haben.« Zum wiederholten Mal waren Sherif daraufhin die Worte des Kommissars eingefallen, und er hatte erneut versucht, sich vorzustellen, welch ein schreckliches Unglück die Stummheit eines ganzen Landes sein mußte! Und obwohl er meinte, schon eine vage Vorstellung von diesem Unglück zu haben, war er in seinem tiefsten Innnern überzeugt, doch immer nur eine Ahnung davon erfassen zu können, denn seine Ausmaße mußten derart fürchterlich sein, daß jedes menschliche Hirn schon beim ersten Zusammenstoß mit ihnen bersten würde!

Tausend Jahre Stummheit! Zweitausend Jahre Stummheit! murmelte Sherif gedankenverloren.

Die Steinplatten der Terasse waren weiß, glatt und ohne Erinnerungsvermögen. Es nieselte unentwegt. Die große Stadt, die sich dort unten in ihrer ganzen Länge und Breite entfaltete, stellenweise von Nebel und Kriegsgetöse bedeckt, sandte bis hier hinauf merkwürdige Geräusche, Signale und Botschaften, die, sich miteinander vermischend, eine dumpfe, unverständliche und geheimnisvolle Brandung bildeten.

* * *

Es mangelte noch immer an elektrischem Strom. Brennholz war kaum aufzutreiben. Der Schwarzmarkt florierte. Man erzählte sich, daß die Manuskripte Adrian Gumas von jemanden gegen sechs Pfund Maismehl und ein paar Stück Seife eingetauscht worden seien. In dem kürzlich eröffneten Antiquitätenladen des Rrok Simonjaku standen die Leute Schlange. Man bemühte sich eiligst, die Gegenstände und vor allem die Kleidungsstücke loszuwerden, von denen man annahm, sie würden unter der neuen Ordnung nicht mehr benutzt werden können. Bis zum 13. November wurden elf Priestersoutanen, zwei Galauniformen von Botschaftern aus der Zeit des Königreichs, zwei Umhänge hoher geistlicher Würdenträger, die Ballkleider von Maria Rrokaj, achtzehn Fräcke, vier schwarze Anzüge von Abgeordneten, die Kappe eines Mitglieds der faschistischen Kunstakademie, ein Franz-Josef-Orden und das Hochzeitskleid der Dame Selma in dem Laden abgegeben. Vor dem Haus der alten Wahrsagerin

Hançe Hajdije hatte man den ehemaligen Wirtschaftsminister samt Ehefrau gesehen, die, im Regen vor Kälte zitternd, Schlange standen.

* * *

Parolen und Aufschriften an Wänden und Mauern: Tod den Verrätern! Tod über Euch, Ihr Weißen! Deutsche, Ihr werdet Euer Berlin nicht mehr zu sehen bekommen! Nicht hinauslehnen! Partisanen, habt Ihr schon mal Eure Läuse gezählt? Keine Bange, wir werden noch alles schön zusammenzählen — unsere Läuse und Eure Goldstücke. Die Rechnungen werden bis zuletzt beglichen werden! Schlagt Euch nur gegenseitig die Köpfe ein, ham-ham! Einstiger Bunker der Deutschen — WC für Frauen. Ach, Mehdi Bey! Es werden Verräter des Volkes gesucht (es folgt eine Liste). Wer beim Schreiben an Mauern und Wänden ertappt wird, wird ohne Warnung erschossen! Stadtkommandant Lederer. Stellt den Brudermord ein! Wo nehmt Ihr Bleichfratzen bloß soviel Blut her? Hier zog das 2. Bataillon der 4. Sturmbrigade vorbei. Hurra! Tod der Konterrevolution! Tod über Euch!

* * *

Legende und Wahrheit über die Verminung Tiranas. Einer Schnecke gleich, schlichen sich Tag und Nacht zwischen den Wohnviertel und Bunkern hindurch, über den Rücken der Barrikaden und über die Plätze voller Toten, dort, wo sich kein Mensch hindurchzwängen konnte. Es wäre viel leichter gewesen, die Richtung und Geschwindigkeit des herbstlichen Windes herauszufinden und zu messen, als die Schnelligkeit, mit der sich die Nachricht von der Verminung überall ausbreitete.

Man behauptete, es gäbe einen Befehl, Tirana in die Luft zu sprengen, und es würde mit ihrer Verminung fortgefahren; doch angeblich operierte die Gruppe deutscher Pioniere, die mit dieser Aufgabe betraut war, unter der Erde, in der Finsternis der Kellerräume, in der Kanalisation und in Höhlen, von niemandem gesehen und gehört. Welcher Bezirk Tiranas war bislang vermint, an welcher Stelle wurde die Verminung jetzt fortgesetzt und welche Richtung würde sie später nehmen? Nichts von alledem wußte man, und nichts wurde jemals darüber in Erfahrung gebracht. Der Grund dafür war, daß die Minenleger nie mehr aus den Tiefen auftauchten. Was mochte wohl mit ihnen geschehen sein — hatten sie sich verirrt, wurden sie verschüttet, rutschten sie in einen Abgrund, wurden sie von Ratten aufgefressen, erdrosselten sie sich gegenseitig oder wurden sie gar wahnsinnig? All das blieb unter der Erde begraben. Über der Erde lief nur die Legende weiter.

* * *

Legende vom Martyrium des Adrian Guma. Niemand wußte etwas darüber zu sagen, wie die erste Skizzierung der Legende vom Martyrium des Schriftstellers Adrian Guma, Verfasser der *Ellipsen der Störche*, zustande kam. Wohl hatte man sich dafür alter Gußformen bedient, europäischer und asiatisch-moslemischer zugleich, die, nachdem man sie gründlich abgestaubt hatte, bereit standen, um den neuen Stoff der Legende zu formen. Nach Bereitstellung des Entwurfs war die Verwirklichung eine leichte Sache. Es handelte sich um eine uralte, seit vielen Generationen übernommene Technologie, um ein Werk von Tausenden von Mündern, Ohren, Lebenstäuschungen, erotischen Leiden, Träumen von Ruhm, für die man bereit war, auch mit dem spektakulären eigenen Tod zu zahlen... Visionen vom eigenen Sarg, von der Wärme weicher Kissen, die noch das Stöhnen einer Frau verströmen, von den Initialen Z., K., M., die wie kleine schwarze Vögel unter einem leeren Himmel schwirren — und von all dem anderen, das dem menschlichen Leben fehlt und ihm durch seine Anbwesenheit Kummer bereitet.

Es war kein Zufall, daß die Wahl auf Adrian Guma fiel. Die sterbende Gesellschaftsordnung war gezwungen, sich einen Märtyrer zu erschaffen. Es wäre einfach gewesen, einen Kandidaten aus den eigenen Reihen hervorzubringen, gelang es jedoch, ihn unter den Neutralen zu finden, dann würde das Ganze glaubwürdiger und überzeugender aussehen.

Den Kern der Legende, wie überhaupt jeder Legende, bildete ein gewaltsamer Tod. Adrian Guma war eines solchen Todes gestorben, unabhängig davon, daß er selbst seinem Leben ein Ende gesetzt hatte. Aber gerade an diesem Punkt wurde eine Modifikation vorgenommen: In der Nacht zum 14. November wurde am Stadtrand Tiranas der Schriftseller Adrian Guma von den Kommunisten bestialisch ermordet, nachdem sie ihn drei Tage lang dursten ließen. Sie nagelten ihn mit Bajonetten an einer hundertjährigen Eiche (einem künftigen Wallfahrtsort) fest, und auf seinem massakrierten Körper wurden mit einem Bajonett die berühmten Ellipsen der Störche, das bevorzugte Motiv seiner Kunst, eingeritzt.

Damit konnte man gleich zwei bewährte Elemente ausschlachten: den Durst und die Kreuzigung. Das erste Element wurde offenbar dem moslemischen Schmerzgefühl um das Verdursten Abas-Alis in der Wüste, und das zweite dem Christentum entnommen. Nun fehlte der Legende nichts mehr: sie hatte sowohl ihren düsteren Teil, ihren schwarzen Grundstein, den Tod, als auch den anderen Teil, den ätherischen, bläulichen, die Ellipsen der wandernden Störche. Jetzt konnte sie sich auf leichten Flügeln über die unter der Last der Kämpfe keuchende Stadt schwingen.

* * *

Die siebte Barrikade auf der Carnavon-Straße. Sie wurde dreimal zerstört und wieder aufgebaut. Sämtliche Gegenstände, die man für sie verwandte, waren aus den Häusern Einheimischer herbeigeschleppt worden, und ein jeder Gegenstand bedeutete ein Stück Familiengeschichte. Auf der siebten Barrikade der *Carnavon-Straße* zum Beispiel unter anderem die riesige, runde, kupferne Pfanne der Hallunajs, berühmt wegen ihres Durchmessers von sage und schreibe 1,78 m. Es war eine *Baklawa*-Pfanne, offenbar für große Hochzeiten gedacht, und vom alten Hallunaj aus Janina mitgebracht, wo er sie, wie er erzählte, einem armenischen Juden an einem schwülen und regnerischen Tag abgekauft hatte. Die Pfanne trug auf der Rückseite eine bogenförmige Inschrift mit einigen merkwürdigen, spinnenhaften Buchstaben, bei denen es sich wohl um armenische Schriftzeichen handeln mußte. 1919 wurde die runde Riesenpfanne, die inzwischen stadtbekannt geworden war, vom Xheladin Pascha von Tirana für die Hochzeit seiner Tochter angefordert, doch der alte Hallunaj, der sie für die Hochzeit seines ältesten Sohnes bestimmt hatte, weigerte sich, sie herzugeben. Da aber diese Hochzeit nie zustandekam, weil besagter Sohn an einer Gehirnhautentzündung starb, verschwand die Pfanne in der Rumpelkammmer des Hauses. Ob Legende oder nicht, es hieß jedenfalls später, daß auch der Bankier Rrokaj den Versuch unternahm, die Pfanne für einhundert Goldnapoleon zu kaufen, aber die Hallunajs gingen trotzdem nicht auf das Angebot ein. Im April 1938 verlangte der für die nationale Ausschmückung der Hochzeit König Zogus mit der ungarischen Gräfin Geraldine Apponyi zuständige Ausschuß die Pfanne für die Zubereitung der großen königlichen *Baklawa* — doch wiederum weigerten sich die Hallunajs, sie herauszurücken, wobei sie diesmal zu sentimentalen Ausflüchten griffen. In der Pfanne wurde also niemals *Baklawa* gebacken. Am 11. November 1944, um vier Uhr früh, schoben die jungen Hallunajs, zwei Mädchen und ein Junge, die runde Pfanne wie ein Rad vor sich her und legten sie auf die Barrikade. Sie wurde später an vier Stellen von MG-Kugeln durchlöchert, und ein Geschoß aus einer Panzerkanone fügte ihr einen breiten Riß in der Mitte zu.

* * *

Das letzte Abendgebet. Als der Tag des 16. November zur Neige ging, wurde es vom Muezzin der Großen Moschee gerufen, unter einem sehr niedrigen Himmel, mit einer zitternden und langgezogenen Stimme, die nur so von islamischer Traurigkeit triefte und sich weinerlich über die deutschen Bunker des Stadtzentrums, zwischen den Säulen und der Staatsbank, über das *Hotel Kontinental* und noch weiter, bis zur Dachterrasse des Rundfunksenders ausbreitete. Es war eine altbekannte Traurigkeit, die einen gleich an die niedrigen Mauern moslemischer Heiligtümer und Gräber, an Turbane, Sandwüsten und einen entfärbten Himmel, an die Arabische Wüste überhaupt, denken ließ.

Das Minarett der Moschee war zwei Tage zuvor, gleich oberhalb seines gürtelförmigen, engen Balkons, von einem Mörsergeschoß entzweigerissen worden, und während der siebzigjährige Muezzin das Abendgebet rief, hatte er das eindringliche Gefühl, daß die zersplitterten Steine des halbzerstörten Minaretts den spitzen Knochen eines zertrümmerten Arms glichen, der nun den niedrigen Herbsthimmel mit Blut bespritzte.

* * *

Aus der Wahrsagerei der Hançe Hajdije am Nachmittag des 16. Novembers. Hier ist der schwarze Wollfaden, und da der weiße, dort der gelbe, der kupferrote und der grüne. Von der Pik-Dame zum schwarzen Aß, vom schwarzen Aß zur Pik-Dame wird der Faden endlos abgespult. Sie, gnädige Frau, deren Gesicht ich nicht sehe, und Sie, die Sie dort zitternd dasitzen, und Sie mit dem schwarzen Schleier, um nicht erkannt zu werden, und all ihr anderen — ihr Unglücklichen, großes Elend wartet auf euch, der schwarze Faden wickelt euch alle ein. Schweigend, wie die Spinnen, werdet ihr, elende Frauen, Tag und Nacht über Wollknäule gebeugt, stricken und stricken, um euer tägliches Brot zu verdienen. Pullover werdet ihr strikken, für die, die euch gestürtzt haben! O ihr unglückseligen Spinnen!

* * *

Zusammenhanglose Melodiefetzen. Bruchstücke aus einem Lied: »In den großartigen Palästen sollst du zittern, blut'ger Rabe!«

* * *

Chor der alten Großgrundbesitzerfrauen. Das hier ist eine abgeschlossene Sache. Die Regentschaft ist schon über alle Berge. Wer konnte, ist geflüchtet. Wir aber sitzen hier fest. Viele, sehr viele sind hiergeblieben. Wenn ein Erdbeben kommt, scheint es, als ob alles Leben ausgelöscht wird, aber das stimmt nicht. Nach dem ersten Getöse hört man die Stimmen der Verschütteten. Die Verschütteten unter den Ruinen sind jetzt wir. Nehmen wir unsere Gehstöcke, binden wir uns die schwarzen Tücher um die Köpfe, werfen wir uns unsere Pelze über und gehen wir von Tür zu Tür.

Tack-tack-tack! Seid ihr noch da? Tack-tack-tack! Seid ihr noch da? Tack-tack-tack! Laßt das Heulen und antwortet auf unser Klopfen! Wir wollen mal sehen, wer noch lebt, wer noch dageblieben ist. Dieses Erdbeben war wirklich kein Spaß! Tack-tack-tack!

* * *

Der Regen hatte immer noch nicht aufgehört. Von weitem, durch den Nebel gedämpft, drang der Kampflärm herüber. Sherif und Teuta wurden auf der Dachterrasse des Rundfunkgebäudes abgelöst. Sie sollten sich unten im ersten Stockwerk beim stellvertretenden Kommissar der Kampfeinheit melden. Dort fanden sie in einem Zimmer,in unnatürlicher Haltung auf einem Sofa sitzend, Mete Ali und Thanas, einen blutjungen, sehr schüchternen Partisanen. Thanas war puterrot wie immer; Mete Ali hingegen, der inzwischen eine schwere Notamputation hinter sich hatte, eher wachsgelb.

»Wir haben vom Kommando den Befehl bekommen, das Personal des Rundfunksenders zu sammeln«, sagte der stellvertretende Kommissar. »Mit dieser Sache werdet ihr vier euch befassen. Hier ist die vollständige Namensliste des Personals.« Er strich mit der Handfläche über ein Blatt Papier, das er vor sich auf dem Schreibtisch liegen hatte, und warf einen raschen Blick auf die kleine Gruppe. »Das behältst du, Sherif«, sagte er. »Du wirst auch Patrouillenführer sein.«

Sherif streckte den Arm aus. Vom Ärmel seines Militärmantels troff Wasser.

»Auch ihre Adressen sind dabei«, fuhr der stellvertretende Kommissar fort. »Ihr müßt sie so schnell wie möglich herbringen. Alle. Ob sie wollen oder nicht. Klar?« Die andern nickten und erhoben sich.

»Nehmt jetzt eure Gewehre und macht, daß ihr loskommt. Tod dem Faschismus!«

»Freiheit dem Volk!« antworteten die vier einstimmig.

»Einen Augenblick noch!« rief der stellvertretende Kommissar, als Sherif gerade die Zimmertür hinter sich schließen wollte. »Fast hätte ich's vergessen.« Er griff in eine der großen Taschen seines Mantels, und man hörte ein metallisches Rasseln. »Nehmt dies mit. Für alle Fälle.«

Sherif starrte den anderen an, der in seinen Händen Handschellen hielt. Ein Paar eiserner Kettenglieder mit einem einfachen Verschlußmechanismus.

»Was glotzt du mich denn so an?« fuhr ihn der stellvertretende Kommissar nervös an. Er war lang und hager, und seine Stirn bedeckte sich sehr rasch mit Zornesfalten. »Hast du noch nie Handschellen zu sehen bekommen?!«

Er ließ den Blick von einem Ende des Schreibtisches zum anderen wandern, als wüßte er nicht, wohin mit den Augen, und schrie: »Den Volksfeinden solche Handschellen anzulegen, ist schwieriger als das Gewehr auf sie zu richten! Hast du verstanden? Dazu braucht man Mut, da werden die Männer geprüft!«

»Ich bin ja bereit«, entgegnete Sherif mit einem ganz entgeisterten Gesichtsausdruck. »Ich verstehe nicht, weshalb Sie...«

»Du bist bereit, aber bei ihrem Anblick warst du beinahe in Schweiß gebadet«, murmelte der stellvertrende Kommissar, einen Augenblick ruhiger geworden, um gleich wieder herauszuplatzen: »Der Rundfunksender muß unbedingt in Betrieb genommen werden! Unbedingt! Kapiert?«

Einige Sekunden lang tauchte vor Sherif der erstarrte Körper des Stummen auf, mit dieser unbeschreiblichen Anstrengung rings um seinen versiegelten Mund. Dreißigtausend Jahre Stummheit! sagte eine tiefe Stimme in Sherifs Innern, wie aus einem Abgrund hochsteigend. Einhundertachtzigtausend Jahre Stummheit!

»Ob sie wollen oder nicht. Mit oder ohne Handschellen, sie müssen herkommen. Klar?« sprach der Stellvertretende weiter und fuchtelte mit den Handschellen vor Sherifs Nase herum. »Ohne das hier gibt es keine Diktatur des Proletariats!«

Sherif nahm die Handschellen an sich. Sie waren schwer. Er steckte sie ebenfalls in seine Manteltasche und grüßte nochmals mit geballter Faust:

»Tod dem Faschismus!«

»Freiheit dem Volk!« antwortete der stellvertretende Kommissar.

Als Sherif aus dem Zimmer trat, wäre er fast mit Javer zusammengeprallt, den man anscheinend zu einer ähnlichen Aufgabe herbeigerufen hatte.

Der Rundfunksender muß unbedingt in Betrieb genommen werden! wiederholte Sherif im Stillen, als er mit den anderen aus dem Haupttor trat. Die Antennen hingen wie leblose Arme traurig auf der Terrasse. Das ganze Gebäude bot einen düsteren, öden

Anblick. Die große Kehle war durchschnitten — mit Stummheit geschlagen.

Sherif betastete die Handschellen in seiner Manteltasche und sagte zu seinen Kameraden:

»Gehen wir!«

Sie traten auf die Straße. Von den Hausdächern tropfte unablässig der Regen.

* * *

An den Mauern Tiranas tauchten immer wieder neue Aufschriften und Parolen auf. Sie waren mit schwarzer, gelber, scharlachroter und blauer Farbe gepinselt, mit großen und kleinen, geraden und schrägen Buchstaben, senkrecht und waagerecht, kurven- und kreisförmig. Noch nie zuvor war diese Stadt von solch einem Schreibfieber gepackt worden.

Wild und drohend, gezeichnet von den Spuren der stellenweise zerrissenen Anschlagzettel, standen sich die Mauern mit den Aufschriften und Parolen der gegnerischen Klassen auf ihrer Brust und auf ihren Rippen gegenüber. Es wird der Verräter des Volkes Padre Anton Harapi gesucht... ge... ucht... Har... Den Aufschriften fehlten des öfteren einzelne Buchstaben oder Diphthonge, und dadurch machten sie einen fürchterlichen Eindruck, genauso wie die Drohungen eines Menschen, dem die Nase oder ein Auge fehlt, besonders schrecklich erscheinen.

Es war... en die gefährlichen Kommunisten ge... cht... die Verr... ter ge... cht... Die Stadt... bek...nten Homos w...rden ge...s...cht...

Die Mauern suchten.

Und was nicht alles gesucht wurde — Menschen, soziale Gruppen, ganze Klassen, nationale Erinnerungen. Alle Schandtaten oder Ruhmestaten sollten über Bord geworfen werden... Man verlangte Beerdigungen und Gräberöffnungen, das Schleifen oder Setzen von Denkmälern, Vorführungen von Phantomen, Tod, Freiheit, Blut, Frieden, Schrecken, Vergessen.

Es schien, als ob die uralte Einmauerungslegende den Grundsteinen der Burgen und Brückenpfeiler, deren Privileg sie jahrhundertelang gewesen war, entkommen war und nun durch die Stadt streifte, um die Mauern daran zu erinnern, daß sie alle würdig waren, ihr Unterschlupf zu gewähren... Die vier verräterischen Regenten werden gesucht... Es werden ge...u...t...

An einem dieser Nachmittage war der greise Sprachwissenschaftler Emil Karbunara, ein zurückgezogen lebender Sonderling und Witwer, der Obhut seiner Nichten entwischt und hatte sich von seinem Haus im Randbezirk Lapraka in das Stadtzentrum begeben. Es war ihm zu Ohren gekommen, daß an diesen Parolen einige neue sprachliche Phänomene beobachtet worden seien — es sollte da Verstümmelungen oder sogar die Auslassung von Buchstaben, Diphthongen, Konsonanten und ganzen Wortendungen geben. Er hatte sich das alles angehört und sich schließlich aufgerafft, um einmal selber nach dem Rechten zu sehen. Anfangs war er furchtsam durch die Straßen geschlendert, doch allmählich, je mehr Parolen er sich ansah, desto leichter wurde ihm ums Herz.Die Realität sah doch anders und nicht so besorgniserregend aus. Diese Verstümmelungen hatten nichts mit der Zerstörung der Sprache gemein, und auch das türkische Suffix *-lle*, das den Sprachwissenschaftler mehr als das Hereinbrechen der Pest entsetzt hätte, war glücklicherweise nirgends aufgetaucht. Die merkwürdigen Sprachfehler waren nicht von Menschen gemacht, sondern erst später von verschiedenen Waffen verursacht worden. Die belanglosesten Fehler stammten von Gewehr- und MG-Kugeln, die schwersten hingegen von Panzergeschossen.

Emil Karbunara wollte sich gerade freudig und erleichtert auf den Heimweg machen, da fiel ihm plötzlich ein, daß er sich nicht eingehend in den Inhalt der unzähligen Mitteilungen vertieft hatte. Er beschloß, das nachzuholen, und nahm sie also nochmals unter die Lupe; aber je mehr er las, desto verwirrter und trauriger wurde er.

Von den Mauern schlug ihm ein Hauch von Grausamkeit entgegen. Während des ganzen Krieges hatte er abseits gestanden. Er hatte zwar die Ehrenbezeigungen, die ihm die Italiener und später die Deutschen entgegenbringen wollten, zurückgewiesen, jedoch für die Befreiungsbewegung keinen Finger gerührt, da er den Klassenkampf ablehnte, der ihm Entsetzen einflößte. Er war der Auffassung, daß der Klassenkampf, nach der Zerstörung einer Sprache, das Schrecklichste sei, was auf der Welt geschehen könnte; ja, er sei sogar schlimmer als Eroberungen und Naturkatastrophen.

Jetzt, da er an den Mauern der Stadt entlangtorkelte, schien es ihm, als bewegten sie sich in ihren Grundfesten, in der Absicht, sich grimmig aufeinander zu stürzen, und dabei tauchte in seinem Kopf ein altes Bild auf: ein Mann, der im Mondschein daherschritt, gebückt unter der Last eines Sacks, den er auf seinem Rücken mitschleppte. Dicht hinter dem einsamen Mann, schlichen auf leichten Opankensohlen einige Wegelagerer. Der Sack war zwar klein, schien jedoch sehr schwer zu sein. Der Mond gehörte zum vorigen Jahrhundert, und der Mann, der in seinem Schein wanderte, war ein aus dem Ausland nach Albanien heimkehrender Flüchtling. Seit Tagen schon lief er mit dem Sack auf dem Rücken von einer Herberge zur anderen, von einer Gegend zur anderen. In einer der Herbergen am Straßenrand hatte der Sack des Wanderers die Aufmerksamkeit einiger Straßenräuber auf sich gezogen, die Goldstücke oder zumindest Silbermünzen darin vermuteten. Sie lauerten dem Fremden auf einem Pfad auf und ermordeten ihn kaltblütig. Dann warfen sie die Leiche in einen Graben und öffneten sogleich den vielversprechenden Sack. Sein Inhalt wog tatsächlich schwer, es handelte sich aber weder um Gold noch um Silber. Die Räuber wurden beim besten Willen nicht klug aus den winzigen Bleistücken, die sie darin fanden. Diese hatten an ihren Spitzen einige merkwürdige Rillen und Zeichen, und mehrere davon waren mit Blut befleckt. Schließlich machten sich die Straßenräuber enttäuscht davon, den Ermordeten verfluchend, den sie zudem einmütig für verrückt erklärten.

Der Ermordete war jedoch keineswegs ein Verrückter, sondern ein Sprachgelehrter, der das erste, von ihm selbst geschaffene, albanische Alphabet mit den in einem europäischen Land in Blei gegossenen Buchstaben in die Heimat brachte. Er hatte sie illegal eingeschmuggelt, denn das Schreiben der albanischen Sprache war damals gesetzlich verboten. Häufig, besonders beim Anblick albanischer Bücher und Zeitungen, erinnerte sich Emil Karbunara an den Flüchtling im Mondschein. Für ihn war er der Prometheus, der den Albanern die lichtspendenden Buchstaben ihrer Sprache gebracht hatte. Das Schicksal wollte es, daß die erste Druckfarbe auf diesen Buchstaben aus seinem eigenen Blut bestehen sollte...

Nun aber, bei der genaueren Betrachtung der Parolen, fühlte Emil Karbunara, wie es ihm schwer ums Herz wurde, albanische Buchstaben im Kampf gegen albanische Buchstaben! Für ihn war das unbegreiflich und ein schlechtes Omen. Wäre der *Große Flüchtling* nun aus dem Grabe gestiegen und hätte sich angesehen, was mit seinen Buchstaben geschah, wäre bestimmt auch er von Entsetzen gepackt worden. Kehrt in die Unwissenheit zurück! hätte er geschrien, mit jener dröhnenden Stimme, die nur den Toten eigen ist. Ich habe sie nicht zu diesem Zweck hergebracht!...

Mit zitternder Hand ergriff Emil Karbunara ein kleines Stück verkohltes Holz, das auf dem Bürgersteig lag, stand eine Weile unschlüssig da und begann dann auf die Mauer vor ihm zu kritzeln: »Es werde wieder Finsternis! Es werde wieder Unwiss...« Er wollte anscheinend *Unwissenheit* schreiben, aber es gelang ihm nicht, sein Vorhaben zu Ende zu führen. Hinter seinem Rücken hörte er jemanden deutsch sprechen, dann fühlte er ein großes Gewicht auf seinem Rücken. Er hatte das Gefühl, unter einer riesigen Last zusammenzubrechen... Der Sack... mit dem Blei!... durchzuckte es ihn noch in Sekundenschnelle, bevor er auf dem Bürgersteig zusammensackte, während die Kugeln des Maschinengewehrs über ihn hinwegflogen, als hätten sie gar nichts mit ihm zu tun.

Zweiter Teil

Fünftes Kapitel

Während sie sich ein schwarzes Kopftuch umband, trat die alte Großgrundbesitzerfrau noch einmal ans Fenster. Draußen nieselte es.

»Mama, geh lieber nicht aus«, sagte bittend ihre junge Schwiegertochter Lumturia zu ihr.

»Sei still, Loulou!« krächzte die Alte mißmutig. »Der Krieg ist aus. Es nieselt nur.«

Lumturia seufzte und zog ihre weite Strickjacke enger um sich. Sie fror ständig.

Vor etwa einer halben Stunde war jemand durch die *Königliche Straße* gerannt und hatte wie besessen geschrien:

»Das Stadtzentrum ist eingenommen worden! Die Deutschen ziehen sich über die Nördliche Autostraße zurück! Das Zentrum ist eingenommen worden!«

»Mama...« begann die junge Frau wieder.

»Sei still!« zischte die Alte befehlend und blitzte sie warnend mit ihren buntschillernden Augen an, um zu unterstreichen, daß sie sich keine weiteren Ratschläge gefallen lassen würde. Ihr dichtes kupferrot gefärbtes Haar lugte unter dem schwarzen Kopftuch hervor.

Die Schwiegertochter senkte die Augen. »Ich möchte mal nachsehen, wie tief wir gesunken sind«, sagte die Alte mit hohler Stimme. »Und wenn du's noch nicht weißt, so lern es bei dieser Gelegenheit: das ist das erste, was ein Mensch nach einem Umsturz in Erfahrung bringen muß!«

»Schreckliche Sachen redest du daher, Mama!« sagte die Schwiegertochter fast weinerlich.

»Das ist kein Gerede, sondern die Wirklichkeit!«

»Vielleicht ist dieser Umsturz doch nicht so schlimm, daß wir ...«

»So sei doch still!« schrie die Alte und stieß mit ihrem Stock heftig auf den Fußboden. »Ich will das nicht mehr hören!« Sie zeigte mit ihrem Stock zum Fenster hinaus. »Der Regen hat seit gestern abend nicht aufgehört. Es ist derselbe Regen, aber heute fällt er auf einen anderen Boden.«

»Schreckliche Sachen redest du daher, Mama!«

Die alte Großgrundbesitzerfrau ging vom Zimmer in den Salon, und die Schwiegertochter folgte ihr.

»Man erzählt sich, die Dame Hamide sei geflohen, und und zwar in einem Panzer, mit einem deutschen Offizier«, sagte sie.

Die Alte warf ihr einen kalten Blick zu.

»Bald werden wir schon noch alles erfahren«, erwiderte sie. »Wer geflohen und wer geblieben ist... Deshalb will ich ja auch ausgehen.«

Sie ging die Treppen hinunter, überquerte den mit Marmorfliesen bedeckten Hof, und bevor sie die große Pforte aufstieß, rief sie über die Schulter: »Um sich wieder aufzuraffen, meine Liebe, falls du daran schon mal gedacht hast, muß man zuerst wissen, wie tief man gefallen ist!«

Die Schwiegertochter sah ihr noch eine ganze Weile nach, wie sie sich durch die fast menschenleere Straße unter dem nieselnden Regen entfernte. Wer geflohen und wer geblieben ist! wiederholte sie bei sich. Wer geblieben ist...

* * *

Schon seit einer Stunde war die Patrouille aus dem Rundfunksender unterwegs und hatte bislang noch keinen einzigen vom Personal aufstöbern können. Die beiden ersten Adressen führten sie zu verlassenen Wohnungen. Der einheimische Guerillakämpfer, den man ihnen als Führer mitgegeben hatte, brachte sie nun zu der dritten Adresse. Auch diese Straße bot den gleichen Anblick: zerbrochene Fensterscheiben und Auslagen, dem unaufhörlichen Regen ausgesetzte Barrikadenreste und hier und da Leichen mit durchnäßtem Haar. Einer der Getöteten war am Rande einer mit vielen Aufschriften und Parolen bedeckten Hausmauer zusammengebrochen. Das aus einer zerfetzten Dachrinne herabströmende Regenwasser plätscherte ihm in einem dicken Strahl direkt auf den Kopf und hatte schon längst die große Wunde ausgewaschen. Klatschnaß unter dem unbarmherzigen Regenguß liegend, bot der Tote einen erbärmlichen Anblick... Als sie an ihm vorbeigingen, hielt Mete Ali an, und mit seinem einen Arm zerrte er den Toten an der Jacke ein Stück weiter, um ihn aus dem Bereich der beschädigten Dachrinne zu bringen. In der rechten Hand hielt der Getötete noch immer ein verkohltes Holzstückchen, mit dem er anscheinend etwas hatte schreiben wollen. Mete Ali tastete die Mauer mit den Augen ab, um die besagte Mitteilung zu entdecken, und dann sah er sie: ein zur

Hälfte, bis zum Buchstaben *»s«*, geschriebenes Wort, dessen Ende in einer zitternden Linie auslief, die beinahe bis zum unteren Rand der Mauer gezogen war, zweifellos in dem Moment, als der tödlich getroffene Mann niederstürzte...

Mete Ali beschleunigte seine Schritte, um die Kameraden einzuholen. Sie hatten sich inzwischen der *Ali-Pascha-Guzia-Straße* genähert, als ihnen ein Mann mit verzerrtem Gesicht entgegenkam, rennend und wie besessen schreiend: »Das Zentrum ist eingenommen worden! Die Deutschen ziehen sich über die Nördliche Autostraße zurück!«

Sie blickten dem Mann, der wie ein verrückter Wirbelwind an ihnen vorbeigeflitzt war, eine Zeitlang nach. Die Nachricht mußte wahr sein, denn, als sie vor ungefähr einer Stunde das Rundfunkgebäude verlassen hatten, war der Lärm einer ohrenbetäubenden, unglaublich heftigen Explosion bis zu ihnen gedrungen, die aller Wahrscheinlichkeit nach vom Stadtzentrum her kam.

Sie erreichten den *Boulevard Mussolini* und gingen in Richtung Zentrum. Überall sah man Spuren von erbitterten Kämpfen. Die Eisengitter der vornehmen Villen waren übel zugerichtet, was wahrscheinlich den Panzern zuzuschreiben war.

»Seht, da ist die Mauer, wo wir unsere Stellung hatten!« rief Teuta plötzlich. »Und auch die Barrikade!«

Sherif fühlte einen Stich im Herzen, als er die Überreste der Barrikade erblickte. Sie glich einem uralten Gebilde, an dem der Wind langsam knabberte und es stetig aushöhlte. Die zerbrochenen Stücke des Waschbeckens glänzten fahl im Regen. Etwas weiter standen der ausgebrannte Panzer und der Panzerwagen. Die gefallenen Deutschen lagen noch immer auf dem Platz, inzwischen jedoch auf dem Rücken, da man offenbar ihre Taschen durchsucht hatte. Teuta wandte den Kopf ab, damit sie sie nicht sah. Sherif bemerkte, wie Mete Alis Augen unruhig den Boulevardstreifen vor ihnen überflogen. Wahrscheinlich hofft er, irgendwo seinen Arm zu entdecken! durchzuckte es ihn. Eine Schar Partisanen und Guerillakämpfer kam ihnen singend in Reih und Glied entgegen. Etwas weiter, an einer engen Straßenkreuzung, sahen sie eine Gruppe von Menschen, die sich über unsichtbare Tragbahren zu beugen schienen. Die Gruppe vergrößerte sich ständig durch herbeieilende Leute, unter denen besonders viele Frauen waren. Als die Patrouille sich der Stelle näherte, schlug ihnen Weinen und Schluchzen entgegen. Auf dem Boden, nebeneinander aufgereiht und mit weitaufgerissenen starren Augen, lagen hingerichtete Männer. Die meisten hatten völlig entstellte Gesichter. Die Frauen warfen sich auf die Knie, beugten sich dicht über die Gesichter der Leichen, betasteten sie mit flatternden Händen, wobei ihre Blicke fiebernd von einem zum anderen huschten, und oft wurde die Luft dann von einem entsetzten Wehgeschrei zerrissen.

»Wer sind diese Toten?« fragte Mete Ali einen Hodscha, der etwas abseits stand.

»Man weiß es nicht, mein Herr«, erwiderte dieser. »Man weiß nicht, von wem und weshalb sie erschossen worden sind.« Daraufhin begann der Hodscha leise ein Gebet vor sich hinzumurmeln; es war eine alte, weinerliche moslemische Litanei.

»Gehen wir weg von hier«, sagte Teuta. Sie war ganz bleich geworden.

Nach einigen Minuten hatten sie bereits das Stadtzentrum erreicht. Es erschien ihnen jetzt ganz anders, als sie es von ihrem scheinbar weit zurückliegenden Herumschleichen und Kriechen auf dem Asphalt in Erinnerung hatten.

Ringsumher war alles rauchgeschwärzt.

Sherif hielt nach dem »Halbpanzer« Ausschau. Da stand er, seitlich in den Boden eingesunken, den Geschützlauf in unnatürlicher Weise aufgerichtet, versengt und aufgedunsen, genau wie ein toter Krüppel. Damals im Dorf, bei der Beerdigung Tosun Agas, waren alle beim Anblick seines Sargs zutiefst entsetzt gewesen.

Solch einen Sarg hatte man noch nie gesehen, und auch noch nie davon gehört, daß es so etwas jemals gegeben hatte! Er war nicht länglich, wie es ein gewöhnlicher Sarg zu sein hatte, sondern viereckig und hatte darüber hinaus noch eine kuppelartige Wölbung, die offensichtlich für seinen Buckel gedacht war. Verkrüppelte Tote — verkrüppelter Sarg! hatte damals die Greisin Kenane ausgerufen...

Ein großer Hund jagte über den *Skanderbeg-Platz*. Ein Neugieriger steckte seinen Kopf in einen der Bunker, dessen Eingang wie von einem Erdbeben zerstört wirkte.

»Da drinnen liegen verkohlte Soldaten!« rief er dann mit verzerrtem, angewidertem Gesicht.

Einige Guerillakämpfer gingen mit Tragbahren vorüber, auf denen Köpfe hin und her wackelten. »Einer sah aus wie unser Alex«, sagte Mete Ali.

Über den Platz verstreut lagen an manchen Stellen Leichen deutscher Soldaten, die fast alle verbrannt waren. Schwacher Gefechtslärm wehte bis zum Platz herüber. Jemand bemerkte, daß beim Neuen Gefängnis immer noch gekämpft würde. Sherif betrachtete aufmerksam das Minarett einer Moschee, das, wahrscheinlich von einem Mörsergeschoß, in zwei Hälften zerrissen worden war. Der Moschee gegenüber, etwas rechts von ihnen, erhob sich die große Turmuhr der Stadt wie ein bleiches, alles überragendes Gesicht. Auf den Uhrzeigern hatten sich eine Menge Raben niedergehockt, die durch die zerbrochenen Glasscheiben eingedrungen waren. Dadurch zeigten die vier großen Zifferblätter, die in alle vier Himmelsrichtungen auf die Stadt blickten, verschiedene Uhrzeiten an.

Der große Hund jagte wieder über den fast leeren Hauptplatz, den sie nun hinter sich ließen. Jetzt befanden sie sich auf einer Straße mit breiten Bürgersteigen, die stellenweise von Panzerketten aufgerissen waren. Einige zerlumpte Bettler lungerten dort herum, in der Hoffnung, irgendetwas Brauchbares zu finden.

Je weiter sie kamen, desto lebhafter ging es auf der Straße zu. Gruppen von Partisanen, Streifen, Guerillas und junge Mädchen gingen singend an ihnen vorüber. »Hier entlang«, sagte der Begleiter der Patrouille und zeigte auf eine enge Seitenstraße mit hohen Gebäuden. Eine alte Dame kam ihnen entgegen, ganz allein in dieser nackten Perspektive, zwischen den Tausenden und Abertausenden gemeißelter Mauersteine. Sie war in teure schwarze Gewänder gehüllt und hatte eine so bleiche Gesichtshaut, daß sie wie künstlich auf den Schädel geklebt wirkte. Die Augen der Frau hefteten sich mühsam und fast mit physischem Schmerz auf die Augen der Partisanen, um sich in Sekundenschnelle wieder loszureißen.

»Was war denn das für ein grauenhaftes altes Weib!« murmelte Teuta, als die Alte schon ein Stück weitergegangen war, und unwillkürlich wandte sie den Kopf, um ihr nachzublicken. Aber auch die alte Dame hatte sich umgedreht, und der verwirrten Teuta schien es, als ob sich die schmalen Lippen der anderen voller Abscheu kräuselten.

Die Straße wurde stellenweise sehr eng und verbreiterte sich dann wieder. Die Hausnummern wiesen immer kleinere Zahlen auf.

»Da ist es!« rief endlich der Guerillakämpfer aus Tirana, der sie führte.

Sie standen vor einer großen zweiflügligen, in sanftem Grün gestrichen Haustür, an deren rechter oberer Ecke die Namensschilder der hier wohnenden vier Familien und weiter unten ein metallener Türklopfer mit einer kupfernen Platte angebracht waren. Die Schwelle und die herausragende Brüstung des Portals waren aus behauenem Stein. Dies war nun schon die dritte Adresse, und während sich Sherif daranmachte, den Klopfer zu betätigen, fühlte er sein Herz langsamer schlagen. Und wenn auch dieser hier nicht zu Hause war? Und wenn sie alle nicht aufzufinden sein würden?... Seine Augen starrten für den Bruchteil einer Sekunde auf den senkrechten, länglichen, grinsenden Schlitz des Schlüssellochs. Der Mund des Stummen! dachte er. Dann fiel seine

Hand schwer auf den metallenen Türklopfer und blieb dort einen kurzen Augenblick bewegungslos liegen. Sherif begann anzuklopfen, zunächst in langsamen Abständen... einmal, zweimal... und dann immer rascher, immer wuchtiger, immer zorniger...

Nach dem ersten Hagel ließ Sherif seine Hand sinken. Die Stille schien nun noch tiefer zu sein, aber trotzdem hatte man das Gefühl, daß zwischen der Tür und dem Haus ein Kontakt hergestellt worden war. Fast wie ein leichtes Geräusch war das, was sie zu vernehmen glaubten — ein Rauschen wie von einem Flügelschlag in der Luft. Plötzlich wurde das bleiche Gesicht Mete Alis noch bleicher und dann lief es rot an.

»Ihr verfluchten Bourgeois!« knirschte er, schob Sherif ein wenig zur Seite und klopfte selbst an. Es war ein anderes Klopfen, das eines einhändigen Menschen — ein Klopfen von eigenartiger Unregelmäßigkeit, das den Klängen Elemente des Schreckens verlieh. Von drinnen, wie aus einer weiten Ferne, kam eine dumpfe Stimme:

»Wer ist da?«

»Aufmachen!« rief Sherif. »Partisanenpatrouille!«

Über ihrem Kopf wurde eine grün gestrichene Jalousie hochgezogen. Ein Frauenkopf mit Haaren, die wie zwei Stromschnellen an den Schläfen herunterflossen, beugte sich über das Fenstersims.

»Wen sucht ihr?« fragte die Frau.

Der Begleiter blickte auf die Namensliste in seiner Hand und las in schroffem Ton den Namen des Gesuchten vor. Aus dem Haus drang für einen kurzen Augenblick ein unterdrücktes Jammern. Der Frauenkopf am Fenster beugte sich noch tiefer über das Sims. Das Gesicht der Frau leuchtete heimtückisch auf und, indem sie sich noch weiter vorbeugte, flüsterte sie der Patrouille zu:

»Er ist da...«

Von drinnen hörten sie Schritte trippeln, und dann wurde das Haustor von einem kleinen Mädchen geöffnet. Sie traten in einen dunklen Flur, von dem aus eine breite Treppe zu den oberen Stockwerken führte. Die jämmerlichen Laute wurden immer schriller. Im zweiten Stockwerk, hinter einer breiten Milchglaswand, glaubten sie verschwommen einige Gestalten zu erkennen. Mete Ali klopfte mit dem Finger an die Glaswand. Da wurde die Tür einer der auf dem langen Korridor aufgereihten Wohnungen einen Spalt breit geöffnet, durch den sich ein Arm schob, der auf die gegenüberliegende Tür deutete.

»Dort drinnen ist er«, flüsterte die Frauenstimme von eben.

Sherif klopfte an. Wieder hörten sie Jammerlaute, doch diesmal kamen sie aus mehreren Kehlen.

»Wer weiß, was die wohl erwarten«, sagte Mete Ali. »Besser du gehst hinein, Teuta, damit sie sich nicht so ängstigen. Obwohl, noch besser wär's, wenn du hineingehen würdest, Thanas. Du hast doch ein noch weicheres Gemüt als ein Mädchen!«

Thanas wurde puterrot.

Die Tür wurde langsam geöffnet. Sie blickten auf einen länglichen, schwach beleuchteten Flur. Menschen standen kerzengerade an die Wände gelehnt.

»Ooh!« klagte jemand.

»Bürger, wovor habt ihr denn Angst?« fragte Teuta

geradeheraus. »Wir suchen nach einem Angestellten des Rundfunksenders, damit er...«

»Nicht doch, nicht!« unterbrach sie der Aufschrei einer Frau. »Er hat ja nichts getan, wirklich nichts!... Weder hat er auf jemanden geschimpft noch Nachrichten gesendet... Nicht doch, nicht!...«

»Wartet doch mal!« versuchte Teuta einzulenken. »Keine Aufregung!... Es ist nicht die Rede von...«

»Nicht doch!« schrie die Frau erneut.

Eine Verständigung war schier unmöglich. Thanas öffnete auch zwei, drei Mal den Mund, doch das Ergebnis war nur ein heftiges Erröten.

»Das ist doch zum Verrücktwerden!« brauste Mete Ali auf. Er stand mit den beiden anderen noch immer an der Schwelle der Wohnung.

»Du gehst nicht hinein«, sagte Sherif zu ihm. »Und ich auch nicht.«

Sie rührten sich nicht vom Fleck, bis sie feststellten, daß es drinnen einigermaßen ruhig geworden war. Doch es dauerte nicht allzu lange, und schon ging das Gejammer und Gekreische wieder los.

»Maqo! Maqo!« schrie die Frau völlig außer sich und klammerte sich an den Arm des Gesuchten, der allem Anschein nach ihr Mann war und nun hinausgehen wollte.

Teuta kam als erste aus der Wohnung, verwirrt und mit Schweißperlen auf der Stirn.

»Die haben ja nicht alle Tassen im Schrank!« sagte sie verdrossen.

Endlich trat der Gesuchte auf den Korridor, umringt von seinen Angehörigen. Er war lang und hager und trug einen Schal, den er mehrmals um den Hals geschlungen hatte. Sein rötliches Gesicht, aus dem ernste Augen mit dunklen Tränensäcken blickten, war von einer krausen, ebenfalls rötlichen Mähne umrahmt. All dies verlieh seinem Gesicht eine gewisse Würde, die ganz und gar nicht Sherifs Erwartungen entsprach. Der Mann ging ruhig auf sie zu, während die Angehörigen sich an seine Arme hängten und ihn liebkosten und drückten.

»Welch ein Theater!« murmelte einer der Nachbarn, die die Köpfe aus den Wohnungstüren gesteckt hatten.

Sherif wandte sich um, und sein Blick begegnete den scheelen Augen dessen, der die Bemerkung fallen gelassen hatte. Der Mann war im Pyjama und schien es als seine Pflicht anzusehen, eine Erklärung abzugeben.

»Er ist ein beispiellos frivoler Mensch«, fügte der Mann hinzu. »Bitte um Entschuldigung, ein Fremdwort gebraucht zu haben, ich weiß jedoch nicht, wie ich mich anders ausdrücken soll. Er ist bereit, vor das Erschießungskommando zu treten, nur um sich ein wenig wichtig zu tun. Total imbizil!«

»Niemand hat die Absicht, ihn zu erschießen«, sagte Sherif trocken.

»Das dachte ich mir«, erwiderte der andere. »Solche Szenen gab es schon des öfteren in diesem Haus. Es ist zum Kotzen!«

Indessen stieg der kleine Haufen die Treppe hinunter, mit dem langen, hageren, rötlichen Mann in der Mitte.

»Diese Szene hat er sich schon seit langem erträumt«, flüsterte der Mann im Pyjama Sherif ins

Ohr. »Glaub mir, er lebt nur dafür, um solche Augenblicke auskosten zu können.«

Am Haustor wurde aus dem Jammern ein richtiges herzzerreißendes Wehgeschrei. Die Frauen hängten sich an beide Arme Maqos und schrien immerfort, stießen tiefe Seufzer aus und stützten gleichzeitig eine der ihrigen, die in Ohnmacht zu fallen drohte.

»Ich nehme an, Sie wissen, daß er nur ein kleiner Rundfunkangestellter ist«, sprach der Mann im Pyjama weiter, dicht an Sherifs Ohr, und hatte offenbar nicht die Absicht, von seiner Seite zu weichen. »Nur einer von den Gewöhnlichsten!«

Das Menschenknäuel hatte am Haustor haltgemacht, und der Rundfunkangestellte strich beruhigend mit der Hand über die Frauenköpfe, wobei er mit lauter und klangvoller Stimme verkündete:

»Was auch geschehen möge, mein Gewissen ist rein!«

»Das ist doch die Höhe!« entfuhr es dem Mann im Pyjama, und seine heimtückischen Augen blickten noch mißgünstiger. »Da kann man ja wirklich verrückt werden!«

Daraufhin machte er abrupt kehrt und ging zurück ins Haus, wobei er sich mit dem Finger an die Stirn tippte. Währenddessen gab sich die Schar der Frauen, zutiefst ergriffen von den Worten ihres Liebsten, einem neuen Schwall von Seufzern hin, der ab und zu von einem durchdringenden Wehgeschrei gewürzt wurde.

»Du Halunke!« fuhr Sherif den Mann an, als sie weit genug entfernt waren und hinter ihrem Rücken nur noch vereinzelte und rasch verebbende dumpfe Laute zu hören waren. »In deinem Alter so ein Theater zu machen und den Leuten derartig den Kopf zu verdrehen!«

Der andere wandte ihm sein Gesicht zu, und Sherif entdeckte trotz der Wut, die ihn gepackt hatte, in diesem länglichen und würdevollen Gesicht seltsamerweise eine Spur von Güte.

»Das ziemt sich nicht in deinem Alter«, wies Sherif ihn zurecht, allerdings in einem bedeutend sanfteren Ton, seine vorherige Schroffheit sichtlich bereuend.

Der Mann erwiderte nichts. In seinen schwarzen, eindrucksvollen Wintermantel gehüllt und mit dem umgebundenen Schal konnte man tatsächlich meinen, den verhafteten ehemaligen Ministerpräsidenten der soeben gestürzten Regierung vor sich zu haben...

* * *

Als sie in die nächste Straße einbogen, hörten sie einen fernen dumpfen Lärm. »Was ist denn das schon wieder?« fragte Mete Ali.

Sie blieben stehen und horchten angestrengt. Der Lärm schwoll an und verebbte dann wieder, wie das Atmen eines Schwerkranken.

»Sehen wir mal nach«, sagte Sherif. Seine Hand betastete unwillkürlich die Handschellen in seiner Tasche.

Sie bogen von ihrem Weg ab und gingen in Richtung des Lärms.

»Das muß beim ehemaligen Palast der Prinzessinnen sein«, meinte der Guerillakämpfer.

»Dem Palast der Prinzessinnen?« fragte Teuta staunend, so als würde man ihr ein Märchen erzählen.

Vor dem ehemaligen Palast der Prinzessinnen hatte sich tatsächlich eine lärmende Menge angesammelt. Als die Patrouille wissen wollte, was da eigentlich los sei, wußte niemand eine genaue Antwort zu geben. Ein Strom von Menschen drang durch das Hauptportal ein, und ein anderer floß aus demselben Portal heraus. In den Blicken aller lag die verschleierte Begeisterung von Schatzsuchern und die erregte Erwartung von gelüfteten Geheimnissen.

»Habt ihr die Schlafzimmer gesehen?« fragte jemand.

Ein Mann, der einen schweren Spiegel auf dem Rücken trug, zwängte sich mit Müh und Not durch das Portal auf die Straße.

»Schämst du dich nicht? Bring den Spiegel sofort wieder zurück!« schrie ihn jemand an.

Der Mann ging fügsam und ohne ein Wort zu sagen wieder hinein. Die Leute gaben ihm den Weg frei, reckten aber dennoch ihre Hälse, um sich einen Augenblick in dem Spiegel zu betrachten, wobei alle verwundert über den eigenen Anblick zu sein schienen.

»Gehen wir zum Regentenpalast!« flüsterte eine Stimme. »Dort läßt man plündern!...« — »Das ist nicht wahr. Ich komme gerade von dort. Es gibt Partisanenwachen! Hier gibt es auch Wachen, siehst du sie nicht? Fünf sogar! Aber die mischen sich nicht ein...«

Der Spiegel auf dem Rücken des Mannes tauchte wieder auf. Der Mann versuchte mit den mühsamen Bewegungen eines Roboters, erneut durch das Portal ins Freie zu gelangen.

»Zurück, du Hund!« brüllte eine wilde Stimme.

Und der Spiegel machte folgsam kehrt und bewegte sich in dem Menschenstrom, als würde er von einer unsichtbaren sturen Ameise getragen...

»Hast du die herrlichen Badewannen gesehen?« seufzte jemand.

»Ja, natürlich...«

Eine Partisanenabteilung kam im Laufschritt herbeigeeilt, anscheinend, um den Palast unter Kontrolle zu bringen und Ordnung zu schaffen.

»Gehen wir«, sagte Sherif. »Wir haben schon genug Zeit verloren. Wo ist die nächste Adresse?«

Zwei von den Gesuchten waren glücklicherweise zu Hause.

Einer von ihnen, der Börsenkommentator (es gefiel ihm, sich so zu nennen, obwohl er in Wirklichkeit bloß Beobachter der Zinsprozente gewesen war und Sprecher einer alten Radiosendung, die durch das nachdrückliche Ersuchen des Clans von Fiqiri Bey aus der Zeit des Königreichs übernommen und weiterhin gesendet wurde), ein unansehnliches, fades Männlein mit einem breitkrempigen Hut, unter dem ein Paar stechende Augen funkelten, leierte ständig dieselben Worte herunter:

»Ich nehme an, Herr Partisan, Sie sind sich darüber im klaren, daß das Kommentieren von Börsen- und Zinsfragen keineswegs bedeutet, ein Wucherer oder ein Geldjäger zu sein... Das Gegenteil ist vielmehr der Fall! Wir... in diesem Fall ich... sind lediglich... wie soll ich's sagen... das Fräulein hier möge mir verzeihen... Hm... wir sind sozusagen nur Zuhälter des Geldes...«

Sherif blickte mit Abscheu auf die schmutzstarrende Hutkrempe des Angestellten.

»Also, Herr Partisan, ich denke, ich habe Ihnen den Unterschied zwischen...«

»Es reicht!« fuhr Sherif ihn an. »Halt die Klappe!«

»Zu Befehl, Herr Partisan, ich bin ja schon still!«

Eine Zeitlang setzte die kleine Gruppe schweigend ihren Weg fort.

* * *

Sie hielt vor einer hohen Pforte an, deren Holz an allen Ecken und Enden mit Eisen- und Bronzeplatten beschlagen war, und klopfte lange an. Es war direkt zu spüren, wie die Wellen der Schläge in der Tiefe des großen, stattlichen Hauses sanft verebbten. Sie haben sich davongemacht! murmelte sie, nachdem sie bereits zum vierten Mal den Klopfer betätigt hatte. Das Schlüsselloch in der soliden Pforte glich einem leblosen Organ. Sie wollte wieder kehrtmachen, aber etwas ließ sie wie festgenagelt auf der Schwelle verharren... »Verschließen auf ewig soll sich diese Pforte!« Dieser bekannte, schon hunderte von Malen gehörte Fluch, war unverhofft aus den Nebelschwaden der Wörter aufgetaucht und stand nun vor ihr, wie ein finsterer Ritter in eiserner und bronzener Rüstung... Ja, diese Hauspforte war wohl für immer verschlossen. In Blitzesschnelle sah sie den künftigen

Rost auf den metallenen Platten vor sich, die Löcher der Würmer in diesem ganzen starken hölzernen Körper, das Vermodern und Verrotten der einst so stolzen Pforte... Sie fühlte ihre Knie weich werden, faßte sich jedoch rasch. Trotzdem hatte das überhaupt nichts zu bedeuten. Die anderen waren ja dageblieben!...

Die alte Großgrundbesitzerfrau ging die fast ausgestorbene Straße zurück und kam auf den *Boulevard Mussolini*. Auf seinen Bürgersteigen standen hier und da Menschengruppen herum. Die Leute blieben vor Eisengittern stehen und blickten auf die Häuserfassaden in der Tiefe der Gärten. Die Tore waren alle reihenweise verschlossen, und sie hatte einen Augenblick den Eindruck, als sähe sie eine Reihe hochkant aufgestellter Särge, so wie sie die Moslems aufzustellen pflegen, bevor sie den Toten hineinbetten.

Irgendwo spielte eine Ziehharmonika, und sie beschleunigte ihre Schritte, um diese Musik nicht zu hören, denn sie schien ihr wie ein makabrer Hohn angesichts all dieser Ödnis. Das Haustor der Rrokaj! dachte sie. Dort muß ich hin, so rasch wie möglich... dort, bei der Kreuzung...

Bei der Kreuzung aber gab es ein Hindernis. Die Großgrundbesitzerfrau starrte betroffen darauf, machte einen Bogen um das merkwürdige Hindernis, und dann dämmerte es ihr plötzlich: Das ist ja dieses schreckliche Ding! sagte sie ganz entsetzt zu sich. Es war das erste Mal, daß sie eine Barrikade zu sehen bekam. Sie lag ausgestreckt vor ihr, halb abgebrannt, ein Fabelwesen, das im Regen seine Wunden leckte. Federbetten, Schubladen, Truhen, Säcke, Ziegel und darunter ein paar kalte Augen, weißglänzende Scherben eines zertrümmerten Waschbeckens. So werde auch ich mich eines schönen Tages hinstrekken! dachte sie gegen ihren Willen. Genauso, mit starren Augen, unter einem Haufen alten Plunders, an einem Kreuzweg...

Beim Haustor der Familie Rrokaj klopfte sie lange an. Obwohl keine Antwort kam, hatte sie das sichere Gefühl, jemand müsse sich dort drinnen befinden. Das Schlüsselloch war nicht leblos. Und sie irrte sich nicht. Endlich schlurften Schritte herbei, bekannte Schritte. Sie erkannte den Gang des alten Hausdieners.

»Die Herrschaften sind weg«, sagte er kalt.

»Wohin?« flüsterte sie.

Der Diener zuckte mit den Schultern.

»Ich weiß es nicht.«

Die alte Frau ging. Ihr ganzes Wesen strömte Zorn aus. Aber die anderen sind da! sagte sie sich, trotzig und empört. Ich werde sie schon finden, wo sie sich auch verkrochen haben mögen!

Sie kam wieder an der Barrikade vorbei und bemühte sich, über die verkohlten Leichen auf ihrem Weg hinwegzusehen. Sie legte eine weite Strecke zurück, bis sie endlich an das dritte Haustor anklopfte. Die Bewohner waren da. Alle. Ihr stiegen beinahe die Tränen in die Augen. Ich wußte es! murmelte sie beim Eintreten. Unmöglich, daß alle geflüchtet sein sollten. Die Hälfte ist dageblieben...

Sie saßen alle in dem großen, ungeheizten Empfangszimmer mit den hohen Fenstern und weißen Vorhängen, durch die ein fahles Licht hereindrang.

In der Haltung der Hauseigentümer, in der Art und Weise, wie sie durch die Fenster hinausblickten, und in ihrer Sprechweise lag etwas Feierliches.

Ein Dienstmädchen brachte Likör und dann noch Mokka. Es war dasselbe Dienstmädchen, und es waren dieselben teuren Kristallgläser und Porzellantassen. Die alte Frau betrachtete die großen Bilder in Goldrahmen an den Wänden, die stillen Leuchter und den Perserteppich, der den ganzen Fußboden bedeckte. Nichts hatte sich in diesem Haus verändert, und sie fühlte plötzlich einen unbändigen Drang, laut auszurufen: Was soll denn diese ganze Komödie? Ihr wißt doch genau, daß das keine Zeit für Spiele ist!

Die alte Großgrundbesitzerfrau Mukades hätte diese Worte tatsächlich hinausgeschrien, wenn nicht im gleichen Augenblick auf der Türschwelle des Zimmers ein hinkender Mann erschienen wäre. Alle drehten die Köpfe zu ihm hin. Der Mann weinte. In ihrem langen Leben hatte die alte Mukades vielerlei Arten von Tränen gesehen, darunter auch das wilde Aufschluchzen von Männern, das selbst noch in der Erinnerung etwas Unerträgliches hatte — doch solch ein Weinen wie dieses hier hatte sie sich bis jetzt nicht vorstellen können. Der Mann war stark hinkend und schwankend ins Zimmer getreten. Zum ersten Mal tauchte das Weinen vor der alten Großgrundbesitzersfrau in Form eines Mechanismus auf — Fließbänder und Winden, die klagend das Wasser aus einem tiefen, mit Schmerz gefüllten Brunnen holen und es nach allen Seiten verschütten.

Unter den Schritten des Hinkenden wankte die

ganze Welt, die langen weißen Vorhänge bekamen ihren eigentlichen Sinn: an imposanten Fenstern ausgehängte Leichentücher; das Glitzern des Kristall- und Porzellanservices fror ein. Da schien es der alten Mukades an der Zeit, den anderen ein wenig Mut einzuflößen. Eine Zeitlang vertieften sie sich in ein Gespräch über Aufstieg und Fall und deren Logik. Dann sprachen sie über die trüben Zeiten, die ihnen noch bevorstanden, und über die Notwendigkeit, in diesem Sturm voller Bewährungsproben nicht auseinanderzustieben wie die Rabenjungen. Der allerschlimmste Augenblick würde erst dann eintreten, wenn einer in dieser tiefen Finsternis »Wo seid ihr?« schreien und darauf keine Antwort erhalten würde. Schließlich gelang es der Besucherin, eine der alten Damen, und zwar die Lahmste unter ihnen, zu überreden, zusammen mit ihr auszugehen. Nicht doch, Mama! riet ihr mehrmals eine ihrer Schwiegertöchter ab. Draußen herrscht noch immer Krieg!... Doch die alte Mukades wiederholte das, was sie bereits zu ihrer eigenen Schwiegertochter gesagt hatte: Der Krieg ist aus. Es nieselt nur...

Die beiden alten Frauen traten auf die Straße. Im Gehen erwähnten sie die Häuser, die sie aufsuchen wollten. Aus der Ferne schlug ihnen ein dumpfes Dröhnen entgegen. In einer ziemlich engen Gasse begegneten sie einer Partisanenpatrouille. Die alte Mukades erkannte unter ihnen sofort diesen schrecklichen Menschen, der nur einen Arm hatte. Sie wollte eigentlich ihrer Freundin sagen: Das ist schon das zweite Mal, daß ich dieser Patrouille begegne. Doch sie hatte Angst, auch nur zu flüstern. Der Einarmige warf ihr gerade einen bohrenden Blick zu. Die Freundin berührte sie mit dem Ellbogen:

»Schau, das sind Verhaftete!«

Mit der Patrouille gingen auch einige Zivilisten: ein hagerer Mann mit würdigem, aber etwas traurigem Aussehen, ein weiterer Mann mit einer Pfeife im Mund, und noch einige andere, die, aus welchen Gründen auch immer, mit winzigen Schritten hinterhertrippelten. Mit solchen Schritten geht man in den Tod, dachte die alte Mukades bei sich.

»Man führt sie zur Hinrichtung«, sagte ihre Freundin, als sich die Patrouille entfernt hatte. »Komm, beeil dich! Wir müssen die Nachricht verbreiten!«

Wieder fiel ein feiner Regen.

Beeil dich! trieb die alte Mukades sich selbst an. Schnell! Schnell! Die nasse Straße, mit welkem Laub bedeckt, erstreckte sich endlos vor ihnen, und in Gedanken pochten sie schon jetzt, ohne bereits am Ziel zu sein, an großen Haustoren und marmornen Portalen, an deren Seiten sich wilde dornige Rosen, weiße und rote, emporrankten. Tand-rang-tang! Macht doch endlich auf! Wir bringen neue Nachrichten!...

* * *

Die Patrouille betrat einen Innenhof, umgeben von hohen, mit Rankengewächsen bedeckten Mauern. Der Putz war stellenweise durch Regen und Wind abgebröckelt. Die grüngestrichenen Fensterrolläden waren heruntergelassen.

»Der Halunke!« fauchte Sherif und schlug mit der Faust gegen das Tor. »Ich glaube, wir haben ihn endlich aufgestöbert.«

Sie hatten fast eine volle Stunde auf der Suche nach einem Mann verloren, der seine Adresse gewechselt hatte. Zunächst hatten sie ihn in einem drittklassigen Hotel gesucht, dann in einer Pension, und schließlich hatte man ihnen gesagt, er bewohne hier ein Mietzimmer.

»Ja, das ist er«, sagte eine dicke alte Frau, die ihnen die Außentür öffnete. »Zehn Tage ist es nun schon her, daß er sich mit einer Hure eingeschlossen hat! So einen Mieter haben wir bislang noch nie gehabt. Werdet ihr ihn an die Wand stellen?«

»Nein«, sagte Sherif. »Wir brauchen ihn für etwas ganz anderes.«

»Ich dachte, ihr würdet ihn hinrichten... Er hat mir nämlich auch die Miete noch nicht bezahlt...«

Sie zeigte ihnen eine schmale, sehr hohe Tür und blieb selber etwas abseits auf dem Flur stehen, um zuzuschauen.

Sherif klopfte an. Von drinnen hörte man ein gedämpftes Geräusch, dann Geflüster, und schließlich schleppende Schritte auf dem Fußboden.

»Wer ist da?« fragte eine weiche Frauenstimme.

Thanas errötete über und über.

»Das hat uns noch gefehlt!« brummte Sherif. Er ging zur Außentür und rief nach Teuta: »Komm du auch her! Da drinnen gibt's Weiber.«

»Wer ist denn da?« erklang wieder die Frauenstimme. Sherif machte Teuta ein Zeichen, daß sie sprechen sollte.

»Macht auf!« sagte Teuta. »Wir sind eine Partisanenpatrouille und suchen...« Sie wandte sich unbeholfen an Sherif und gab ihm ebenfalls wortlos zu verstehen, daß sie den Namen nicht wußte.

Sherif flüsterte ihr den Namen ins Ohr, aber die Art und Weise, wie er das tat, reizte das Mädchen zum Lachen; sie biß sich rasch auf die Lippen, um nicht herauszuplatzen. Sherif tippte mit einem Finger an seine linke Schläfe, was heißen sollte: Bist du etwa übergeschnappt? Er wiederholte den Namen, und Teuta, ein bißchen beleidigt, faßte sich und rief laut:

»Wir suchen den Matish Baldoja!«

»Einen Augenblick, bitte!« antwortete die Frauenstimme aus dem Zimmer.

Die dicke alte Frau auf dem Flur machte eine resignierte Geste, als wollte sie sagen: Was wir von diesem Mieter nicht alles zu erdulden haben!

Die Tür wurde zur Hälfte geöffnet, und hinter ihr erschien eine sehr junge Frau, mit aufgelöstem Haar und lächelnd.

»Tretet bitte ein!« sagte sie und schenkte allen ein breites Lächeln.

»Das hat uns noch gefehlt!« brummte Sherif schon zum zweiten Mal.

»Wir haben nicht viel Zeit«, sagte Teuta. »Wir sind in Eile. Er... der Mann soll mitkommen...«

»Ich komme schon!« hörte man von drinnen eine fröhliche Stimme.

Die Tür blieb halb geöffnet. Durch diesen Ausschnitt, im von den waagerechten Streifen der Fensterrolläden zerschnittenen Dämmerlicht, konnte man einen Teil des Zimmers sehen: einige leere Flaschen auf einem Tisch, das Ende eines breiten Bettes, dessen Decke zum Teil auf den Fußboden gerutscht war, und einen alten Lehnstuhl mit bananenfarbenem Samtbezug. Man hörte die alltäglichen Geräusche eines sich ankleidenden Mannes, das Klappern einer Gürtelschnalle...

»Du wartest draußen«, sagte Sherif zu Teuta und wußte nicht, wohin mit seinen Augen. Man sah ihm an, daß er sehr nervös war.

Die dicke alte Frau auf dem Flur machte Sherif einige beschwörende Zeichen.

»Jetzt reicht's!« rief Sherif in das Zimmer hinein, ohne sich selber über seinen Zorn im klaren zu sein. »Du bist schön genug! Wir müssen weiter.«

»Ich komme ja schon!« antwortete die Männerstimme aus dem Zimmer, lässig und unbekümmert, als handelte es sich um Freunde, die ihn zu einem Ausflug holen wollten.

»Herzchen, im Schrank findest du Salami, auch ein wenig Kuchen ist noch da«, sagte der Mann drinnen zu seiner Freundin. Dann hörte man einen schmatzenden Kuß, und die alte Frau auf dem Flur rang nach Atem.

»Na, was sagst du dazu, Genosse Partisan?« flüsterte sie.

Da trat schon der Gesuchte aus dem Zimmer. Er war ein gut aussehender junger Mann mit einem Hauch von Müdigkeit in den leicht geröteten Augen. Seine Augen hefteten sich mit einer merkwürdigen Zärtlichkeit auf alle Anwesenden. Er wollte gerade fragen, weshalb man nach ihm verlangte, da bemerkte er unten auf dem Innenhof die kleine Gruppe der Zivilisten und verstand sogleich.

»Es handelt sich um den Rundfunksender, nicht wahr?« sagte er zu Sherif gewandt. Dieser nickte nur und schien keine weiteren Erläuterungen abgeben zu wollen.

Der junge Mann begrüßte die Zivilisten, blinzelte ins Licht und gähnte ein paarmal. Dann bemerkte er Teuta, die ihn neugierig betrachtete. Er wurde lebhafter. Seine Augen verloren sogleich den müden Ausdruck und, wie in einem lichten Nebel schwimmend, hefteten sie sich verführerisch auf die Augen Teutas. Das Mädchen wandte sich abrupt ab, da sie fühlte, wie sie rot wurde. Seltsamerweise bekam sie heiße Wangen, anstatt zu lachen, wie es sonst ihre Gewohnheit war.

»Vorwärts!« befahl Sherif plötzlich und in einem Ton, den man an ihm noch nie bemerkt hatte. »Wir sind spät dran!«

Die kleine Gruppe setzte sich wieder in Bewegung.

Die Straßen wurden immer lebendiger. Die Fußgänger wandten sich nach ihnen um, und einige grüßten mit erhobener Faust. Andere wieder riefen beim Anblick der Zivilisten: »Nieder mit den Verrätern!«

An einer Straßenkreuzung stießen sie auf eine aufgebrachte Menge, in der Mehrzahl Frauen, die laut redend und schreiend daherstürmten. Hin und wieder erschallte der Ruf: »Spionin! Spionin!« Endlich konnten sie eine in der Menge eingezwängte Frau erkennen, die, von mehreren Händen gepackt, sich mit jenen unnatürlich stolpernden Schritten vorwärtsbewegte, die Menschen eigen sind, die von anderen mitgezerrt werden. In ihrem blutleeren Gesicht rollten von rechts nach links zwei starre Augen wie aus Gips, die anscheinend die Fähigkeit verloren hatten, sich auf einen Punkt zu konzentrieren. Die gleichen unkoordinierten Bewegungen vollführte auch ihr Kopf, und überhaupt schien es, als ob der Schreck, der dieser Frau in die Glieder gefahren war, das Verhältnis zwischen ihren Augen und ihrem Gesicht, zwischen ihrem Kopf und ihrem Körper und zwischen den einzelnen Gliedmaßen verwischt hatte.

»Spionin! Spionin!« schrie die Menge und stürmte ziellos weiter.

»Ist sie tatsächlich eine Spionin?« fragte Mete Ali eine der aufgebrachten Frauen. Die Patrouille und die Rundfunkleute hatten auf dem Bürgersteig angehalten und warteten, bis die Menge vorbeizog. »Natürlich ist sie eine Spionin!« sagte die Frau heftig atmend. »So sagt man wenigstens...«

In diesem Moment hatten offenbar die Augen der als Spionin verdächtigten Frau bei einer ihrer mechanischen Bewegungen Mete Ali im Gespräch mit der entrüsteten Frau fixiert.

»Herr Partisan, Herr Partisan!« schrie sie mit schriller Stimme. »Ich bin keine Spionin! Rettet mich...« Mete Ali wandte den Kopf ab.

»Machen wir, daß wir weiterkommen«, sagte Sherif. »Wir haben uns schon genug verspätet.«

Die Patrouille und die Rundfunkangestellten setzten ihren Weg fort. Der Sprühregen hatte erneut eingesetzt.

»Wieder diese alten Frauen!« sagte Thanas leise und wurde rot. »Jetzt sind es schon drei.«

Die Alten kamen ihnen entgegen, ganz in Schwarz gehüllt und in der unregelmäßigen Gangart von Leuten, die selten ausgehen. Wären die alten Frauen etwas korpulenter gewesen, hätten sie drei watschelnden Robben geähnelt.

»Das sind Aristokratinnen«, bemerkte Teuta mit flüsternder Stimme. »Frauen von Großgrundbesitzern.«

Ihre Augen verfingen sich wie in einer Falle in den drei Augenpaaren der alten Damen, die sie aus tiefen Höhlen anblickten und in denen ein fiebriger Glanz flimmerte — kalter Haß, durchsetzt von schlecht verhohlener Neugier.

Uff! stöhnte Teuta und wandte als erste den Blick ab.

»Hier ist es!« sagte plötzlich der Begleiter der Patrouille, der junge Guerillakämpfer, wobei er auf ein großes graues Haus wies.

Die vier Partisanen der Patrouille stiegen die Treppen bis zum letzten Stockwerk hoch. Auf dem Flur gab es drei Türen von Wohnappartements. Der dämmrige staubige Flur wirkte noch düsterer durch die eigenartige Kälte, die seit langer Zeit ungeheizte Wohnhäuser ausströmen.

Sherif klopfte an.

Die Tür wurde von einer älteren hochaufgeschossenen Frau geöffnet. Beim Anblick der Partisanen nahm ihr Gesicht einen bösen und abweisenden Ausdruck an.

Sherif warf nochmals einen Blick auf die Liste in seiner Hand und sprach den Namen des Gesuchten laut aus.

»Er ist nicht da«, sagte die Frau kurz angebunden und wollte ihm die Tür vor der Nase zuschlagen; doch Sherif hatte bereits seine Stiefelspitze über die Schwelle geschoben.

»Wir werden nachsehen!« erklärte er bestimmt und drückte die Tür mit der Schulter ganz auf.

Die Frau stieß einen spitzen Schrei aus und versuchte, ihm den Weg zu versperren. Sherif schob sie behutsam beiseite und trat mit den anderen in den Korridor. Seine Hand berührte unwillkürlich die Handschellen in seiner Manteltasche.

Einige Sekunden lang starrten sich die Frau und die Partisanen gegenseitig an.

»Schau du nach!« sagte Sherif zu Thanas.

Die Frau blickte mit weitaufgerissenen Augen umher. Der feindselige Ausdruck war aus ihrem Gesicht verschwunden.

»Bitte zeigen Sie mir die Wohnung«, sagte Thanas zu ihr und errötete dabei wie üblich.

»Mit welchem Recht...« schrie die Frau. »Mit welchem Recht dringt ihr in fremde Häuser ein... wie richtige Banditen!«

»Ich bitte sehr...« sagte Thanas.

»Beginn mit der Hausdurchsuchung und laß das Bitten!« sagte Sherif.

Thanas ging den Korridor entlang. Die Frau stieß einen wilden Schrei aus, und im selben Augenblick wurde eine der Zimmertüren aufgerissen, auf deren Schwelle ein Mann mir einem Revolver in der Hand erschien. Thanas befand sich direkt ihm gegenüber.

»Rühr meine Mutter nicht an!« rief der Mann drohend und setzte ihm den Revolver auf die Brust.

Thanas machte keine einzige Bewegung.

»Haut ab! Sonst schieße ich!« schrie der Mann mit dem Revolver.

»Jetzt ist es genug mit diesem ganzen Affentheater!« ließ sich plötzlich Mete Ali vernehmen und preschte nach vorn. Er stieß Thanas ein wenig zur Seite, pflanzte sich vor dem Mann mit dem Revolver auf und blickte ihm direkt in die Augen. Dann streckte sich sein einziger Arm in Richtung des Revolvers aus.

»Gib die Waffe her!«

Zum Erstaunen aller reichte ihm der Mann wortlos den Revolver. Mete Ali steckte ihn in die Tasche seines langen Militärmantels, und in der nächsten Sekunde gab er dem Mann eine Ohrfeige.

»Mitkommen!« befahl Sherif barsch.

»Nein!« sagte der Mann. »Für die Kommunisten arbeite ich nicht!«

»Geh nicht!« bettelte die Frau.

»Mitkommen!« wiederholte Sherif.

»Nein!«

Sherifs linke Hand umklammerte die rechte des Mannes, und mit der anderen Hand zog er die Handschellen aus der Tasche.

»Hilfe! Hilfe!« rief die Frau.

In der halben Minute, die er dazu brauchte, dem Mann die Handschellen anzulegen, bedeckte sich die Stirn Sherifs mit kleinen Schweißperlen. Seine Augen verfolgten starr, bis in die allerkleinsten Einzelheiten, die unkontrollierten Bewegungen der gelblichen Hände, die sich bemühten, den metallenen Klammern zu entrinnen, den Kontakt des Eisens mit dem nackten Fleisch, die kleinen Haare, die zwischen den eisernen Ringen eingeklemmt wurden. Schließlich waren die Hände des Mannes gefesselt, und als Sherif den Kopf hob, sahen die anderen, daß er blaß geworden war.

Die Frau schrie immer noch. Sie stiegen die Treppe hinunter. Ab und zu rasselten die Handschellen leise. Teuta betrachtete Sherif aus den Augenwinkeln und wunderte sich, daß sie bei einem Menschen, der ihr schon längere Zeit so nah und vertraut wie ein Bruder war, ganz plötzlich etwas Unbekanntes entdeckte. Das Unbekannte war zusammen mit der Blässe auf seinem Gesicht, dem Verschwinden seiner gewöhnlichen Gutmütigkeit und dem harten Zug um seine Lippen erschienen — und ließ sein sonst vor Gesundheit strotzendes Gesicht nun eingefallen wirken.

Die Gruppe hatte sich auf den Weg zu einer weiteren Adresse gemacht. Zu beiden Seiten der Straße beugten sich Hälse über die Fenstersimse, auf denen Köpfe aus Holz festgeschraubt zu sein schienen. Immer, wenn das leise Rasseln der Handschellen hörbar wurde, blickte Teuta Sherif von der Seite an. Wenn man ihr früher erzählt hätte, daß ein Mann, der einem anderen Fesseln anlegt, ihr plötzlich anziehend erschienen wäre — so hätte sie das niemals geglaubt.

Sie erinnerte sich dunkel an die endlosen Stunden, als er sie verwundet auf seinem Rücken getragen hatte, über schlammige Pfade und durch unwirtliche Gegenden. Damals war es das erste Mal in ihrem Leben gewesen, daß sie einem Menschen des anderen Geschlechts, wenn auch unbewußt, die Arme um den Hals gelegt hatte. Sein vom Regen durchnäßter Nacken, bedeckt mit langem, ungeschnittenem und zerzaustem Haar, der nur einige Zentimeter von ihren Augen entfernt war, nahm von Zeit zu Zeit, in den Augenblicken des Fieberwahns, die Ausmaße von etwas Riesenhaftem an — ein Fleischklumpen, von dem Sturzbäche herunterrannen und auf dem wildes Gras wuchs, oder ein Flecken Erde mit nassen, menschlichen Haarsträhnen — ein schmerzlicher Wirrwarr chaotischer Visionen. Sobald das Fieber sank, tauchte auch der Kopf des Mannes, der sie auf dem Rücken trug, wirbelnd aus den Nebelschwaden empor und nahm wieder seine müde, menschliche Form an... Seit dieser Zeit waren die beiden durch eine enge Kameradschaft verbunden, und sie wußte fast alles über ihn. Nun geschah es zum ersten Mal, daß bei diesem Menschen das Unbekannte in Erscheinung trat...

Wieder rasselten die Handschellen, diesmal etwas lauter als sonst, und Mete Ali schrie den Verhafteten an:

»Jetzt hast du aber genug mit deinen Glöckchen geläutet!«

Der Verhaftete ließ zunächst das Geklapper sein, doch kurz darauf, als er einige vorbeieilende Fußgänger bemerkte, fing er schon wieder damit an.

»Laß das Theater, hab ich dir gesagt!« fauchte Mete Ali zornig. »Gib endlich Ruhe!«

Der Verhaftete fügt sich.

Die Patrouille und die Zivilisten überquerten einen kleinen Platz, an dessen Rand einige Zigeunerkinder wie Ameisen auf einer Barrikade umherschwirrten.

»Sie plündern die Barrikade!« sagte der Guerillakämpfer. Als sie an ihr vorbeigingen, wollte er die Kleinen wegscheuchen, doch eines von ihnen antwortete ihm frech:

»Der Krieg ist jetzt aus. Sie wird ja nicht mehr gebraucht!«

Ja, tatsächlich, was wird wohl aus den Barrikaden werden? fragte sich Sherif. Dies war sein erster Gedanke, seitdem er dem Rundfunkangestellten die Handschellen angelegt hatte. Sein Hirn war die ganze Zeit wie erstarrt gewesen.

Sie werden nicht mehr benötigt, das stimmt! sagte Sherif zu sich. Trotzdem tat es ihm leid, daß sie auf solch eine banale Weise enden sollten. Wie Kriegsgäule, die nicht mehr gebraucht werden! dachte er mitleidig.

Eine andere Partisanenstreife kam ihnen auf der Straße entgegen.

»Wer sind denn die?« fragte deren Kommandant, mit dem Kopf auf die Rundfunkangestellten deutend.

»Abgeordnete?«

»Nein«, antwortete Sherif, »es sind ... sie sind vom Rundfunksender.«

»Tod dem Faschismus!« sagte der andere und ging mit seinen Männern weiter.

»Freiheit dem Volke!«

Sherif betrachtete die Gruppe, die vor ihm schritt. Das waren also die Stimmenbringer, von denen der Kommisssar gesprochen hatte. Zauberer mit Hüten, verschnupft und in Handschellen. In seiner Erinnerung tauchte der vom Tode versiegelte Mund des Stummen auf. Eine Million Jahre Stummheit! murmelte er. Wie schrecklich! ... Und plötzlich blitzte in seinem Kopf die Frage auf: Und falls diese Leute hier dem ... dem Rundfunksender keine Stimme brächten?

Sie gingen durch eine ziemlich belebte Straße. Alle drehten sich nach ihnen um. »Wie der Graf Ciano sieht er aus!« sagte eine Frau ganz laut zu einer anderen und meinte den hageren Maqo. Aus einem Hof, dessen Tor offen stand, hörte man Ziehharmonikamusik; junge Männer und Mädchen tanzten. Darunter befanden sich auch einige Partisanen.

»Mir scheint's, sie haben zu früh mit dem Feiern begonnen«, brummte Mete Ali ärgerlich.

Die Augen Matish Baldojas, desjenigen, der sich mit dem Mädchen in seinem Zimmer eingeschlossen hatte, wurden ganz feucht.

»Das nenne ich Freiheit!« ließ er sich zum ersten Mal vernehmen. »Ich wußte, daß es so kommen würde.«

Der hagere Maqo schritt erhobenen Hauptes voran. Obwohl er eine traurige Miene zur Schau trug, sah man es ihm deutlich an, daß er glücklich war. Der Ingenieur trottete mit seiner ewigen Pfeife im Mund hinterher. Der Verhaftete hatte wieder begonnen, mit den Handschellen zu rasseln.

»Genossen Partisanen, Genossen Partisanen!« riefen einige Kinder und umringten die Patrouille. »Dort drüben, in einem Keller, dort liegen Tote!«

Sie wollten ihren Weg fortsetzen, aber die Kinder ließen nicht locker und beteuerten, daß es in diesem

Keller wirklich viele Tote gäbe. Sie wiesen mit den Händen alle in eine Richtung und hatten ganz bleiche Gesichter.

Tote! sagte Sherif zu sich. Die Kleinen sprachen dieses Wort aus, als würden sie etwas ganz Außergewöhnliches mitteilen, dabei war die Stadt doch an allen Ecken und Enden mit Toten übersät.

Trotzdem machte die Patrouille kehrt.

Der Keller war niedrig, seine runde Kuppel stellenweise abgebröckelt und voll feuchter Flecken. Ein grauer Lichtstreif drang aus zwei niedrigen, mit Eisenstäben gesicherten Fensterchen, die auf den Bürgersteig hinausgingen. Die Toten lagen in den unmöglichsten Stellungen auf den nackten Fliesen. Es war nicht zu erkennen, ob man sie in den Rücken oder in die Brust geschossen hatte; ja, man konnte nicht einmal genau sagen, ob sie von anderen Leuten erschossen worden waren oder ob sie sich am Ende gegenseitig umgebracht hatten. Eher als durch Kugeln niedergestreckt, schienen sie von einem geheimnisvollen Zufall auf den Boden geworfen worden zu sein. Man hatte fast den Eindruck, als wären sie mitten in einem makabren Tanz überrascht worden, als hätte der Tod sie in einer Komposition niedergemäht, die nur er alleine sich ausdenken konnte.

Unter den Leichen lenkte ein Körper, der in einer karierten Tweedjacke steckte, Sherifs Aufmersamkeit auf sich; die eckig-breite Kinnlade des Toten erweckte den Eindruck, als wäre sie mit Flüssigkeit gefüllt. Einen Augenblick lang überfiel Sherif die Vorstellung, daß, wenn man diese zusammengekrampfte Kinnlade öffnen könnte, aus ihr unvermittelt entweder das Geheimnis dieses Kellers oder Blut herausstürzen würde.

Erst blickte er seine Genossen der Reihe nach an, dann sah er durch die niedrigen Fensterchen Menschenfüße auf dem Bürgersteig vorbeihuschen und Regenwasser aus den Pfützen emporspritzen. Er zuckte mit den Schultern:

»Wir können hier nichts machen.«

Mit finsteren Gesichtern traten sie wieder auf die Straße. Von weitem drangen wieder die Ziehharmonikaklänge zu ihnen herüber. Der Himmel hing niedrig über der Stadt. Es schien, als würde es jeden Augenblick wieder regnen.

Sherifs Gedanken waren noch immer bei der Kinnlade des toten Mannes mit der Tweedjacke. Einmal überfiel ihn sogar das unbändige Verlangen, zum Keller zurückzueilen, diese eckig-breite Kinnlade aufzureißen und sofort einige Schritte zurückzuspringen, um nicht von der Flüssigkeit, die einfach dort drinnen sein mußte, bespritzt zu werden, oder um sich vor dem möglichen Biß eines Tieres, das ihn in der Gestalt eines unheilvollen Geheimnisses anspringen könnte, in Sicherheit zu bringen.

* * *

Die drei alten Frauen klopften am Tor an, einmal, zweimal, dreimal...

»Sie sind nicht fort, bestimmt nicht«, sagte eine von ihnen. »Sie haben bloß Angst.«

Die alte Mukades betrachtete das eindrucksvolle Tor und zerbrach sich den Kopf darüber, wie es wohl möglich sei, daß man hinter solch einem Tor, wo sich Holz, Eisen und Marmor mit Dutzenden von Krallen ineinander verästelt hatten, Angst verspüren konnte!... Alle großen Tore... alle unsere großen Familien... sagte sie zu sich und wußte den Gedanken nicht zu Ende zu führen.

Kein anderer Tag ihres langen Lebens war mit so vielen Toren gefüllt gewesen.

An allen unseren großen Toren werden sie anklopfen! Schön der Reihe nach!... Das war der Gedanke, den sie vorher nicht hatte zu Ende bringen können...

»Tak-Tak-Tak!« setzte eine ihrer Freundinnen das unermüdliche Klopfen fort.

Von drinnen erklang ein metallenes Quietschen, so als würde ein großer Riegel zurückgeschoben. Dann öffnete sich das schwere Tor. Auf der Schwelle erschienen die grellen Streifen eines Pyjamas und das Ekzem eines baumlangen Mannes. Erst dann tauchte er selber auf.

»Ach!« stieß der Mann hervor.

»Wo steckt ihr denn?« sagten die drei Frauen wie aus einem Munde.

»Ist es denn nötig, sich so zu verkriechen?« fügte die Mukades hinzu.

Der Mann zuckte mit den Schultern.

»Vielleicht ist es nicht nötig«, sagte er. »Vielleicht wäre es besser, wir würden uns bei einer zuständigen Stelle melden. Aber ihr wißt ja selber, daß wir noch nicht wissen, wohin wir gehen müssen.«

Die alte Mukades musterte aus zusammengekniffenen Augen seine bläulichen Tränensäcke und erinnerte sich daran, wie sie ihn manchmal deswegen gehänselt hatte: Kasem, du bestehst nur aus Säcken. Auch unter den Augen hast du welche! — Da kann man eben nichts machen, pflegte er ihr zu antworten. Man sagt, Tränen verwandeln sich manchmal in Edelsteine, und mir gefällt es, daran zu glauben. Deshalb habe ich Säcke unter den Augen. — O, es ist kein großes Kunststück, Tränensäcke zu haben! entgegnete ihm die Mukades darauf. Es wäre auch glaubhaft, wenn sich Tränen in Edelsteine verwandeln würden. Bleibt nur die Frage: Kannst du auch weinen, Kasem? — Und beide brachen in schallendes Gelächter aus: Ha-ha-ha!...

»Wir wissen nicht, wohin wir gehen müssen«, wiederholte der Hausherr und forderte seine Besucherinnen mit einer Handbewegung auf, einzutreten. »Die Wege sind jetzt anders. Alles...«

Die alte Frau dachte: Wie gerne geben doch die Menschen Phrasen von sich wie: Alles ist nun zu Ende! — Alles! murmelte sie abfällig. »Alles« gibt es niemals. Es gibt nur »etwas«. Und die Menschen, mit ihrer häßlichen Neigung, sich selber leid zu tun, finden großen Gefallen daran, dieses »etwas in »alles« zu verwandeln...

Sie stiegen in einen weiträumigen Keller hinunter, wo sich alle Familienmitglieder befanden. Der Keller strotzte von dicken Teppichen, Schafsfellen und Kissen, die als Sitzunterlage dienten und auf denen sie mit angstverzerrten Gesichtern hockten. Ihre Goldstücke müssen sie hier in der Nähe vergraben haben, vielleicht im Garten, dachte die alte Mukades. Diese Goldstücke sind es, die einen gelblichen Glanz über die verzerrten Gesichter werfen. Deren Gegenwart vermochte sie leichter zu erkennen, als der beste Arzt die Anzeichen einer Krankheit.

»Und was tut sich dort oben?« fragte mit hohler Stimme die alte Qefsere, wobei sie ihre Hand trichterförmig ans Ohr legte, um die Antwort hören zu können. »Stimmt's, daß wir schon gestürzt worden sind?« Ihr rechtes, gläsernes Auge funkelte starr im dämmrigen Keller.

Die Mukades nickte ein paarmal mit dem Kopf. Diese Geste gehört zu jenen Bewegungen, die zwei Funktionen erfüllen: sie bejahen das, was der andere sagt, und bemitleiden ihn gleichzeitig.

»Ja, es stimmt«, sagte sie endlich. »Aber immerhin...«

»Was immerhin?« fuhr sie die alte Qefsere schrill an. »Von welch einem ›Immerhin‹ kann da die Rede sein!« Ihr gesundes Auge glänzte wie im Fieber.

»Mama...«, sagte leise der Mann mit dem Ekzem.

Die Mukades klopfte mit dem Stock, den sie nie aus der Hand ließ, wuchtig auf den Kellerfußboden, als wollte sie einen Befehl erteilen.

»Und trotz alledem sag ich wieder: immmerhin! Aufzusteigen bedeutet auch, das Herunterstürzen zu kennen.«

»Hm!« seufzte die alte Qefsere. »Das Herunterstürzen zu kennen...«

»Jawohl!« sagte die Mukades. »Aber so wie ihr euch aufführt, das ist kein Sturz, sondern, sondern...«

»Versuch nicht, ein schlimmes Wort zu finden«, sagte der Mann mit dem Ekzem mit fast milder Stimme.

»... sondern eine Schande!« sagte die Mukades.

Qefsere hatte jedoch ihre Hand schon vom Ohr entfernt, und die Worte der anderen flogen an ihr vorbei ins Leere.

»Und du, welche Hoffnung hast du uns zu bieten?« fragte der Mann mit dem Ekzem, wobei er der alten Mukades einen prüfenden Blick zuwarf. Seine Tränensäcke zitterten rhythmisch beim Sprechen. Wie ein Bettler! durchzuckte es sie blitzartig. Als habe er Brosamen in seinen Tränensäcken!... Oh, wie bin ich müde!...

Aus der Tiefe des Kellers drang das angenehme Aroma von teurem Kaffee. Das ist unser Duft! sagte sich die Alte. Bald aber wird uns deren Geruch in die Nase steigen, der »Duft« der Gemeinschaftsküchen...

»Welche Hoffnung ich zu bieten habe?« wiederholte sie die Frage des Mannes, ohne dabei jemanden anzusehen. Plötzlich bekam ihre Stimme einen traurigen Klang: »Überhaupt keine. Ich sage nur, daß...«

Im schwach beleuchteten Keller waren bei ihren Worten die Augen der anderen paarweise eingefroren, sie glitzerten kalt aus allen Richtungen, durchsichtige Pünktchen in einer dämmrigen Gelatine, mit dem fremdartigen, aus dem Ausland kommenden gläsernen Auge in ihrer Mitte.

Die Mukades fühlte, daß man von ihr etwas Wichtigeres erwartete, und stockte mitten im Satz. Ich muß dieses gläserne Auge für mich gewinnen! dachte sie. Ein Gedanke krallte sich in ihr fest: Wenn sich die alte Qefsere zu ihnen gesellen und zusammen mit ihnen durch die Straßen der Stadt streifen würde, so wäre das ein gutes Omen für alle...

»Lang andauernder Haß hat oft die Neigung, in

Liebe zu münden«, sagte sie, die Silben ein wenig dehnend. »Nachdem sie uns gestürzt, erniedrigt und zersetzt haben, werden sie plötzlich Sehnsucht nach uns bekommen.« Sie hielt inne und betrachtete die erstarrten frostigen Augen ringsum. Nur das gläserne Auge glänzte schwach dazwischen.

»Die Sehnsucht nach den gestürzten Herren liegt in der Natur der Menschen«, fuhr sie fort. »Es wird der Tag kommen, da sie versuchen werden, nach unserem Beispiel, nach unserem massakrierten Ebenbild, ihre eigenen Herren zu erschaffen. Der Augenblick, in dem sie diesen Wunsch verspüren, wird das erste Zeichen ihres Niedergangs sein. Dann werden wir wieder zurückkehren!«

»Oh, dann ist über unsere Gräber doch schon längst Gras gewachsen!« ließ sich eine weinerliche Stimme vernehmen.

»Unsere Schatten«, sagte die alte Mukades, »unsere Schatten sind beständiger als die Menschen. Ungebetene Menschen kann man leicht fortjagen — mit Waffen, Pauken, Knüppeln... Doch versucht mal, einen Schatten fortzujagen!... Dann wird also unsere Zeit wiederkommen. Dann werden unsere Körper, tief im Schoße der Erde liegend, starr wie aus heiligen Wachs, aufzuglühen beginnen...«

»Ach, Mukades!« rief der Mann mit dem Ekzem aus.

Als leierten sie ein Gebet herunter, begannen alle, ihren Namen auszusprechen: Mukades... Mukades... Mukades... Eine seltsame Euphorie, ein wildes mystisches Licht strahlte wie Elektrizität von den Oberflächen ihrer Körper, dröhnte in ihren Ohren, trommelte wie Paukenschlag unter ihren alten und jungen Schädeldecken. Unverhofft sahen sich alle vom Strudel eines unversiegbaren Redeschwalls erfaßt: Stimmt es, daß Adrian Guma, der berühmte Verfasser der *Ellipsen der Störche*, Selbstmord verübt haben soll?... Wer weiß, wie sehr ihn Miriam beweint hat! Seit zwei Wochen schon spricht sie nicht mehr im Rundfunk... So? Das Luder!... Wie dem auch sei, Adrian Guma hat sie wirklich geliebt... Was sind die Genossenschaften?... Mein Gott, wie kann man nur an die Liebe einer Sprecherin glauben?! Ihr habt Miriam erwähnt und mir fiel die Dame Hamide ein. Wißt ihr, was man über sie erzählt? Der Panzer, in dem sie mit ihrem Baron geflüchtet war, wurde irgendwo an der nördlichen Grenze in Brand gesteckt, und nun ist von dieser Frau nur ein verkohltes Häufchen übriggeblieben. Die Unglückselige! Ich habe sie immer gehaßt, aber trotzdem tut sie mir leid. Ein schreckliches Ende!... Und was macht Sara Blloshmi? Ich sah sie etwa vor einer Woche im Geschäft Rrok Simonakus... Ach, um die brauchst du dir keine Sorgen zu machen! Wundere dich nicht, wenn sie eines schönen Tages einen kommunistischen Minister heiratet!... Du fragst, was die Genossenschaften sind. Wer zum Teufel kann das wissen?!... Gerade jetzt, wo meine Menopause eingetreten ist, sind alle diese Dinge passiert! sagte mir unlängst Lejla Fishta. Immer habe ich diese böse Vorahnung gehabt... Ha-ha-ha, dies war also die Menopause des ganzen Königreichs! sagte der Mann mit dem Ekzem sarkastisch. Der Selbstmord Adrian Gumas will mir nicht aus dem Sinn gehen. Wieso Selbstmord? Ich hörte, es war ein Mord! Man munkelt, die Kommunisten hätten ihn massakriert. Da habt ihre eine Nachricht, die sofort verbreitet werden muß! Hol's der Teufel, wir haben zwei Kiefer, eine Zunge und eine Kehle, womit wir Worte bilden können, wie weiland Hamlet sagte. Am Anfang war das Wort! heißt es in der Bibel. Nun muß hinzugefügt werden: Am Ende bleibt das Wort!... Worte, Worte, Worte...

Als sich die drei Besucherinnen zum Aufbruch erhoben, geschah das Unglaubliche: die alte Qefsere stand ebenfalls auf, um mitzugehen. Kurz darauf stieß ihr Stock dumpf auf die Fliesen des Hofs. Geh nicht aus, Mama! bat eine matte Stimme aus der Gruppe, die sie hinausgeleitete. Doch sie ging im begeisterten Murmeln der anderen unter. Aus dem schweren Tor aus Eichenholz traten die alten Frauen auf die Straße. Die Abenddämmerung brach allmählich an. Eine Katze schlich langsam auf der Balkonbrüstung eines hohen Hauses entlang. Sie ähnelte einem sich bewegenden schwarzen Schild.

Von weitem erblickten sie eine Partisanenpatrouille, die vor einem Haus stand, und ihr Gespräch mündete sofort in ein leises Geflüster.

»Schon wieder diese Streife!« flüsterte eine der Frauen. »Bei wem klopfen sie denn da an?«

»Ich glaube, das ist Miriams Wohnung«, sagte die Mukades. »Als ob wir geahnt hätten, daß ihr etwas zustoßen würde!... Sprachen wir nicht vorhin über sie...? Die Arme!«

»Tut, als würdet ihr sie nicht bemerken!« zischte Qefsere, als sie sich dem Haus näherten, an dessen Tor einer der Partisanen klopfte.

In diesem Moment drang von der stillen Schar vor Miriams Haus ein metallenes Klirren zu ihnen herüber. Ruhig, harmonisch, einem Leitmotiv, einer traurigen Botschaft gleich, verbreitete sich das Geräusch in der Luft.

»Handschellen!« flüsterten die vier alten Frauen, stur geradeaus blickend. »Das sind Handschellen! Kommt, beeilen wir uns, die Nachricht zu verbreiten!«

* * *

Die Patrouille war tatsächlich vor dem Haus stehengeblieben, in dem Miriam Morina, die ehemals wichtigste Rundfunksprecherin, wohnte. Während Sherif weiterhin anklopfte, brummte Mete Ali:

»Diese alten Hexen kleben ja direkt an uns!«

Auf dem rechten Bürgersteig, genau ihnen gegenüber, stapften die vier alten Frauen, in ihre teuren schwarzen Gewänder gehüllt, vorbei.

»Ja, tatsächlich, sie kleben uns förmlich an den Fersen«, sagte auch Teuta.

Die Frauen gingen an ihnen vorbei, ohne den Kopf zu wenden; ihre Augen waren in weite Ferne gerichtet (darunter auch ein gläsernes Auge), und hinter sich ließen sie einen Geruch von Naphthalin zurück, der Sherif wie der Geruch von Geistern vorkam.

»Klopf du mal an!« sagte er zu ihrem Begleiter. Und zu dem Gefangenen gewandt: »Laß das Geklimper! Jetzt reicht es endgültig!«

Der Guerillakämpfer hämmerte auf das schmiedeeiserne Tor ein. Durch das Eisengitter sah man den Garten einer Villa und einen mit feinem Kies ausgelegten Pfad, der bei drei Marmorstufen, vor der Tür der Villa, endete. Auf die Schwelle dieser Tür trat endlich eine bejahrte Frau; sie schaute verwirrt zum Gartentor hinüber und setzte sich dann wie auf hölzernen Füßen in Bewegung.

»Was wollt ihr?« fragte sie mit krächzender Stimme.

»Wir suchen Miriam Morina«, antwortete der Guerillakämpfer. »Wohnt sie nicht hier?«

»Was?« fragte die Frau.

»Sprich lauter!« forderte Mete Ali ihn auf. »Sie ist schwerhörig.«

»Wir suchen Miriam Morina!« wiederholte dieser fast schreiend.

»Wozu braucht ihr Miriam?« wollte die alte Frau wissen.

»Sie muß zum Rundfunksender kommen. Zur Arbeit... Zum Rundfunksender.«

Die Alte machte mit ihren knorrigen Fingern ein Zeichen und öffnete das Gartentor.

»Geh du voran, da sie eine Frau ist«, sagte Sherif zu Teuta.

Teuta ging als erste durch das Tor. Die Alte blickte sie verwundert an. Dann geleitete sie die Partisanen mit steifen, trippelnden Schritten zur Villa. Sie stieß die Milchglastür auf, und Teuta, Sherif und Mete Ali betraten einen geschmackvoll eingerichteten Salon. Die schweren Vorhänge schienen in dieser Stunde der Dämmerung noch schwerer zu sein. Ein großer Spiegel, der in einem bronzenen Rahmen steckte, vermehrte ein wenig das letzte Tageslicht. »Nehmt

Platz«, sagte die alte Frau und zeigte mit der Hand auf einige bequeme, mit kirschrotem Samt bezogene Stühle.

Teuta machte zwei, drei Schritte, blieb aber dann zögernd stehen. Sie blickte unschlüssig auf den Fußboden, als gäbe es dort ein Hindernis. Unter den Stühlen lag ein schöner, weicher Teppich.

»Ach so!« rief Mete Ali. »Mir machen Herrschaftsteppiche überhaupt nichts aus!« Und er trat schwerfällig mit seinen schlammbespritzten Stiefeln auf den Teppich.

In diesem Augenblick erschien im Rahmen einer der Türen, die mit dem Salon verbunden waren, eine junge Frau.

»Ihr sucht mich?« fragte sie mit einer ruhigen, melodischen Stimme, welche ganz und gar nicht jener Stimme glich, die sie in ihrem Radiogerät gehört hatten.

Sherif blickte Teuta an, und diese sagte nach zwei, drei Sekunden fast verschämt:

»Ja... gnädige Frau...«

»Ich bin ein Fräulein«, antwortete die andere mit einem zurückhaltenden Lächeln, das ihre hübschen, äußerst frauenhaften Wangenknochen über das ganze Gesicht verbreiteten.

»Entschuldigen Sie«, sagte Teuta. »Sie sind doch die Hauptsprecherin des Rundfunks, oder?«

»Ich war es längere Zeit«, erwiderte die junge Frau. »Mit Ausnahme der letzten Wochen.«

»Siehst du?« flüsterte Sherif Mete Ali ins Ohr. »Das ist nicht die, die uns beschimpft hat.«

»Sie müssen mit uns kommen«, sagte Teuta. »Der

Rundfunksender soll wieder funktionsbereit gemacht werden.«

Die junge Frau lächelte. Sie war schön, trotz der leichten Blässe auf ihrem Gesicht und den dunklen Schatten unter ihren Augen. Sie hatte leicht gewelltes braunes Haar, müde, sanfte Augen und frische, volle Lippen, obwohl sie schon wie über dreißig wirkte. Sie hüstelte einige Male, wobei sie eine Hand vor den Mund legte und mit der anderen einen um die Schultern geworfenen großen Schal am Hals fester zusammenzog.

»Ist das auch wirklich nötig?« fragte sie und neigte den Kopf ein wenig zur Seite, als wollte sie ihr trauriges Lächeln seitlich an ihnen vorbeigleiten lassen. »Ich habe im Rundfunk zu einer anderen Zeit gesprochen... Wie kann ich auch in... in dieser Zeit sprechen...?«

Teuta warf einen schüchternen Blick zu Sherif hinüber, der auch leicht verwirrt wirkte.

»Das bestimmmen nicht wir«, entgegnete er der jungen Frau. »Der Befehl lautet, daß ihr euch alle dort einzufinden habt.«

»Alle?« fragte sie und zog nachdenklich die Augenbrauen zusammen. »Ja«, sagte Sherif. »Alle ehemaligen Angestellten des Rundfunksenders.«

»Ein Teil ist schon da. Sie warten draußen«, fügte Teuta hinzu.

»So?« sagte die junge Frau in demselben nachdenklichen Ton und blickte geistesabwesend in eine Ecke des Salons. »Dann komme ich mit. Entschuldigen Sie mich einen Augenblick. Ich muß mich ein wenig zurechtmachen.«

Sie ging wieder in das Zimmer zurück, aus dem sie gekommen war, und ließ die Tür halb offen stehen. Vom Salon aus konnten die Partisanen sehen, wie sie sich dort drinnen vor einem niedrigen Spiegeltisch niedersetzte und mit maßvollen und harmonischen Bewegungen ihre Hände vom Kinn zu den Haaren, von den Augen zu den Wangenknochen und von den Lippen zu den Schläfen hinauf und hinunter gleiten ließ. Auf dem Tischchen lagen eine Menge Fläschchen, Tuben, Pinzetten, Kämme und allerlei etikettierte Schachteln herum. Teutas verwunderter Blick folgte dem magischen Tanz, den die Hände der jungen Frau zwischen ihrem Gesicht und dem Spiegel vollführten, wobei sie Fläschchen und Tuben öffneten, ihren Inhalt auf die Gesichtshaut verteilten und tröpfelten und sie dann wiederum verschlossen.

»Sorgen hat die Bourgeoisie!« stieß Mete Ali zwischen den Zähnen hervor. »Dieses Weibstück hat ja mehr Einzelteile als Sherifs Maschinengewehr!« Durch die halbgeöffnete Zimmertür sah man auch einen Teil des breiten Bettes mit einer darübergeworfenen Atlasdecke, zwei golden glänzende Leuchter und einen Puff, auf den ein Paar Seidenstrümpfe hingeworfen waren.

Mete Ali schüttelte den Kopf. Er fühlte sich nicht wohl auf dem bequemen Stuhl, stand auf und blieb plötzlich wie angewurzelt stehen: Im mannshohen Spiegel des Salons hatte er sein Ebenbild entdeckt, in dem allzu langen Militärmantel und mit dem schreienden Mangel im linken Ärmel. In seinem Leben hatte sich Mete Ali sehr selten in einem Spiegel betrachtet. Viel öfter hatte er dafür Regenlachen oder Schaufenster benutzt. Jetzt aber erstarrte er. Es war das erste Mal, daß er sich ohne seinen linken Arm erblickte. Die verbundene Wunde tat ihm plötzlich wahnsinnig weh, und die Leere an seiner linken Seite schien ihm derart groß, daß er das seltsame Gefühl hatte, sein Körper würde im nächsten Augenblick das Gleichgewicht verlieren und zu dieser Seite hinstürzen.

»Ich komme gleich«, sagte die junge Frau, die wieder im Salon erschien. Sie lächelte im Vorbeigehen Teuta zu und verschwand durch eine andere Tür. Man vernahm das Geräusch eines aufgedrehten Wasserhahns, dann ein schwächeres Rauschen und ein leichtes Klirren. Nach einigen Minuten kam sie heraus.

»Bitte um Entschuldigung wegen meiner Verspätung«, sagte sie, »aber ich war dieser Tage ein bißchen unwohl.«

Wieder schenkte sie Teuta ein Lächeln. Dann, neigte sie ihren Kopf ganz nahe zu deren Ohr und flüsterte ihr vertraulich und ungezwungen etwas zu, woraufhin Teuta über und über errötete.

»Hm!« räusperte sich Mete Ali. »Nun verdreht sie ihr auch noch den Kopf...«

»Sehr schwer müßt ihr es dort in den Bergen gehabt haben«, sagte die junge Frau mitfühlend zu Teuta. »Ich kann es mir schon vorstellen.«

Teuta biß sich auf die Unterlippe und murmelte etwas Unbestimmtes.

Als sie auf die Straße hinaustraten, war es bereits dunkel. Der Gefechtslärm hörte sich immer gedämpfter und ferner an. Die schwarze Menschengruppe vor dem Gartentor der Villa wartete geduldig und schweigsam.

»Guten Abend«, sagte die junge Frau zu den Rundfunkleuten.

»Guten Abend, Miriam«, antworten ihr einige Stimmen.

Wie ein Gruß ganz eigener Art rasselte es metallisch aus der Dunkelheit.

»Die nächste Adresse befindet sich in einer Parallelstraße«, erklärte der Guerillakämpfer. Die Gruppe, die inzwischen ziemlich angewachsen war, setzte sich wieder in Bewegung. Von Zeit zu Zeit wehten über die Straßenkreuzungen, Sturmböen gleich, die der Herbst von weitem mitbrachte, Bruchstücke menschlicher Stimmen, die dann allmählich verebbten, wie Wellen, die sich von unbekannten Ufern zurückzogen. Die Dächer mit ihren roten Ziegeln, die Gärten, die Minarette und die Glockentürme der Kirchen zitterten leicht in der Dunkelheit des Abends, als versuchten sie, endlich Fuß zu fassen und in den von den statischen Gesetzen vorgeschriebenen Stellungen zu erstarren...

Wird es wohl heute eine Sperrstunde geben? fragte eine heisere Stimme, die wahrscheinlich aus einer erkälteten Brust kam. Man weiß es nicht, antwortete eine andere Stimme. Vielleicht wird Tirana heute nacht endgültig befreit!... Und die Minen? Wurden sie gefunden?... Ach, frag lieber nicht...

* * *

Während die Partisanenpatrouille und die Zivilistengruppe die ziemlich steile *Elbasan-Straße* hinuntergingen, trippelten die vier alten Großgrundbesitzerfrauen auf einer Querstraße in dieselbe Richtung. Das Echo ihrer Schritte, ein hohler Klang wie der aller muskellosen Beine, vermischte sich mit ihrem gleichmäßigen, etwas heiseren und durch häufige Hustenanfälle unterbrochenen Murmeln. Sie beklagten sich über die alte Nurihan, die man dabei überraschte — o, Schande! — wie sie sich, samt ihren Familienangehörigen, um einen verwundeten Kommunisten kümmerte. Ich hab's ja immer gewußt, sagte die alte Qefsere, daß die Nurihan früher eine Krämerin und erst dann eine Dame von Stand war!... Mein Gott, so weit darf man sich doch nicht gehenlassen! seufzte eine ihrer Freundinnen. Wirf uns nieder, o Allmächtiger, stampfe uns in den Dreck, nimm uns das Augenlicht und den Sinn unseres Lebens, laß uns betteln gehen, doch laß uns nicht so tief sinken, daß wir die Wunden jener verbinden, die uns gestürzt haben!... Nimm's dir nicht so zu Herzen, sagte die alte Mukades. Wir werden noch viel Leid zu ertragen haben, aber wir dürfen nicht zusammenbrechen!... Es gibt einen Salzboden in der Umgebung von Durres, murmelte die alte Qefsere. Nichts wächst darauf, nur giftiges Schilfrohr. So sind auch wir... Seht! Dort geht schon wieder diese Partisanenstreife! unterbrach sie flüsternd die Mukades.

* * *

Bei diesem letzten Zusammentreffen konnten sie sich gegenseitig nicht mehr deutlich erkennen. Es war stockfinster, und beide Seiten vermochten sich nur in Form von zwei chaotischen Silhouettenkomplexen auszumachen, die sich mit verschwimmenden Konturen in der Finsternis bewegten.

Halt! Wir sind die Patrouille des Rundfunks. Wer seid ihr? — Wir sind alte Frauen. Haben Besuche gemacht. — Warum so spät? Geht weiter! Ihr wißt doch, daß es Kriegszeiten sind. — Wir gehen schon, wir gehen schon...

Habt ihr gesehen, sie haben Angst! murmelte die alte Mukades triumphierend. Sie fürchten sich vor uns. Verbreitet die Nachricht! Morgen sehen wir uns wieder. Ja, morgen. Klopfzeichen: zweimal schnell: tak-tak, und dann noch ein einzelnes Klopfzeichen: tak. Also: tak-tak... tak!

Der Antirundfunksender wurde allmählich in Betrieb gesetzt.

Sechstes Kapitel

Gegen Mitternacht hatte sich der Großteil der ehemaligen Radioangestellten im Gebäude des Rundfunksenders eingefunden. Manche am ganzen Körper zitternd, andere eingeschüchtert und manche völlig gleichgültig, füllten sie die Gänge, Treppen und kalten Räume mit ihrem Geflüster, Zähneklappern und ihren unheilvollen oder sogar komischen Vorhersagen.

Genau um Mitternacht stieg aus einem Panzerwagen, der die Stille des *Boulevard Mussolini* mit seinem Rattern zerriß, ein Mann und stapfte mit langsamen Schritten zum Haupttor des Rundfunkgebäudes.

»Ich komme vom Generalstab, um den Rundfunksender zu übernehmen«, sagte er und zeigte den Wachen ein kurzes Schreiben mit einer roten Unterschrift.

Die Wachen ließen ihn durch, und er verlangte, daß sich alle sofort im großen Saal versammeln sollten. Die Angestellten erschienen einer nach dem anderen, in Schals eingewickelt, mit hochgeschlagenen Kragen, frierend und flüsternd: »Der neue Direktor ist da! Der neue Direktor ist da!« Drei von ihnen trugen Handschellen, die man ihnen noch immer nicht abgenommen hatte und die leise klirrten.

Der Ankömmling stand hinter einem mit einer grünen Samtdecke bedeckten Tisch, auf dessen linker Ecke eine Karbidlampe stand, die von unten her sein Gesicht beleuchtete. Sein Kinn und seine Augenbrauen waren deutlich zu erkennen, während die Augen dagegen im Schatten blieben.

Als sich endlich alle versammelt hatten, blickte der Mann, der bis dahin nur auf die Tischdecke gestarrt hatte, in den großen Saal. Von seinen dichten, leicht schrägen Augenbrauen, schien ein Regen von Verachtung zu triefen.

»Bourgeois!« begann er trocken.

Der Ausdruck von Verachtung war zwischen Wangen und Nase herabgeflossen und hatte sich nun in den Winkeln seiner schmalen Lippen angesammelt, die sich sofort wieder zusammenpreßten.

Im Saal war es totenstill. Er setzte wieder zum Sprechen an, doch irgendwo aus der Mitte des Saals kam ein Geräusch.

»Was ist?« fragte er.

»Wir sind nicht alle Bourgeois«, erklang eine feste Stimme. »Wir bitten Sie, Ihre Worte sorgfältiger zu wählen!«

Im Gesicht des Ankömmlings rührte sich nichts. Er starrte nun wieder auf die Tischdecke hinunter.

»Schön!« sagte er im gleichen trockenen Ton. »Ich habe Sie verstanden.«

Er machte eine kleine Pause, und sein Zeigefinger kroch über die grüne Samtdecke, als jagte er dort einem Insekt nach.

»Zunächst wende ich mich an die Bourgeois«, sagte er und hob den Kopf.

Wiederum Totenstille im Saal.

»Ihr«, begann er erneut und ließ hinter diesem

Wort ein wenig Abstand, als wäre es eine Autorität, hinter der in ehrfurchtsvoller Distanz die Begleiter schritten, »habt bis heute dem früheren Regime gedient. Ihr« — wieder diese Pause — »habt jahrelang Gift und Galle gespien oder anderen dazu verholfen.« Seine plötzlich allzu lang erscheinende Hand beschrieb einen weiten Bogen durch die Luft, als wollte er damit andeuten, daß das Gift und die Galle noch immer da seien. »Ihr wart also bis heute die Zunge der Viper. Ab sofort, von diesem Augenblick an, ob ihr wollt oder nicht, werdet ihr euch in den Dienst des Volkes stellen. Nach zwei, oder höchstens drei Tagen muß dieser Rundfunksender in Betrieb sein. Das Land ist voller Geflüster, Gerüchte und Klatsch der Reaktionäre. Der Rundfunksender wird die Geister bannen. Das technische Personal hat sofort mit der Arbeit zu beginnen. Die anderen haben in Bereitschaft zu stehen. Verpflegung werdet ihr von der Partisanen-Intendatur beziehen. Saboteure werden erschossen. Ist alles klar? Gibt es noch irgendwelche Fragen?«

Stille. Dann, leise und gedehnt, hörte man ein Geklingel wie von Hammelglöckchen.

»Was ist das?« fragte der Mann, der soeben seine kurze Rede beendet hatte.

»Wir haben drei Männer in Handschellen unter uns, Herr Direktor«, antwortete eine Stimme aus dem Halbdunkel.

»Ich bin kein Direktor, sondern der Kommandant des Rundfunksenders«, stellte der Mann hinter dem Tisch richtig.

»Nehmt ihnen die Handschellen ab!« befahl er den

beiden Partisanen, die mit ihren Gewehren bei der Saaltür standen.

Die Partisanen bahnten sich einen Weg durch die dunkle Masse, aus der hin und wieder ein Murmeln oder Zähneklappern erklang und die tiefe Stille durchbrach. »Wo sind die Gefesselten?« fragten die Partisanen. Und man antwortete ihnen: »Hier! Hier entlang!«

* * *

Mitternacht war schon vorbei. Nach fast zwei Wochen Schweigen schien das Rundfunkgebäude von Geistern bewohnt zu sein, die, durch das Kriegsgetöse aus ihren Verstecken aufgescheucht, zufällig das Haupttor offen gefunden hatten und hineingeschlüpft waren. Auf den kalten Gängen und in den Aufnahmesälen, die mit dunkelrotem Samt bezogen waren, der im Zwielicht an die Innenseite teurer Särge erinnerte, projizierten sie ihre Schatten an die Wände. Eher als Menschenschatten glichen sie abstrakten Skizzen oder Spinnen mit schrecklichen entstellten Köpfen und meterlangen Gliedern. Und, als ob all das noch nicht genügte, erfüllten sie das ganze Gebäude mit endlosem Murmeln und Stöhnen, mit Gebeten und mit ins Leere gerichteten Phrasen — die ganze Athmosphäre schien aus okkulten Sphären entliehen zu sein.

Nur die Techniker hatten mit der Arbeit begonnen, die anderen dagegen standen wartend herum, eingehüllt in ihre Wintermäntel und Pelze und unter dem andauernden chaotischen Murmeln begraben.

Was sollen wir wohl tun? fragte von Zeit zu Zeit eine Stimme... Pst, pst! Schweig!... Ich kann mir schon denken, was sie mit uns vorhaben. Man wird uns Tag und Nacht vor den Mikrofonen plappern lassen; man wird uns befehlen, all das zu leugnen, was wir bislang gesagt haben, diese Millionen Worte, die wir ausgesprochen haben. Kurzum, wir sollen ausspeien, immer nur ausspeien, bis wir schließlich zerplatzen, wie die Zikaden!... Pst! Der Teufel soll deine böse Zunge holen!... Ja, soll er sie doch holen! Wir haben ja alle Vipernzungen. Du hast doch gehört, wie er uns das an den Kopf warf! Ein eiskalter Mensch ist das!... Pst!... So wird's also sein: Du sollst nochmals vor dem Mikrofon sämtliche Nachrichten vorlesen — eintausendeinhundertsechsundvierzig Nachrichten aus Rom, über fünftausend aus Berlin, etwa dreitausend aus London, viertausend aus New York, und so weiter und so fort — und am Ende jeder einzelnen Nachricht sollst du brüllend hinzufügen: Lüge! Lüge!... Halt die Klappe, Idiot!... Lüge!... Nun sei doch endlich ruhig, die Wachen könnten dich hören!... Hi — hi — hi!...

Eng zusammengedrängt saßen sie auf den länglichen Sofas, auf Hockern und sogar auf dem Fußboden: die Redakteure der Nachrichten und der Musik, die politischen Kommentatoren, die Redakteure der Stunde des Christlichen Geistes und der Stunde des Islamischen Geistes, der Chronist des Mondänen Lebens, der Ansager der Todesnachrichten, der Beobachter der Zinsprozente, dem es gefiel, sich Börsenkommentator zu nennen, ferner der Redakteur der Schwarzen Chronik, die Sprecherin der Seelenstunde, die Hauptsprecherin des Rundfunks, der Chronist der Streitereien, der Redakteur der Nachrichten in deutscher Sprache... Welch eine Nacht! seufzte jemand auf.

Irgendwo von unten her, aus den tieferliegenden Stockwerken, und auch von oben, von der Dachterrasse, vernahm man hin und wieder die dröhnenden Schritte der Partisanenwache. Dann trat wieder Stille ein, bis erneut jene dumpfen eintönigen Tritte, die alles wie in Watte einhüllten, zu ihnen drangen. Dazwischen, wild, völlig verzerrt und in einem merkwürdigen Rhythmus, erklangen einige deutsche Laute, die sich anhörten, als würden sie aus einem Kopf mit geschlossenen Augen und schrecklich zerzaustem und schweißnassem Haar hervorsprudeln. Sie entstammten dem Fieberwahn eines deutschen Soldaten. Das Zimmer, in dem man die deutschen Gefangenen eingeschlossen hatte, lag zwar im zweiten Stockwerk, aber trotzdem konnte man die wilden Laute, die der Verwundete in seinem Fieber hervorstieß und die gegeneinander stürmten, um sich zu verbinden und dennoch nicht zueinander fanden, im ganzen Gebäude deutlich vernehmen... Das hat uns gerade noch gefehlt! murmelten die in allen Ecken zusammengekauerten Leute, die sich der schwachen Hoffnung, ein bißchen Schlaf zu finden, hingegeben hatten. Die Worte des Soldaten, langgezogen und verzerrt wie durch einen Krampf, ohne Beziehung zueinander und ohne Präfixe oder Suffixe, die sie miteinander verbinden konnten, jene heiseren Laute, zusammengehalten durch eine nunmehr tote Syntax, diese leichenkalten Worte — *Achtung... Achtung...*

— prallten blindlings gegen die Wände der Korridore und Säle.

Achtung... Achtung... Wie hieß eigentlich dieses Wort auf mongolisch? Miriam Morina, die Hauptsprecherin des Rundfunks, die Arme um die Knie geschlungen auf einem Sofa sitzend, ertappte sich bei der Wiederholung einer Frage, die einst jemand anderes gestellt hatte. Nun ist er tot, murmelte sie, und in ihrer Erinnerung tauchte sein Körper auf — überdurchschnittlich groß, seitlich hingestreckt auf einem Teppich, daneben ein Revolver, und im Hintergrund die vergoldeten Bücherrücken in den weißen Regalen seiner Bibliothek. Man behauptete, er habe sich vor einigen Tagen erschossen, aber sie wußte darüber keine Einzelheiten. Hoffentlich ist die Dame Hamide oder die Kristine Dakli nicht der Grund dafür, sagte sie zu sich, mit einem bitteren Gefühl im Herzen, das auf eine diffuse Eifersucht zurückzuführen war. Wie immer versuchte sie, das liebliche, von goldenem Haar umrahmte Gesicht der hübschen Hamide (diese goldene Haarmähne gleicht einem Sonnenuntergang, pflegte man zu sagen), wie auch den eigenartigen Rotwildgang der Kristine Dakli aus ihren Gedanken zu verbannen... Wie hieß nun also das Wort *Achtung* auf mongolisch? Sie erinnerte sich daran, daß er diese Frage auf einem großen Empfang im Palast des Vizekönigs, aus Anlaß des Albanien-Besuchs Edda Mussolinis, gestellt hatte. Zu diesem Empfang war sie später als alle anderen erschienen, da sie zunächst die Abendnachrichten sprechen mußte, in denen der Name der Tochter Mussolinis fast alle vier Sekunden vorkam. Sie hatte mit einer gewissen Ungeduld darauf gewartet, diese Frau zu treffen, und als sie sie schließlich zu sehen bekam, war sie ein wenig enttäuscht von ihren Augen, in denen kein dantesker Paradiesglanz — wie sie es sich vorgestellt hatte — sondern lediglich eine nervöse Traurigkeit zu erkennen war. Es schien, als ob das ganze paradiesische Licht zu ihrem Ehemann, dem Grafen Ciano, hinübergeströmt war, dessen Blick der Reihe nach an den Augen der eingeladenen Damen haften blieb, klebrig, schwimmend, sich wieder losreißend, um sich dann erneut ekstatisch tänzelnd in ihnen festzukrallen. Sie fand keinen besonderen Gefallen an dem feschen Grafen. Er hatte etwas Geckenhaftes an sich, etwas allzu Glattes, was sich sowohl an seinen Haaren als auch in seinem ganzen Wesen bemerkbar machte. Auffällig war außerdem der Mangel an Gesichtsfalten und das Fehlen des geheimnisvoll männlichen Licht- und Schattenspiels in seinem Gesicht; auch hielt er seinen Hals unnatürlich steif, eine Haltung, die allzu gut zu den polierten Phrasen der italienischen Sprache paßte, mit ihren langen, allzu langen Adverben, die nach Miriams Meinung das Gewicht der Worte eines Mannes beeinträchtigen...

Wie heißt eigentlich *Achtung* auf mongolisch?... Was euch Schriftstellern nicht alles einfällt! hatte sich Bischof Visarion ins Gespräch eingemischt... Sag uns, Adrian, wie ist dir das nur wieder in den Sinn gekommen! hatten ihn ein paar Damen bestürmt... Und sie, wütend und eifersüchtig wegen Hamide, hatte sich abgewandt, obwohl sie darauf brannte, seine Antwort zu hören... Die Mongolen, hatte er zu sprechen begonnen und eine ganze Weile in der ihm eigenen Weise auf seine Pfeife geblickt... (Er hält seine Pfeife ebenso anmutig in der Hand wie weiland Hamlet den Totenschädel! pflegte die Großgrundbesitzerfrau Mukades zu sagen.)

An diese Geste erinnerte sich Miriam, weil sie ihr auffiel, als sie ihn zum ersten Mal traf. Es war am Tag der Hochzeit von König Zogu gewesen, auf dem großen Ball... O Gott, o Gott, war es wirklich möglich, daß dieser Ball nur hundert Meter entfernt stattgefunden hatte, in der großen Villa, die jetzt ebenso ausgestorben wirkte wie dieses Rundfunkgebäude! In ihrer verblichenen Erinnerung, die mit einem durch die Sonne fast farblos gewordenen Teppich vergleichbar war, tauchte oft jener weitläufige Saal auf, erfüllt von Festgewändern, Parfums, Schmuck und flüsternd geführten Gesprächen über das Aussehen der Königin, des Königs... Man erzählt sich, sie habe in drei Monaten albanisch gelernt... Er ist in letzter Zeit etwas feist geworden... Das stimmt überhaupt nicht, er ist derselbe geblieben, obwohl er mir besser gefiel, als er noch Präsident der Republik war... Willst du damit etwa sagen, du mochtest ihn lieber, als er Innenminister war?!... Warum denn nicht, damals war er erst vierundzwanzig Jahre alt!... Ha - ha - ha!... Dann begannen sich die Gespräche um die Geschenke zu drehen, die aus aller Welt eingetroffen waren. Was hat Hitler geschickt...? Was Chamberlain...? Und Frankreich...? Und Indien...? Haben die sich überhaupt gemeldet? ... Daraufhin versuchten einige der Anwesenden, aus den Geschenken einen verborgenen Sinn herauszulesen: aus der Tönung der Edelsteine und der Farbe der Pferdehaare. Auch die Trübsal der

Prinzessinnen fiel auf... Und dieser Bruder... Was ist denn mit diesem Bruder?! ... Er müßte doch auch eines Tages heiraten, sich eine Frau, eine Königin nehmen, wie alle Männer, alle Könige!...

Im Saal herrschte ein großes Gedränge: Kurtisanen wurden von Botschaftern hofiert, Musikanten stießen mit hochgestellten Gästen zusammen, und die Dame Hamide strahlte ihre blasse Gleichgültigkeit aus (es war gemunkelt geworden, daß neben den Namen der türkischen, dänischen und italischen Prinzessinnen auch ihr Name als mögliche Braut des Monarchen gefallen war). Miriam fing damals die Frage von Hamide auf, die sich bei einem befreundeten Botschafter lässig erkundigte: »Sprechen denn die Ungarn nicht ein verweichlichtes Mongolisch?«

Inmitten des allgemeinen Trubels war Miriam dann plötzlich neben dem Schriftsteller Adrian Guma gelandet, der gerade über den Tod sprach und dabei schräg auf seine Pfeife herunterblickte. Vielleicht war ihr gerade auf jenem Fest der Gedanke gekommen, daß es unter Hunderten von männlichen Gesten keine schönere und typischere als ein solch sinnendes Betrachten der Pfeife gab. Man hatte den Eindruck, als erblicke er darin Feuer und Asche, eines der bevorzugten Motive der Männer... Guma sprach also gerade über den Tod, und der ihm aufmerksam zuhörende Bankier Rrokaj sagte: »Du hast es leicht, über den Tod zu reden, Adrian, denn die Unsterblichkeit ist dir sicher. Wir gewöhnlichen Sterblichen hingegen, haben Angst vor ihm.« Adrian Guma hatte daraufhin gelächelt, und ihre Blicke kreuzten sich in diesem Moment zum ersten Mal.

Kurz danach, nachdem sie einander vorgestellt worden waren, sagte er zu ihr: »Wir hören Sie zwar jeden Abend, aber es wäre noch schöner, Sie auch jeden Abend sehen zu können.« Beide lachten wegen der zweideutigen Worte laut auf und blieben dann fast den ganzen Abend über zusammen. Damals hatte er noch nicht die Bekanntschaft der Dame Hamide gemacht. Die Affäre mit ihr begann erst ein Jahr später, unmittelbar nach Zogus Flucht, auf dem großen Empfang aus Anlaß der Vereinigung Albaniens mit Italien. Alle diesen späteren Empfänge glichen so sehr der Hochzeit Zogus, daß sich einzelne Elemente ständig zu wiederholen schienen: dieselben Gesichter mit dem gleichbleibenden Ausdruck von Hohn und Idiotie, schwitzend und Bruchstücke des Französischen absondernd; dieselben Stammeshäuptlinge aus dem Norden mit ihren perlmutternen Pistolenkolben, die aus breiten Gürteln hervorlugten, und mit dem eigenartig stelzigen Gang; dieselben kirchlichen Würdenträger, verblühte Großgrundbesitzerfrauen und bildhübsche Damen, deren ausdrucksvolle Augen zu sagen schienen: Ach, ihr seid auch hier! Natürlich habe ich nie daran gezweifelt, daß wir uns eines Tages wiedertreffen würden!... Und es waren dieselben Musikanten in ihren *Fustanellas* oder Hosen aus weißem Wollfilz, glücklich darüber, daß man sie wieder gerufen hatte und daß sich das Wort »Italien« so leicht im Albanischen reimen ließ, und so weiter und so fort... Also haben wir uns alle wieder zusammengefunden, wie die Küken um die Henne geschart, schienen die Augen der eingeladenen Gäste zu sagen. *Er* ist schon über alle Berge, wir aber sind geblieben...

Es war der erste große Empfang nach dem Sturz des Zogu-Königreichs und der Besetzung durch Italien, der allen durch die Außergewöhnlichkeit der Situation in unvergeßlicher Erinnerung blieb. Die Dame Hamide saß in der Nähe von Jacomoni, dem italienischen Vizekönig Albaniens, und ihre Augen blickten zugleich triumphierend und traurig in die Runde. Ihre ganze Haltung schien auszudrücken, daß *er*, König Zogu, niemals geflohen wäre, wenn sie Königin geworden wäre. Im Gegenteil — unter ihrem Einfluß hätte er sich getreu seinem feierlichen Schwur vor dem Volk, den er noch knapp vor einem Monat geleistet hatte, die Opanken zugeschnürt und wäre zusammen mit ihr in die Berge gezogen, um zu kämpfen. Doch leider hatte er, anstatt sie zu wählen, die ungarische Jungfrau bevorzugt, und alles hatte sich dann anders, ganz anders abgespielt...

An jenem Abend konnte Miriam den Blick nicht von dieser Frau abwenden, deren Reize schon fast zu einem Mythos geworden waren. Hätte ihr damals jemand gesagt, daß Hamide, für die sich der Vizekönig Jacomoni so stark interessierte, durch ihre Bekanntschaft mit Adrian Guma Eifersucht in ihr erwecken würde, so wäre ihr dies völlig unglaublich vorgekommen. Sie wußte nur zu gut, daß die Eitelkeit schöner Frauen keine Grenzen kannte und oft in die Nähe des Größenwahns führte, aber dennoch war Miriam sprachlos angesichts der unverhüllten Gleichgültigkeit, die Hamide gegenüber dem italienischen Vizekönig an den Tag legte. Ihr Verhalten fiel allen auf, und die vielfältigsten Erklärungen machten die Runde, doch allein Miriams weibliche Intuition erriet den wahren Grund. Die schöne Verführerin verhielt sich deswegen so kühl, weil sie aller Welt zeigen wollte, daß sie, obwohl sie sich nicht mit dem geflüchteten König vermählt hatte, dennoch an den Umgang mit Königen gewöhnt war und sich folglich Vizekönigen gegenüber so verhalten würde, wie es eben Stellvertretern zukommt. Zweifellos war dies eine unglaubliche Anmaßung, die trotzdem, wenn man Hamide eine Weile aufmerksam beobachtete, nicht einer gewissen Logik entbehrte... Miriam suchte mit den Augen Adrian Guma unter den Gästen, da erblickte sie ihn — mit Hamide tanzend. Anfangs verspürte sie bloß Neugier, versuchte sogar seinen Blick aufzufangen, um ihm ein fröhliches Zeichen zu geben, doch mit einem Mal kam es ihr so vor, als erblicke sie einen grauenhaft grellen, intensiven Strahl, der zwischen den Köpfen des tanzenden Paares hin und her flimmerte und sie auf eine seltsame Weise verband. Man spielte gerade einen langsamen, schrecklich langen Tango, und der Sänger wiederholte unaufhörlich, mit einer vor Rührseligkeit zerfließenden Stimme: »Nur du!« Diese zwei Worte erfüllten den ganzen Saal und schienen sich in dem kleinen, allzu kleinen Abstand zwischen den beiden Gesichtern des Tanzpaares zu materialisieren: »Nur du!« Ihr dürft sie nicht miteinander allein lassen! schrie eine Stimme in Miriams Innern auf, von Erkenntnis überwältigt. Danach ging alles seinen ganz banalen Gang: er gab ihr eine ausführliche Erklärung, bei der sie kaum auf seine Worte hörte, sondern aufmerksam und mißtrauisch seine unsicheren, stammelnden Phrasen prüfte; sie verfiel in Traurigkeit und hoffte, daß es vielleicht doch vorbeigehen würde, schmerzlos vorbeigehen...

In der Tat dauerte die Affäre Adrian Gumas mit der Dame Hamide nicht sehr lange; schon auf dem Empfang zu Ehren Edda Mussolinis schmerzte sie die Wunde nicht mehr allzu sehr, obwohl Miriam noch immer böse auf ihn war. Graf Ciano machte den Eindruck, als sei er rettungslos in Hamide verliebt, und sie schien sich ihrerseits von seinen Schmeicheleien betören zu lassen; doch weder bei Edda Mussolini noch bei Adrian Guma konnte Miriam irgendein Zeichen der Eifersucht entdecken. Im Gegenteil, Adrian Guma schien sich bestens zu amüsieren...

Ihr fragt mich, wie ich darauf gekommen bin, über das Wort *Achtung* auf Mongolisch nachzudenken?... Er lächelte, und Miriam dachte, wenn er dem Grafen Ciano einige von seinen Gesichtsfalten ausleihen würde, so könnte dieser ihm dafür mehr als dankbar sein... Jeden großen Eroberer, der auf der Welt erscheint, stelle ich mir vor wie die Cheshire-Katze aus »Alice im Wunderland«, sagte Adrian Guma. Könnt ihr euch daran erinnern? Das Grinsen dieser Katze blieb am Horizont hängen, auch wenn ihr Kopf schon verschwunden war! Genauso taucht jeder Eroberer hinter der Kuppel der Zeit auf, steckt den Kopf hervor und stößt ein Wort aus — ein Wort, das furchterregend erschallt, in der Luft vibriert, sie einfriert und die ganze Welt erschauern läßt: *Achtung, Achtung*, wir sind da!... So haben es alle großen Eroberer getan: Attila, Dschingis-Khan, Cortez. *Achtung! Achtung* Was ist denn daran unverständlich?...

Guma liebte es, sich rätselhaft auszudrücken, um hinterher seine Zuhörer mit der Frage zu quälen: Was ist denn daran unverständlich? Immer dieselbe Geschichte, und immer der schräge Blick auf die schwarze Asche der Pfeife, aus der die Rauchschwaden wie die düsteren Motive seiner Gespräche emporzusteigen schienen...

Was stirbt zuerst aus? — die Sprachen oder die Völker?... Nein, dieses düstere Gespräch wurde nicht dort geführt, sondern auf einem anderen, größeren Empfang, anläßlich der Ankunft Viktor Emanuels in Albanien. Wegen des einige Stunden vorher verübten Attentats auf den König Italiens schienen sämtliche Anwesenden auf dem Empfang einen Trauerflor vor den Augen zu tragen und hinter ihrem gezwungenen Lächeln ein schreckliches »Wenn« zu verbergen, eine Frage, die sie dauernd tyrannisierte. Dieses »Wenn« schwebte dunstartig über dem ganzen Saal, tropfte von den Leuchtern herunter und kletterte an den geschmückten Wänden bis zur Decke hinauf. Und als Miriam endlich mit Adrian in eine ruhige Ecke des Saals flüchten konnte, beugte er sich zu ihrem Ohr, um sie zu küssen, und flüsterte: Stell dir nur vor, *wenn* die Kugel des Attentäters zwanzig Zentimeter nach links abgewichen wäre!... Sie hatte daraufhin erschrocken die Hand vor den Mund geschlagen, als hätte er ihr etwas Ungeheuerliches mitgeteilt, und er hatte lächelnd gefragt: Merkst du den nicht, daß dieses *Wenn* in den Augen aller liegt?...

Ja, es lag tatsächlich in den Augen aller. Es war nicht zu übersehen, daß die Gäste kaum einen Blick für den Palast oder das königliche Mahl übrig hatten, vielmehr entstand vor ihrem inneren Auge das Bild des von der Kugel getroffenen und versengten Fleisches, des aufgeschlitzten Bauches mit den hervorquellenden Gedärmen, der durchlöcherten Schädeldecke mit der grauen Hirnmasse darunter, des aus dem Mund hervorstürzenden Blutes — kurz: der Körper des greisen Königs, jener schwache und merkwürdig kleine Körper mit dem dünnen Kinderhals, der den Kopf kaum zu halten vermochte. Alle dachten an diesen mitleiderregenden Körper, ausgestreckt auf dem Operationstisch, nackt den Blicken der höchsten Spitzen des Reichs und des Faschismus ausgesetzt...

Das Attentat wurde mittags verübt, als sich der großartige Wagenkonvoi dem Zentrum Tiranas näherte. Miriam überflog gerade zum dritten Mal die Reportage über sein Eintreffen in Tirana, die zwanzig Minuten später in den 12-Uhr-Nachrichten verlesen werden sollte, als der Direktor zusammen mit seinem italienischen Stellvertreter in das Rundfunkgebäude stürzte. Beide waren wachsgelb und hatten kalte Schweißperlen auf der Stirn. Auch die Nachricht, die sie mitbrachten, tröpfelte wie kalter Schweiß in die Gänge und Aufnahmesäle des Rundfunkgebäudes: jemand hatte mit einem Revolver auf den König geschossen, und zwar ausgerechnet auf der *Königlichen Straße*! Der Revolver war in einem Rosenstrauß versteckt gewesen, der Attentäter ein siebzehnjähriger Junge, der sich unter eine Gruppe von Nonnen gemischt hatte. Der König war unverletzt davongekommen, nur der albanische Premierminister wurde verwundet.

Im Büro des Direktors klingelten die Telefone unentwegt. Die 12-Uhr-Nachrichten wurden um eine halbe Stunde verschoben. Vor dem Rundfunkgebäude hielten dauernd Autos an, deren Bremsspuren, wie Trauerbinden, noch tagelang auf dem Asphalt zu sehen waren. Sie kamen vom Außenministerium, vom Palast des Vizekönigs Jacomoni und vom Presseamt. Erst da wurde allen klar, was diese ganze Aufregung zu bedeuten hatte: man setzte die Attentatsnachricht auf! Hohe Amtsträger, die man in diesem Gebäude noch nie zu sehen bekommen hatte, zwei Minister, der Sekretär des Kabinetts des Vizekönigs und vielleicht der stellvertretende Premierminister selbst — alle waren sie über den Mahagonitisch des Direktors wie über einen Operationstisch gebeugt (ach, der Operationstisch, ihr gemeinsamen Folterer!) und versuchten, die Nachricht zu formulieren.

Miriam rief man in die Direktion, um ihr den abgeänderten Text auszuhändigen; doch gerade als sie ihn, noch immer vor den Anwesenden stehend, flüchtig durchlas, klingelten erneut die Telefone, und man riß ihr den Text regelrecht aus der Hand. Sie setzte sich auf eine Couch und wartete. Die anderen vergaßen ihre Anwesenheit völlig, so sehr waren sie von ihrer Arbeit in Anspruch genommen. Sie sprachen flüsternd, unruhig und mit ernsten Mienen. Anfangs verstand sie nicht, was all diese, über ein Stück Papier gebeugten Leute eigentlich taten. Allmählich aber, obwohl sie gedämpft und durcheinander redeten, kam sie darauf: sie waren dabei, eine Fälschung auszutüfteln.

Sie diskutierten darüber, welche Nationalität sie

dem Attentäter anhängen sollten, damit niemand auf der Welt erfuhr, daß ein albanischer Junge auf den König, ja, genaugenommen sogar auf den Kaiser, geschossen hatte, der soeben zu einem Besuch in Albanien eingetroffen war, dessen alte Krone er, zusammen mit denen Italiens und Äthiopiens, auf seinem Haupt trug. Der Attentäter konnte jedermann sein — nur auf keinen Fall ein Albaner! Ein Grieche! schlug jemand vor... Nein, das wäre nicht klug, denn momentan seien ja die Nachbarschaftsbeziehungen zu Griechenland normalisiert... Ein Abgesandter der Komintern?... Nein, das wäre ein bißchen zu weit hergeholt... Ein Jude vielleicht? Das würde eher passen und stünde auch im Einklang mit der Einstellung der deutschen Verbündeten... Das allein genüge aber noch nicht, man brauche noch etwas anderes dazu... Sie waren so vertieft in ihre Beratungen, daß sie ihre Anwesenheit weiterhin überhaupt nicht wahrnahmen.

Traurig und ein wenig zerstreut blickte sie auf die schweren Sessel und die Couch, auf der sie, noch vor zwei Monaten, die Umarmung des Direktors über sich hatte ergehen lassen müssen, dieses Direktors mit dem massigen Kopf und mit den mehr vom Trinken als von Leidenschaft benebelten Augen, die er hin und wieder ängstlich nach hinten streifen ließ — über seinen Mahagonischreibtisch, über die Bilder an den Wänden, über all die zu einer Büroausstattung gehörenden Sachen, die mit ihrer Nüchternheit in krassem Gegensatz zur Liebe stehen. Da klingelte plötzlich einer der drei Telefonapparate — das Klingeln schien ihnen zu sehr in die Länge gezogen, mit

Zwischenpausen, die ebenfalls schrecklich lang waren, und er horchte angestrengt, als wollte er daraus entnehmen, ob er aufspringen sollte oder nicht. Keine bekannte Stimme hätte ihn in diesem Augenblick dazu bringen können, sich von der Couch zu erheben, doch dieser Anruf, von nichtmenschlichen Elementen formuliert und über Kupfer und Kautschuk direkt aus den kalten Lungen des staatlichen Mechanismus zu ihm dringend, besaß die ungeheure Kraft, jegliche Leidenschaft zu ersticken. Er erhob sich fluchend und nahm den Hörer ab.

Während er noch am Telefon sprach, verschränkte sie die Arme um die Knie und dachte daran, wie traurig es doch sei, auf ihrer Haut die Küsse eines Mannes erdulden zu müssen, nur weil er Direktor war. Nun würde er bald wieder zu ihr kommen, und sie würde sich erneut anstrengen müssen, die Abscheu zu verheimlichen, die seine Lippen, in deren Winkeln etwas Schaum glänzte, in ihr erweckten. Es hätte jedoch schlimmer kommen können, tröstete sie sich, als er bereits am Ende seines Telefongesprächs angelangt war. Schließlich konnte sie noch von Glück sagen, daß er von ihr nur ein paar Küsse und Umarmungen verlangte und weiter nichts.

Nachdem er den Hörer aufgelegt hatte, stand er noch eine Weile da und starrte auf die drei Telefone, als dächte er resigniert: Es sind zu viele, als daß man hoffen könnte, keines würde klingeln!... Komm, gehen wir hinüber in dein Studio, sagte er schließlich. Dort sind wir ungestört. Sie stieß einen tiefen Seufzer aus, erwiderte jedoch nichts und schritt mit ihm durch die leeren Gänge.

Es war spät, fast Mitternacht, als sie das Nachrichtenstudio betraten. Dies war ihr Refugium, ihre von der Welt durch dick gepolsterte Wände abgeschirmte Ecke. Auf dem mit einer Samtdecke bezogenen Tisch glitzerte silbern das Mikrofon. Sie überkam ein merkwürdiges Gefühl der Scham angesichts des kleinen metallenen Geräts, das ihr in dieser Grabesstille wie ein lebendiges Wesen vorkam, und sie fuhr sich unwillkürlich mit der Hand über ihr aufgelöstes Haar. Während der Nachrichtenübertragungen, unzählige Stunden lang, hatten sie und das Mikrofon nebeneinander gesessen; das Mikrofon hatte stets ihren Atem aus unmittelbarer Nähe gespürt, und nun, da es sie mit einem Mann sah, schien es eine kalte, silberne Verachtung auszustrahlen.

Dort, neben dem Mikrofon, umarmte der Direktor sie erneut, und sie hatte das Gefühl, als würde sie mehr und mehr schrumpfen, um ihre Haut, ihre Lippen, ihren Hals und ihre Wangen möglichst weit von sich fort, an den Rand ihres Bewußtseins zu drängen. An diesem fernen Rand existierten auch seine Küsse, die, ebenso wie sein keuchender Atem und sein entrückter Blick, etwas Häßliches und Falsches an sich hatten. Wie in seinem ganzen Leben, in seinen Posen des Patrioten, des künftigen Märtyrers und des Gelehrten, war er auch in der Liebe falsch... Ach, diese ewige Geschichte des Grauhaarigen mit dem Herzen eines Zwanzigjährigen! sagte sie wohl schon zum zehnten Mal zu sich.

Jetzt, zwei Monate später, am Tage des Attentats, stellte sie sich bei der Betrachtung seines bewegten Gesichts, das über die völlig bekritzelte Fassung der

Verlautbarung gebeugt war, die Frage: Mein Gott, wie ist es denn nur möglich, daß dieser Mensch derselbe ist wie in jener Nacht — mit diesem nackten, durch die Nase in zwei Hälften geteilten Gesicht, mit diesem unterwürfigen Getue vor den hohen Amtsträgern, mit seinem ständigen und mechanischen Lispeln: Ja, mein Herr! Si, signore! Jawohl, Exzellenz!...

Endlich hatten sie die Lösung gefunden: Der Attentäter war natürlich ein Jude. Doch zugleich auch russischer Abstammung, ein russischer Jude also, Agent der Komintern, mit dem Decknamen Vasil Laçi. Erschöpft, aber glücklich teilten sie ihre Variante telefonisch der Obrigkeit mit, der höchsten Obrigkeit, vielleicht dem Vizekönig persönlich oder dem Sekretär des Königs, und nun warteten sie schweigend, daß man ihren Vorschlag akzeptierte.

Die Zustimmung kam sehr schnell, und nach zehn Minuten verlas sie den Text in den verspäteten 12-Uhr-Nachrichten: Bekanntmachung des Kaiserlichen Presseamtes. Heute um 11 Uhr, beseelt von der niederträchtigen Absicht, die Liebe zu verdunkeln, die das albanische Volk seinem Souverän, Viktor Emanuel III. Augustus, König Italiens und Albaniens und Kaiser Äthiopiens, entgegenbringt, verübte der russische Jude Isaak Michailow, eigens zu diesem Zweck nach Albanien entsandt und unter dem Namen Vasil Laçi getarnt, mit zwei Revolverschüssen ein Attentat auf das Leben des Kaisers. Der Allmächtige selbst hielt seine schützende Hand über den Kaiser Augustus. Lediglich der albanische Premierminister, seine Exzellenz Shefqet Verlaci, wurde am rechten Arm verwundet. Das Volk...

Die Worte über das Volk hatte sie nicht mehr in Erinnerung. Es waren allgemeine, gesichtslose Worte, wie der Anblick einer Menschenansammlung in der Ferne. Diese Nachricht mußte sich noch immer im Archiv befinden — eine nicht verweste Leiche, senkrecht begraben in einem der länglichen Schränke, neben Dutzenden, Tausenden anderer toter Nachrichten. An jenem Tag verlas sie die Verlautbarung dreimal, die anderen Sprecher hingegen, die für die Fremdsprachen zuständig waren, mußten sie viel häufiger vorlesen. Als sie gerade dabei war, die Nachricht zum dritten Mal herunterzuleiern, hefteten sich plötzlich ihre weit aufgerissenen Augen auf das Mikrofon. Es war einer jener seltenen Augenblicke, da sie beim Lesen mit den Gedanken weit weg war, während ihre Lippen automatisch die Worte formten. Was war das für ein winziger, metallisch glänzender Tyrann, der Mikrofon genannt wurde und stets nur ein paar Zentimeter von ihrem Mund entfernt war, kalt, ironisch glitzernd — während sie folgsam Lügen, immer wieder Lügen vor ihm daherplappern mußte!...

Was meinst du zu dieser Verlautbarung? fragte ein leises unkontrollierbares Stimmchen in ihrem Inneren, als sie nach Beendigung ihrer Arbeit die Treppe hinunterstieg, um sich zum großen Empfang zu begeben. Was meinst du dazu? wiederholte das Stimmchen eindringlich — doch sie fühlte sich zu müde, um sich noch über eine solche Frage den Kopf zu zerbrechen, und außerdem war sie ja schließlich eine Frau... Über solche Dinge sollten sich die anderen Gedanken machen, die anderen, die anderen...

Der Wagen des Direktors wartete draußen auf sie. In der Stadt, an den Straßenkreuzungen und -ecken standen überall Wachen in Helmen und mit Maschinenpistolen in den Händen herum.

Als sie zum Palast des Vizekönigs kam, war der festliche Empfang schon in vollem Gange. Sie konnte es kaum erwarten, den König zu sehen. Nach dem Attentat, so hieß es, habe er sich folgendermaßen geäußert: Ich dachte, die Albaner seien bessere Schützen! — Aber Majestät, er war doch gar kein Albaner! hatte man ihm darauf geantwortet. Ach ja, es handelte sich ja um einen Juden, wenn ich mich nicht irre... — Jawohl, Majestät, um einen russischen Juden, um einen Agenten der Komintern... Sie wiederholten dauernd diese Phrase, als ginge es darum, sie fest in die Köpfe einzuhämmern.

Das erste, was Miriam beim Anblick des Königs empfand, war ein Gefühl des Mitleids. Sein Kopf, der dem eines rachitischen Kindes glich, der spindeldürre Hals, die untersetzte Gestalt und die farblosen Augen, die einem alten Landarbeiter zu gehören schienen, forderten dieses Gefühl geradezu heraus.

Der Quisling-Premierminister, blaß und mit einer schneeweißen Armbinde, scharwenzelte dauernd um den König herum und stand im Mittelpunkt der allgemeinen Aufmerksamkeit. Unter seinem weißen Verband befand sich die Wunde — und somit der Ruhm. Ein Mann, der mit einem von Terroristen verwundeten Arm auf dem Regierungsempfang erscheint, ist der Auserwählte meines Herzens — wenigstens so lange die Feier andauert! hatte die Dame Hamide pathetisch erklärt. Alle blickten voller Bewunderung, ja, einige sogar voller Neid, auf den Premierminister. Eine so kleine Wunde und ein so großer Heiligenschein, Blutsbrüderschaft und so weiter und so fort... im allgemeinen eine äußerst gewinnbringende Investition, hatte der Bankier Rrokaj amüsiert bemerkt.

Die Stimmung auf dem Empfang war wie elektrisch aufgeladen. Die Kronleuchter an der Decke verströmten ein Friedenslicht, doch die kleineren Leuchter an den Wänden verbreiteten Strahlen des Zweifels, die sie aus den Augen der Anwesenden aufsaugten: Könnte das Attentat nicht von den Faschisten selbst organisiert worden sein, um sich den König vom Halse zu schaffen? Unmittelbar nach den Revolverschüssen hatten die Wachen des Königs ihre Dolche gezückt, bereit, sich auf jeden zu stürzen, und seien es auch die hohen faschistischen Würdenträger. Und es hatte den Anschein, als ob man sich nun — gerade um diesen Zweifel zu vereiteln — nur über fröhliche Dinge unterhielt. Man machte sich lustig über das ehemalige Parlament und über den geflüchteten König Zogu. Als ich von seiner Flucht hörte, da wunderte ich mich nicht im geringsten, sagte der spanische Botschafter. Einem König mit einem Vogelnamen muß ja die Flucht direkt im Blut liegen... Die Damen in der Nähe des Botschafter kicherten. Der ganze Empfang war mehr oder weniger ein einziges Gelächter. Niemand sprach über schreckliche Dinge, und schon das allein bewies, daß die Anwesenden nur an den Schrecken dachten...

Ist es denn möglich, daß auch er dieses Spiel mitmacht? fragte sich Miriam und dachte dabei an

Adrian Guma. Sie suchte ihn mit den Augen und fand ihn schließlich in Gesellschaft eines hohen kirchlichen Würdenträgers und des portugiesischen Botschafters. Sie sind also der Meinung, daß die Sprache eher als die Völker ausstirbt? fragte der Botschafter. Ach, Adrian! seufzte sie leise. Immer bleibst du dir treu. Immer muß in deinen Gesprächen etwas sterben...

Ich würde jedoch das Gegenteil behaupten, fuhr der Portugiese fort. Es sind die Völker, die aussterben und nach ihrem Verschwinden die Sprache auf der Erde hinterlassen, wie die urzeitlichen Wesen, von denen nach dem Absterben und der Verwesung des Körpers noch jahrhundertelang der Panzer übrigbleibt... Das Gegenteil ist der Fall, beharrte Adrian Guma. Der Panzer, also die Sprache stirbt ab und wächst von Zeit zu Zeit auf dem Körper des Volkes nach... Aber nein! ereiferte sich der Portugiese. Nehmen wir zum Beispiel die Römer. Sie sind verschwunden, das Latein aber ist geblieben!... Eben! Dieses Beispiel zeugt vom Gegenteil! widersprach Adrian Guma. Es ist dasselbe Volk, das einst lateinisch gesprochen hat und jetzt italienisch spricht. Ich würde sogar sagen, das gilt auch für die Gesellschaftsordnungen. Was meinen Sie dazu, Hochwürden?... Ihr tappt in einem Teufelskreis herum, antwortete gerade der Jesuit, als sich der kleinen Gruppe ein Mann näherte, leicht hinkend und eingehüllt in die Kutte des Franziskanerordens...

Aber nein — das war doch auf dem Empfang zu Ehren Edda Mussolinis, als sich Padre Gjergj Fishta zu ihnen gesellt hatte! Er hatte ein Vollmondgesicht, war ziemlich beleibt, und Adrian konnte ihn nicht ausstehen. Er blickte in der ihm eigenen Art auf seine Pfeife herab, als befände sich darin, wie in einer Urne, die Asche der verschwundenen Sprachen oder Völker.

Einige Monate später, beim großartigen Begräbnis Fishtas, waren sie wieder zusammen, eingereiht in die lange Schlange der Trauergäste, und er hatte ihr zugeflüstert: Es will mir nicht in den Kopf, wie man einen unterdurchschnittlichen Poeten als größten Dichter der Nation bezeichnen kann!... Sie hatte ihn mit einem tadelnden Blick gestreift, der ausdrückte, daß es ihm nicht anstünde, so zu reden, und erst recht nicht bei einem solchen Anlaß. Ach du denkst wohl an die Märchen über den Literatenneid! hatte er darauf bitter gelächelt. Glaub mir, Miriam, abgesehen von dieser Begräbnisfeier, beneide ich ihn um nichts, wirklich um nichts!

Warum eigentlich taucht nur er in meiner Erinnerung auf? fragte sich Miriam. Warum nur er? wiederholte sie, sich noch fester in ihren Pelzmantel hüllend. Schließlich war er ja nicht der einzige in meinem Leben — und ich nicht die einzige in seinem... Wo bin ich eigentlich? Sie schrie es fast laut heraus, und einige Augenblicke lang glaubte sie im Fieberwahn zu sein, hier, in diesem eiskalten Gebäude, erfüllt von wildem Geistergezänk, Hustenanfällen und den Delirien eines verwundeten deutschen Soldaten.

Vielleicht, weil er tot ist, dachte sie nach einer Weile. Tot, wie dieses leblose Gebäude mit seinen zerfetzt herunterhängenden Antennen, tot und schwer. Seit dem Tag, als sie von seinem Selbstmord erfahren hatte, bemühte sie sich, ihn vom Tode auferstehen zu lassen, ihn wie ein Lastträger mit sich zu schleppen, aber das wurde immer schwieriger, weil er, wie jede Leiche, mit zunehmender Kälte immer schwerer wurde...

Auch damals hatte sie es schwer gehabt, ihn vom großen königlichen Empfang wegzuschleppen. Sie verließen das Fest zusammen und gingen zu Fuß den Hügel herab, auf der von Linden gesäumten Straße. Die Hügel am Rande Tiranas, große, geheimnisvolle Buckel, erstreckten sich wellenartig unter einem verdünnten Mondschein. Sie gingen eng umschlungen, wobei sein Arm wie gelähmt auf ihren Schultern lag, und er sprach über Viktor Emanuel: Er wird niemals vergessen können, daß man in dieser Stadt auf ihn geschossen hat!... Vergiß ihn! sagte sie. Jetzt sind wir doch zusammen. Spürst du denn nicht den Duft der Linden?... Im nächsten Augenblick erkannte sie selbst, daß sie etwas Banales gesagt hatte, und biß sich verlegen auf die Lippen; er aber hatte ihre letzten Worte offenbar überhört. Ich kann nicht, sagt er. In der Ferne funkelte die Stadt mit Tausenden von winzigen Lichtern; manche glommen stärker und manche verloschen ganz. Ich kann nicht, wiederholte er und fügte nach einer Weile hinzu: Dort, bei einem dieser Lichter, sind sie jetzt dabei, ihn zu verhören, vielleicht schon zum zehnten Mal. Sie wollte wieder zu ihm sagen: Vergiß ihn! — traute sich aber nicht.

Die Stadt, die den Attentäter in ihrem Bauch barg, glitzerte zu ihren Füßen. Dort, zwischen diesen Lichtern, befand sich also der Mensch, der auf den Kaiser geschossen hatte. Sie existierten zur gleichen Zeit mit ihm und innerhalb eines Gebiets mit einem Durchmesser von nicht mehr als zehn Kilometern. Sie schämte sich vor sich selbst, aber nur für einen kurzen Augenblick. Der Wein, den sie getrunken hatte, und die Atmosphäre des Empfangs hatten sie ein wenig durcheinandergebracht.

Dieser Mensch hat heute meine Maßstäbe verändert, sagte er und zeigte mit der Hand auf die Stadt. Sie verstand ihn nicht. Der magere Mondschein über den Hügelkuppen schien ihr unerträglich. Innerhalb eines Tages habe ich eine viel größere Degradierung durchgemacht als ein Krokodil, das nach Tausenden von Jahren zur Eidechse wird, sagte er. Sie wollte ausrufen: Ich liebe dich auch so »degradiert«, wie du bist — doch sie brachte nicht den Mut dazu auf. Sein Arm ruhte weiterhin wie gelähmt auf ihren Schultern, schwer und abgestorben. Mit dieser Hand hat er seine Werke geschrieben, dachte sie und erinnerte sich an die Liebkosungen seiner Finger auf ihrem Körper. Verstehst du denn nicht, daß er heute ein Attentat auf uns alle verübt hat? sagte er zu ihr, fast schreiend. Ich fühle seine Kugel, hier, genau hier!... Und er zeigte mit der Hand auf eine seiner Rippen, links, in der Nähe des Herzens...

Vielleicht hat er sich gerade an dieser Stelle den tödlichen Schuß gesetzt, dachte sie. Als sie von seinem Tod erfuhr, versuchte sie in den ersten Augenblicken, zwischen den vor ihren Augen in einer völligen Unordnung auftauchenden wirren und verrückten Bildern der Vergangenheit, sich seinen ganzen Körper zu vergegenwärtigen und herauszufinden, an welcher Stelle der Schuß eingedrungen war. Sie war sich ganz sicher, daß sich die Wunde unter einer der Rippen befinden mußte.

Die Nachricht von seinem Selbstmord hatte ihr Kristine Dakli gebracht, am Tag nach seinem Tode. Sie hatte es irgendwo an einer Mauer gelesen und war zu ihr geeilt, um sie zu trösten. Beide waren alte Rivalinnen, doch nun taten sie, als wäre nie etwas gewesen. Kristine Dakli jammerte, sie hätte Gewissensbisse, oh, so schreckliche Gewissensbisse! Miriam, ach, Miriam... er hat Selbstmord begangen, und ich... ich bin daran schuld!... Und mit tränennassen Augen beschrieb sie der anderen ihr letztes Treffen mit Adrian im *Hotel Kontinental*, ihren Streit, die Trennung und jenes Wort »Schurke«, das sie ihm ins Gesicht geschleudert hatte, als sie aus seinem Zimmer hinausstürzte, und das ihr nun wie Blei im Herzen lag. Ich wollte wieder zurückkehren, ihn um Verzeihung bitten für dieses Wort und für alles andere, ich wollte mich mit ihm versöhnen... Warum habe ich es denn nicht getan... warum... warum... Ich weiß es selbst nicht... Der *Boulevard Mussolini* hatte ein so unheilvolles Aussehen, daß mich ein eiskalter Schreck befiel, als ich ihn entlang ging. Wäre ich zurückgekehrt, so würde er jetzt noch leben...

Sie weinte eine ganze Weile, und Miriam saß schweigend da und betrachtete sie mit starrem Blick. Ihre Kehle war wie zugeschnürt, und die andere begann wieder mit ihren von Schluchzern unterbrochenen Klagen: Wie schrecklich das alles für sie sei... wie schwer dieses Verbrechen jahrelang, ja, vielleicht auch jahrhundertelang auf ihren Namen lasten würde... Und sie schüttelte verzweifelt den Kopf, während es Miriam eher so vorkam, als jubelte Kristine in ihrem Innern — durch die Literaturgeschichte würden die Schüler erfahren, daß der bekannte Schriftsteller Adrian Guma wegen Kristine Dakli Selbstmord begangen hatte — jener schönen und geheimnisvollen Frau, die ihm leider nicht ihr ganzes Herz schenkte...

Miriam fühlte einen Stich im Herzen. Ist es denn möglich, daß er diese dumme Kuh tatsächlich geliebt hat? fragte sie sich. Mit übermenschlicher Anstrengung verlieh sie ihrer Stimme einen tröstenden Klang und erwiderte: Nun quäl dich doch nicht so, liebe Kristine. Vielleicht hat er gar nicht... wegen dir Selbstmord begangen... In Kristines Augen blitzten zwei winzige weißglühende Lichter auf. Sie wirkten wie ein wilder Strahl, der plötzlich aus der Tiefe ihres Schädels aufflammte, den sie aber mit Müh und Not einige Millimeter vor der Netzhaut aufzuhalten vermochte. Du kannst mir die Krone nicht absetzen! schien ihr Blick zu sagen.

Sie faßte sich jedoch rasch und sagte zu Miriam: Wie lieb du bist! Du möchtest mich beruhigen, doch das hier (und sie zeigte mit zweien ihrer abscheulich manikürten Finger auf ihre Brust), das hier kann nicht so leicht beruhigt werden!... Hexe! zischte Miriam in Gedanken.

Hat er sie denn wirklich geliebt? durchzuckte sie wieder die gleiche Frage. Sie versuchte, sich die leichten Körperbewegungen Kristines vorzustellen, ihren etwas sprunghaften Gang auf den sehr hohen Absätzen, die sie immer zu tragen pflegte. Miriam hatte niemals verstehen können, was die Männer eigentlich an der Gangart Kristine Daklis fanden (Schwimmen durch den Wind, nannten sie es... Schütteln aller Reize... und anderen solchen Blödsinn); für sie jedoch war Kristines Gang lediglich das plumpe Hüftenschwingen einer langbeinigen sensiblen Frau.

In der Tat war Miriams letzter Streit mit Adrian Guma wegen Kristine entstanden. Er hatte es glatt abgestritten, eine Beziehung mit ihr zu haben, und Miriam hatte ihn in wildem Zorn angeschrien: Du lügst mich an! Du bist ein schamloser Lügner!... Darauf hatte er ihr zynisch geantwortet: Und — was ist schon dabei, wenn ich dich anlüge? Du lügst ja drei Mal am Tag ein ganzes Volk an! Hast du jemals darüber nachgedacht?...

Sie hatte dann den ganzen Nachmittag über bitter geweint und war am nächsten Morgen zum Direktor gegangen, um zu kündigen. Ach! hatte der Direktor geseufzt, das ist ja genau die Geschichte mit dem sinkenden Schiff und den Ratten, die es verlassen... Seine Augen waren rotunterlaufen vom vielen Trinken und von Schlaflosigkeit, und er versuchte, ihre Augen mit den seinen festzunageln... Jetzt, da alles einstürzt, wollt ihr mich einer nach dem anderen im Stich lassen! hatte er geschrien. Mit mir kann man aber nicht so leicht spielen!... Und er ließ seinen Blick zur linken Ecke des großen Schreibtisches gleiten. Auch sie äugte verstohlen zu dieser Seite, und ein kalter Schauer lief plötzlich über ihren Rücken: dort war ein kleiner Knopf, eine kleine elektrische Klingel angebracht, und sie hatte die böse Vorahnung, daß diese mit Stahlhelmen, Befehlen in Deutsch, Güterzügen und Konzentrationslagern irgendwo weit in den Nebeln Mitteleuropas verbunden war...

Daraufhin bemühte sie sich, die sanfte Tour einzuschlagen. Sie brach vor ihm in Tränen aus, bestürmte ihn mit Bitten, schmeichelte ihm und versetzte ihn mit bestrickenden Worten in die Rolle des Märtyrers, der sich für alle aufopfert. Die Märtyrerrolle für die Allgemeinheit war nun einmal seine bevorzugte Rolle. Immerhin habe ich alles getan, was ich tun konnte, sagte er. Dieser Rundfunksender spricht wenigstens noch immer albanisch...

Ach! seufzte sie im Stillen, ohne etwas von ihren heimlichen Gedanken zu verraten, die sie in große Gefahr gebracht hätten. Natürlich, sagte sie besänftigend, alle wissen doch, daß Sie alles getan haben, um das zu retten, was zu retten war. All diese Stürme! Wie schrecklich ist es, solchen Stürmen zu trotzen!... Das war eine Phrase, die er selber vor etwa einem Jahr auf dem ersten großen Empfang der Deutschen ausgesprochen hatte.

Zu diesem Empfang war Adrian Guma nicht erschienen, so daß sie fast den ganzen Abend mit ihrem Direktor zusammen war. Das Fest strahlte eine kalte gotische Feierlichkeit aus; anwesend war der übliche Gäste-Clan mit dem bekannten vielsagenden Ausdruck in den Augen: Also haben wir uns wieder zusammengefunden, wie die Küken um die Henne geschart! — Guten Abend allerseits!... Guten Abend, Gnädigste!...

Es schien, als lägen die Anfänge dieser Feierlichkeit schon zweitausend Jahre zurück, in der Zeit, als man den römischen Konsul Paulus Emilius empfing und als man sich über die besiegte Königin Teuta und den besiegten König Gent lustig machte. Seit zweitausend Jahren schon erschienen sie zu dem gleichen Gelage, einmal in Tuniken des Altertums und ein anderes Mal mit mittelalterlichen Schilden und Umhängen, dann wieder mit Turbanen und Schleiern — mit römischem, byzantinischem, normannischem, türkischem, österreichischem Gehabe. Und immer spotteten sie über ihre Vorgänger. Jetzt, auf dieser gotischen Walpurgisnacht, spotteten sie über Viktor Emanuel, über sein zwergenhaftes Aussehen und über die Liktorenbeile. (Als ich sie zum ersten Mal zu sehen bekam, sagte der Bankier Rrokaj, glaubte ich, mich in einem Metzgerladen zu befinden.) Die deutschen Offiziere hatten eine besondere Art zu lachen; sie reckten ihre Hälse hoch, als wollten sie ihr Lachen möglichst gerade aus ihren Körpern hervorsprudeln lassen — wie ein Geschoß.

Auch die Dame Hamide war da. Ein müdes Lächeln spielte um ihre Lippen. Ihr Haar hatte an jenem Abend einen noch lichteren Strohschimmer. Allen fiel auf, daß sie es den Deutschen zuliebe blonder gefärbt hatte. Und der Bankier Rrokaj, beschwipst wie immer, hatte wieder eines seiner Sprüchlein losgelassen: Das Haar von Hamide — das würde ich zur wahren Nationalflagge Albaniens machen!...

Unter den Gästen hatte Miriam auch die vier Regenten bemerkt, die langsam durch die Säle schlurften wie eine apokalyptische Erscheinung. (Vier Regenten! hatte Adrian Guma eines Abends zu ihr gesagt. Es gibt nichts Furchterregenderes, als wenn man solche vier Viertelkönige vor sich sieht... einer mit einem Königsauge, der andere mit einem Königsohr, der dritte mit Königsfingern oder Königshaaren oder... Ha-ha-ha!). Miriam verfolgte die vier mit den Augen, und sie erregten in ihr tatsächlich Furcht, besonders einer von ihnen, in einer braunen Franziskanerkutte, zusammengehalten durch einen strickartigen Gürtel — der berühmte Priester, Padre Anton Harapi.

Etwas später erhaschte sie Brocken eines Gesprächs über die albanische Rasse. Unser Führer, sagte ein junger deutscher Offizier mit einem sehr glatten Gesicht zu einigen Stammeshäuptlingen aus dem Norden, hat die albanische Rasse unter die auserwählten Rassen eingegliedert. Vielleicht wißt Ihr das nicht... So, so! grinsten die Stammeshäuptlinge breit. Bei Gott, das freut uns wirklich... Erklären Sie dem Herrn Offizier, sagten sie zu der Dolmetscherin, daß wir den Führer Hitler unter anderem auch deswegen hochschätzen, weil er ein richtiger Kanun-Mann ist!... Die Dolmetscherin hatte ihre liebe Not, den Ausdruck »richtiger Kanun-Mann« zu übersetzen; sie kaute an den Worten herum, aber ihre Erklärung schien am glatten, unbeweglichen Gesicht des deutschen Offiziers abzuprallen, bis sie dann den Ausdruck derart umschrieb, daß der Sinn des Sittenkodexes von der Blutrache schließlich verlorenging.

Ein paar Augenblicke später erblickte Miriam unter den Gästen den vor kurzem eingetroffenen deutschen Redakteur des Rundfunks. Man nannte ihn Redakteur, doch alle wußten, daß er der Gestapo-Bevollmächtigte war. Auf seinem Gesicht lag ständig der kalte Glanz eines Lächelns, das wie draufmontiert wirkte, vielleicht wegen des äußerst dünnen silbernen Gestells seiner Brille. Er war vor etwa drei Wochen im Rundfunksender erschienen und wurde sofort dem gesamten Personal im großen Versammlungssaal vorgestellt. Meine Damen und Herren... hatte er mit seiner Ansprache begonnen und sie mit seinem kalten silbernen Brillengestell angefunkelt.

Rechts neben ihm saß der Direktor mit von Schlaflosigkeit geröteten Augen. Sie erinnerte sich, wie noch vor einigen Jahren — es war nicht allzu lange her — gleich nach Zogus Flucht und dem Einmarsch der Italiener hinter demselben Tisch mit der grünen Samtdecke der soeben ernannte italienische stellvertretende Direktor seine Ansprache gehalten hatte. Und rechts neben ihm, genau wie jetzt, saß der Direktor. Meine Damen und Herren... Es war ein kalter regnerischer Tag. Der Regen hämmerte heftig an die Fensterscheiben aller Stockwerke, und oben auf der Dachterrasse heulte der Wind.

Nordwind über dem gestürzten Königreich! hatte Adrian Guma gesagt. Damals trafen sie sich jeden Nachmittag in seiner Wohnung, und die Fenster seines Schlafzimmers blickten nach dem Norden des einstigen Königreichs. In diesem Zimmer hatten sie den Großteil des sechsten April neunzehnhundertneununddreißig verbracht. Es war ein langer, irrealer Tag gewesen. Eine große, fast greifbare Leere machte sich überall breit. Die Menschen drehten wie besessen an den Knöpfen ihrer Radiogeräte, um irgend etwas in Erfahrung zu bringen, doch aus den Geräten schlug ihnen nur plärrende Musik entgegen. Alles wurde sehr rasch gewichtslos, die Landschaften verwandelten sich in vergessene Kulissen eines abgesetzten Stücks, und es schien, als wollte man auch die Wolken am Himmel schnell zusammenfalten und in Koffer packen. Man munkelte, der König befände sich auf der Flucht. Einen Tag vorher, als man vom Ultimatum Mussolinis sprach, hatte der König erklärt, er werde sich die Opanken zuschnüren und zum Kampf in die Berge ziehen.

Miriam hatte darauf gewartet, daß man ihr die 12-Uhr-Nachrichten zum Verlesen brachte, aber als sich lange Zeit nichts tat, war sie einfach weggegangen, ohne jemanden zu fragen und mit dem bedrohlichen Gefühl, daß es nie mehr irgendwelche Nachrichten geben würde. Die Straßen waren erfüllt von Menschenansammlungen und Demonstrationen. Vor den Eisengittern des Königspalastes forderten größere Menschenmengen im Chor: »Waffen! Waffen!« Beim Palast der Prinzessinnen waren die Rolläden heruntergelassen. Der König ist geflohen! flüsterte ihr jemand im Vorübergehen zu, aber sie drehte sich nicht um. Der Tag glich einem kalten, blutleeren Wesen. Angst befiel sie, und sie beschleunigte ihre Schritte.

Nanu? fragte Adrian, kaum daß sie eingetreten war. Was tut sich denn draußen?... Sie zuckte mit den Achseln. Es spricht sich herum, daß der König geflüchtet sein soll... Das schien keinen besonderen Eindruck auf ihn zu machen. Halbaufgerichtet im Bett sitzend, blickte er schräg auf seine Pfeife herunter, und dann sah er Miriam beim Ausziehen zu. Und als sie ihn plötzlich mit der Frage »An was denkst du?« überraschte, antwortete er: Ich dachte gerade darüber nach, wo eigentlich an einem solchen Tag mein Platz ist... Dein Platz? sagte sie und lächelte ihn an. Dein Platz ist da! Und sie legte die Hand auf ihre nackten Brüste und streckte sich neben ihm aus. Später vertraute er ihr dann an, ihm gefiele es, solche unsicheren Tage historischer Wendepunkte wie den heutigen neben einer Frau zu verbringen. Das sei vielleicht eine ekelhafte Sache, aber er könne nichts dafür, denn so sei er nun mal...

Durch das Fenster drang das letzte bleiche Licht eines an einen Leichnam erinnernden Tages. Vom Bett aus konnten sie die Mansarden und Dächer der Häuser auf dem *Boulevard Mussolini*, ein Stückchen Himmel und im Flug vorbeihuschende Vögel sehen. Adrian Guma zündete sich eine neue Pfeife an, blickte eine Weile gedankenverloren aus dem Fenster und sagte: Nun ist dieses Land endlich kein Königreich mehr... Sie verfolgte das Flattern der Vögel auf den Hausdächern und fragte ihn mit müder Stimme: Und was ist es jetzt? — Was es ist? wiederholte er, als sei er von ihrer Frage überrumpelt. Hm! Einfach Albanien, mehr nicht! — Eine Zeitlang blickten sie beide zu dem Stückchen grauen Himmels empor. Dann fuhr er fort: Boden, überwiegend brachliegend, und hier und da ein einsamer Adler, der darüber seine Kreise zieht. Nichts als ein Etikett, lediglich um diesem Land einen Namen zu geben... Sie wollte ihm entgegnen, daß das, was er da gerade sagte, ziemlich zynisch klang; doch dann überlegte sie es sich anders — es war kein günstiger Augenblick, um einen Streit anzufangen.

Und, sooft man auf den späteren Regierungsempfängen über die Herkunft des Namens »Albanien«

diskutierte (es schien fast, als betrachteten es alle ausländischen Gäste als ihre Pflicht, sich schon bei ihrem ersten Empfang über diese Frage zu unterhalten), erinnerte sich Miriam an seine Worte. Es war also nicht verwunderlich, daß auch die Deutschen da keine Ausnahme machten und sich wie die anderen über dieses Thema ausließen. Albanien? Ach so! sagten sie und reckten ihre weißen Hälse. Sie aber fragte sich zum wer weiß wievielten Mal: Warum ist er nicht zu diesem Empfang erschienen? Die braune Kutte Padre Anton Harapis mit dem dazugehörigen weißen Strick schien sie von einem Saal zum anderen zu verfolgen. Sie war mit ihren Gedanken gar nicht ganz anwesend und wünschte sich sehnlichst, daß dieser Abend und diese Nacht so rasch wie möglich ein Ende nehmen würden, damit sie ihn morgen, und sei es auch nur am Telefon, fragen könnte: Warum bist du gestern abend nicht zum Empfang gekommen?... Es war unmöglich, daß man ihn nicht eingeladen hatte. Alle waren da — nur er fehlte.

Der nächste Tag war düster und regnerisch. Von den Dachrinnen stürzte das Wasser in Strömen herunter. An die Fensterscheiben des Salons im vierten Stock des Rundfunkgebäudes, wohin sie sich zu einer kurzen Pause geflüchtet hatte und sich nun in einem der bequemen Polstersessel ausruhte, pochten unaufhörlich Regenstöße; schwarze Wolken türmten sich übereinander, und von Zeit zu Zeit fuhr ein greller Blitz dazwischen. Was für ein verfluchter Tag! seufzte sie. Auch die Nachrichtentexte, die man ihr zum Verlesen gegeben hatte, trieften von Unheil. Es war darin dauernd die Rede von einem endlos weiten

Schlachtfeld, von Schützengräben und von ganzen Armeen, die einmal vordrangen und sich dann wieder versprengt zurückzogen. All das ereignete sich in Schlamm und Regen. Dann gab es noch eine Erklärung Hitlers, über die nächsten Phasen der Kriegsoperationen.

Am Abend würde Miriam sich mit Adrian treffen. Beim Lesen der Nachrichten versprach sie sich ein paar Mal, weil sie immer daran denken mußte, daß er, am Radio sitzend, sie hören konnte. Sie wußte es: je düsterer die Nachrichten waren, desto gieriger verlangte es ihn nach ihr. Als sie das Rundfunkgebäude verließ, goß es in Strömen. Der *Boulevard Mussolini* erstreckte sich öde vor ihr.

Weshalb bist du gestern abend nicht zum Empfang gekommen? stellte sie endlich die Frage, die sie seit gestern peinigte. Er blickte auf seine Pfeife, und man sah ihm an, daß es ihm schwer fiel, mit einer Antwort herauszurücken. Ich habe dich im Radio gehört, sagte er. Du hattest eine sehr müde Stimme. — Ich dachte es mir, sagte sie. Seine Lippen waren kalt, seine Finger nervös wie noch nie. Du fragst, weshalb ich nicht zum Empfang gekommen bin? sagte er nach einer Weile mit entrückter Stimme, die schon erwarten ließ, daß er keine klare Antwort von sich geben würde. Und tatsächlich war seine Erklärung alles andere als verständlich — zusammenhanglose Worte, lange in Klammern eingeschobene Sätze, Einführungen, die nirgendwo hinführten, die bekannte Geschichte, daß unbedingt etwas geschehen müsse, und zwar lieber spät als nie... daß er immerhin und vor allem als Schriftsteller... als Schriftsteller... als Schrift-

steller... Ach, das war ja alles so schrecklich fad, das hatte sie schon so oft in den mondänen Salons zu hören bekommen... Das Schicksal des Landes, des Volkes... Die Parteizwistigkeiten beiseite lassen... Die Interessen der Nation über alles stellen... In dieser Hölle... in dieser Hölle... Sie betrachtete sein nacktes, hilfloses Profil und empfand plötzlich Mitleid mit ihm. Es war jene Art von unerträglichem Mitleid, bei dem man meint, aufschluchzen zu müssen, um sich von ihm zu befreien. Dieser Mensch ist am Ende! dachte sie. Völlig am Ende!...

Er war ja schon damals tot gewesen! erinnerte sie sich nun wieder und zog ihren Pelzmantel noch fester um sich. Mit dem einzigen Unterschied, daß er noch nicht die Wunde unter den Rippen hatte. Doch das war nur eine Äußerlichkeit. Das Wesentliche war schon lange vorher beschlossen. Keine Kristine Dakli, keine Hamide, nicht ich und auch nichts oder niemand anderes konnte mit seinem Ende in Verbindung gebracht werden. Es war etwas ganz und gar Unabänderliches, etwas, was mit dieser höllischen Nacht zusammenhing, mit diesem ungeheizten Gebäude, in dem das endlose Geflüster, das trockene Husten und der Fieberwahn des Deutschen herumgeisterten.

Schon damals tot! wiederholte sie zum dritten Mal. Auch dieser Rundfunksender war tot. Tot die Musik aus aller Welt, eingefroren auf senkrecht nebeneinander aufgereihten Schallplatten. Tot die Nachrichten. In ewigem Schlaf auch die Chroniken aus dem mondänen Leben, die Berichte der Parlamentssitzungen, die politischen Kommentare, der

Tanzunterricht — alles in besonderen Karteien gespeichert. Dieses ganze Gebäude war lediglich eine große Leichenhalle. Morgen oder übermorgen würden sie alles — Schallplatten, Archive, bespielte Tonbänder — aus den Fenstern werfen und durch neue Musik, neue Nachrichten, neue Worte und neue Geräusche ersetzen.

Miriam erschauerte. Was würden das wohl für Geräusche sein? Verschwommen stellte sie sich diese Laute als frostige Töne unter einem halb dunkelblauen und halb blutigroten Horizont vor. Auch ich bin am Ende, sagte sie zu sich und zupfte an ihrem Schal. Wie er.

Durch die zerbrochenen Fensterscheiben wehte ein kalter Wind und heulte weinerlich durch die vielen Gänge des Gebäudes. Ihr kam es so vor, als gäbe es nichts Unbarmherzigeres als den winterlichen Wind, der durch zerbrochene Scheiben heult. Sie hatte den Eindruck, als risse er alle noch in den Fensterrahmen steckenden Glassplitter heraus und steche sie damit bis ins Mark...

* * *

Es dämmerte. Sie wollte zur Toilette gehen und bewegte zunächst das eine Bein, das eingeschlafen war, und dann zögernd das andere. Sie trat auf den langen Korridor und ging langsam bis zu seinem Ende, wobei sie von Zeit zu Zeit stehenblieb, falls der Befehl »Halt!« ertönen sollte. Bei der Biegung des Gangs, hinter der großen Glaswand, die merkwürdigerweise heil geblieben war und nun unheimlich im Dunkeln

leuchtete, wie ein Stück Acker, auf dem jemand versuchte, Tageslicht zu säen, erkannte sie zwei lange Silhouetten, die sich stehend und leise unterhielten. Als sie noch etwas näher kam, konnte sie auch einen Gewehrlauf über der Schulter der einen Gestalt ausmachen und wußte nun, daß es sich um die Partisanenwache handelte. Durch den Korridor heulte in diesem Moment erneut der Wind — ein Geräusch, das wie das gedämpfte, erstickte Jaulen eines Hundes klang, der seine Schnauze auf dem Boden plattdrückt. Sie konnte nur mühsam einen Satz aus dem Gespräch auffangen, wobei ihr die Stimme, die da gerade sprach, bekannt vorkam:

»Ich hätte niemals gedacht, daß die sich so still verhalten würden. Wie gestohlene Pferde.«

Miriam ging weiter.

Der, der gesprochen hatte, war Sherif. Der andere, Javer, kicherte:

»Wie war das?... Sie verhalten sich wie gestohlene Pferde?«

»Ja«, sagte Sherif. »So sagt man in meiner Gegend, wenn die Leute sich mucksmäuschenstill in der Dunkelheit verkriechen.«

Nach ihrem letzten Streifengang hatten sie etwa drei Stunden geschlafen und dann, als es zu dämmern begann, die Wachen im vierten Stock abgelöst, da sie zahlenmäßig sehr knapp besetzt waren.

»Ich glaube, da ist eben eine Frau vorbeigegangen...«, sagte Javer.

»Ja. Das war die Hauptsprecherin«, erwiderte Sherif. »Eine gewisse Mereme oder Miriana... Ich kann den Namen nicht behalten.«

»Du hast sie hergebracht?«

Sherif nickte.

»Und du — hast du auch jemandem Handschellen angelegt?« fragte er dann.

»Und ob — gleich fünf Leuten!« grinste Javer, und Sherif wußte sofort, daß ihn sein Freund wieder einmal aufzog.

Die Toilettentür am Ende des Korridors wurde leise aufgestoßen und wieder zugemacht, und die beiden bemerkten im Zwielicht der Dämmerung zuerst die verschwommenen Gesichtszüge der Frau mit den hochliegenden Wangenknochen und dann, als sie vorbeiging, ihren Rücken, der von dem aufgeschlagenen breiten Kragen des Pelzmantels bedeckt war.

»Wer weiß, was dieses Weib nicht alles gegen uns gesagt hat!« flüsterte Javer. »Das ist sicher die, auf die Mete Ali im Radiogerät schießen wollte.«

»Nein«, widersprach Sherif, »das ist eine andere.«

»So?«

»Ich weiß es genau, denn die habe ich auch hergebracht. Man sagt, sie sei eine von diesen Schlampen, die...«

»Teufel nochmal, diese Scheißkälte!« schimpfte Javer und vertrat sich ein bißchen die Beine.

Der eisige Wind stöhnte durch den Korridor. Irgendwo schlug eine offengelassene Bürotür zu. Sherif stieß einen tiefen Seufzer aus, ohne sich dessen bewußt zu sein. Die Morgendämmerung verbreitete sich jetzt immer rascher, aber der schwache Schein hatte etwas Bedrohliches an sich. Sherif vernahm ein leises, tückisches Rascheln auf dem Fußboden, genau neben seinen Füßen. Er blickte nach unten und be-

merkte einige weiße Blätter, die vom Winde hin und her geweht wurden. Was sind denn das für Papiere? murmelte er, bückte sich und hob ein ordentlich getipptes Blatt vom Boden auf, ohne die andere Hand vom Gewehr zu nehmen. Er näherte sich der Glaswand und las ein wenig mühsam: »Rom, den 19. Oktober. Heute empfing Benito Mussolini, der ruhmreiche Duce des italienischen Volkes, die in Rom eingetroffene parlamentarische Delegation Albaniens...«

Eine ziemlich alte Nachricht, stellte er enttäuscht fest und ließ den Bogen fallen. Dieser schaukelte in der Luft wie in einer unsichtbaren Wiege und glitt dann, über den Fußboden schleifend, gegen die Wand. Sherif hob ein anderes Blatt auf — es war wieder eine Nachricht — noch älter als die erste, aus der Zeit des Königreichs. Erstaunt stellte er fest, daß der Korridor mit einer Menge solcher Papiere bedeckt war. In der zunehmenden Helligkeit waren sie deutlich zu erkennen, überall verstreut auf den kalten Fliesen und vermischt mit den Glasscherben der zerbrochenen Fensterscheiben. Offenbar hatte während der Nacht jemand die Archivschränke durchsucht, und die Blätter waren vom starken Durchzug hinaus auf den Korridor geweht worden. Einige, vom Schlamm der Stiefel beschmutzt und festgetreten, bewegten sich nicht, die meisten aber krochen bei jedem Windstoß raschelnd in alle Richtungen.

Die Vipernzunge, dachte Sherif. Ja, das war die Vipernzunge, von der der gefallene Kommissar und nun auch der Kommandant der Rundfunkstation gesprochen hatten. Diese Zunge stöhnte nun weiner-

lich unter seinen schweren schlammbespritzten Stiefeln — die abgeschnittene Zunge des alten Staates.

Sherif kämpfte gegen den Schlaf. Oben auf der Dachterrasse befand sich sein schweres Maschinengewehr, sicherlich völlig durchnäßt vom nächtlichen Regen. Bald würden dort die Techniker mit der Arbeit zur Instandsetzung der Antennen beginnen. Sie würden die Seele der Hexe abmontieren und an ihrer Stelle eine neue Seele anbringen.

Der lange zugige Korridor, voller Glassplitter und Nachrichtenleichen, heulte jämmerlich. Sherif kam es vor, als verliere die Schwerkraft ihre Gültigkeit. Seine Füße schienen irgendwo weit unten steckengeblieben zu sein, eingeklemmt zwischen einem Berg von zerbrochenen Fensterscheiben und Stößen raschelnder Nachrichten — sie schimmerten schwach in einer ungewissen Ferne, und dazwischen tauchten verschneite Straßen und Dörfer auf... und jetzt erschienen auch eine Hochzeitstrommel und ein nasser, öder Meeresstrand, auf dem die Pferdehufe mittelalterlicher Ritter ihre Spuren hinterlassen hatten... wieder erstreckten sich vor seinem getrübten Blick stumme, verschneite Dörfer unter einer, an der abendlichen Himmelskuppel hängenden, bleichen Mondsichel... über die gefrorene Landschaft blies ein starker Wind und stöhnte wu — wu — wu! Aus der Erde ragten hohe, sehr hohe Eisenstäbe empor, von denen man behauptete, sie seien Erdölbrunnen, was aber nicht stimmen konnte, denn sie waren bestimmt in den Schoß der Erde getriebene, unendlich lange Nadeln, um aus den Tiefen die Stimme der Erde zu befreien... Und dann war da auch der Wasserbrun-

nen in seinem Dorf, den Meister Vllasi auf einem brachliegenden Stück Land bohrte, und ringsherum standen pfeiferauchende Bauern mit zweifelnden Mienen: Würde es dort Grundwasser geben?... Würde die Erde ihre Stimme bekommen?... Nein, hier kommt kein Grundwasser an die Oberfläche! sagten die Greise des Dorfes und schüttelten ihre Köpfe so heftig, daß es aussah, als würden sie wie Glocken läuten. Dum — dum — dum... Greisenköpfe in der Abenddämmerung... Nein, hier kommt kein Grundwasser nach oben! Man muß noch tiefer bohren und graben. Eintausend Meter tief!... Die Stimme kommt nicht an die Oberfläche! Es gibt gar keine Stimme. Eintausend Jahre tief! Zweitausend Jahre!... Endlich aber rief jemand: Wasser, Wasser! Das Wasser steigt nach oben! Es gibt eine Stimme! Es gibt eine Stimme!... Die Stimme erklang aus dem tiefen Bauch der Erde, schrecklich und heiser — und rief nach ihm: Sherif... Sher... if... Sh... er... if...

Sherif schüttelte sich. Er war im Stehen eingeschlafen. Im beginnenden Tageslicht bemerkte er Javer, der, auf dem Fußboden hockend und den Kopf an den Gewehrlauf gelehnt, eingeschlafen war. Unter seinen Füßen piepsten klagend die zerknitterten Blätter der einstigen Nachrichten.

Siebtes Kapitel

Als sie das Rundfunkgebäude verließen, war ein ganzer Abschnitt des *Boulevard Mussolini* mit Papieren übersät. Jemand hatte aus dem dritten Stockwerk eine Kiste mit Nachrichtenmeldungen direkt auf die Straße geleert.

»Die sind ja verrückt!« schnaubte Mete Ali.

Über die entlaubten Bäume flatterten immer noch einige weiße Blätter hinweg. Auf den Bürgersteigen hatte sich inzwischen eine Menge Neugieriger versammelt; sie unterhielten sich angeregt, gestikulierten, und einige bückten sich, hoben manche von den Papieren auf und versuchten, sie zu lesen.

»Sie werfen wieder! Sie werfen wieder!« rief jemand, mit der Hand auf die Fenster des Rundfunksenders zeigend.

Ein weiterer Papierstoß flatterte durch die Luft.

»Die haben wirklich nicht alle Tassen im Schrank!« ereiferte sich Mete Ali wiederum.

»Wieso denn?« wandte sich ein Mann mittleren Alters an ihn. »Ich finde das richtig!«

»Wie meinen Sie das?« mischte sich ein Dritter ein. »Es ist doch nicht seriös, die Archive einfach auf die Straße zu werfen, wem auch immer sie gehört haben mögen!«

»Natürlich ist es seriös!« beharrte der Mann mittleren Alters und blickte mit glänzenden Augen zu den Fenstern im dritten Stock hinauf.

»Wirf sie nur ruhig herunter, Bruderherz! Weg mit den Nachrichten der Bourgeoisie. Sollen es nur alle erfahren, daß ihre Zeit vorüber ist!«

Mete Ali machte eine resignierte Bewegung mit seiner einen Hand, als wollte er sagen: Das ist doch nicht zu fassen. Immer mehr Leute hoben die Blätter von der Straße auf. Immer häufiger erschallten aufgeregte Rufe, wie die von Kindern, die Briefmarken tauschen: Hast du eins mit Berlin? Ich habe die meisten mit Rom!

»Wo steckt denn Javer?« fragte Sherif, den Kopf suchend zum Haupttor des Rundfunksenders gewandt.

»Ich weiß nicht, wohin er im letzten Augenblick verschwunden ist. Wir sind doch alle zusammen hinausgegangen!« antwortete Teuta. »Sollen wir auf ihn warten?«

Direkt vor ihrer Nase rief jemand: Schaut her, ich habe ein Nachrichtenblatt mit Tokio gefunden! Bei Gott, es ist eins mit Tokio!...

»Machen wir, daß wir von hier fortkommen«, sagte Mete Ali. »Ich habe die Nase voll von diesen Verrückten!«

Als sie sich auf den Weg machten, drehten sie sich noch einmal um, aber von Javer war keine Spur zu sehen. Nach ein paar Schritten hörten sie die jetzt schon vertrauten aufgeregten Rufe der Menschenmenge und wußten sofort, daß gerade neue Nachrichtenblätter auf der Straße landeten.

Der Nachmittag war kühl. Unter den kahlen oder von Geschossen zerfetzten Zierbäumen des Boulevards und an den durchlöcherten eisernen Läden der

Geschäfte vorbei schlenderten Gruppen von Partisanen in neuen Uniformen und mit neuen Stiefeln sowie allerlei buntes Volk. Dazwischen tauchten hin und wieder Scharen von Guerillakämpfern auf, singend und rote Fahnen schwenkend. Manchen sah man es an, daß sie ziellos durch die Stadt streiften, und als die Rundfunk-Partisanen schon zum dritten Mal derselben Guerillaschar begegneten, konnte Mete Ali es nicht lassen, sie auszufragen:

»Und ihr? Wohin geht ihr?«

Die ersten drei an der Spitze der Kolonne, die Mete Ali angesprochen hatte, wirkten etwas verwirrt. Sie verlangsamten ihre Schritte, blickten sich an, und der, der in der Mitte ging — ein untersetzter Jüngling, der eine Fahne trug — antwortete mit gerötetem Gesicht:

»Wir gehen dort... hin, wohin uns die... die Rev... Revolution ruft!«

Er stotterte ein bißchen, und sowohl dadurch als auch weil er zornig wurde, schwollen ihm die Adern an den Schläfen.

»Sachte, sachte! Brauchst dich ja nicht so anzustrengen und uns auch keine Angst einjagen!« sagte Mete Ali.

»Nein... ab... aber daß du... du's weißt!« stotterte der Jüngling weiter, wandte den Kopf nach vorne und stimmte in das Lied seiner Kameraden ein:

»Die Vor... Vorhut kommt,

Sie ist... ist schon da!

Ihr miesen Bour... geois, Die Stun... Stunde hat ge... schlagen!«

Aus den fünf Straßen, die sternförmig auf den *Skan-*

derbeg-Platz mündeten, strömten wahre Massen von Menschen zum Stadtzentrum. Sie verfolgten interessiert die Bergung der verkohlten Soldatenleichen aus den Bunkern und blickten neugierig auf einige Panzerketten, die von irgend jemand nachts abmontiert und an der Seite aufgetürmt worden waren, und auf die Überreste der Barrikaden an den beiden nördlichen Kreuzungen. Zwei Leute waren auf einen hohen Mast geklettert und brachten gerade einen Lautsprecher an.

»Das sind ja die Techniker des Rundfunks!« rief Teuta. »Da, seht ihr die Langnase dort oben?!«

Sie lachte hell auf, und hielt sich im nächsten Augenblick die Hand vor den Mund. Die anderen hoben die Köpfe und erkannten tatsächlich einen der Techniker, der gestern den ganzen Tag über auf der Dachterrasse des Rundfunksenders gearbeitet hatte.

Der »Halbpanzer« war noch immer dort, seitlich in den Boden eingesunken, und wurde von einer großen Menschenmenge bestaunt. Sherif kam es vor, als sei schon ein Jahrhundert vergangen, seit dieser Panzer noch lebte und Geknatter und Tod ausspie. In seinem Heimatdorf... wurde kaum zwei Monate nach Tosun Agas Tod das Gerücht verbreitet, er sei als Geist auferstanden. Dem ganzen Dorf fuhr der Schreck in die Glieder, alle liefen kopflos herum und wußten weder ein noch aus. Man hatte sein Grab mit Petroleum übergossen und angezündet, man hatte drei Hodschas herbeigerufen, um ihn durch Gebete zu beschwören, er solle wieder ins Grab hinuntersteigen — dies alles war jedoch völlig überflüssig, denn Tosun Aga fiel es überhaupt nicht ein, zurückzukeh-

ren. Das richtige Entsetzen aber kam erst noch: Im Dorf flüsterte man, Tosun Agas Geist hätte ein Liebesverhältnis mit einer jungen Frau, deren Mann in die Fremde ausgewandert war. Die junge Frau wurde von Tag zu Tag bleicher und magerer, sie bekam ganz gelbe Augen und hatte grausame Bauchschmerzen. O Schreck, o Schreck! sagten die alten Frauen. Das ist Geisterliebe und kein Spaß. Von solch einer Liebe vergeht man und brennt wie eine Kerze nieder!... Und als wäre diese Liebesbeziehung nicht schon ungeheuerlich genug, da verbreitete sich kurz darauf die Nachricht, die junge Frau sei durch Tosun Agas Geist geschwängert worden. Einige meinten, sie sei gar nicht schwanger, sondern hätte bloß eine böse Geschwulst im Bauch — doch man schenkte ihnen keinen Glauben. Man brachte die Frau aus dem Dorf fort, führte sie zum Derwischkloster von Beuni, dann zur Heiligenstätte von Kunaku und schließlich zur Hajal-Grotte, wo mancher Linderung gefunden und herrliche Träume gesehen hatte, doch der Geist wollte nicht von ihrer Seite weichen, und sie starb bald darauf. Daraufhin packte alle jungen Frauen des Dorfes helles Entsetzen: An welche von ihnen würde sich der Geist nun heranmachen?... Doch gerade zu diesem Zeitpunkt brach der Krieg aus, und Tosun Aga, offenbar von dessen Wirren und dessen Getöse in Angst versetzt, verkroch sich wieder unter die Erde, um ruhigere Zeiten abzuwarten...

Sherif betrachtete den »Halbpanzer« von oben bis unten, weil er unbedingt herausfinden wollte, wie man es fertiggebracht hatte, ihn durchzusägen —

denn er war fest davon überzeugt, daß es sich um einen durchgesägten Panzer handelte. Dort in seinem Heimatdorf... wurde Tosun Aga nach langer Krankheit zum Krüppel, und die Ärzte hatten ihm allmählich die verdorrte Hälfte seines Körpers weggeschnitten, um die andere Hälfte zu retten. Dieser Panzer aber...

»Wohin wollt ihr?« hörten sie eine bekannte Stimme.

Es war Stefan Papa aus dem dritten Zug ihrer Kompanie. Seinem roten, erhitzten Gesicht war anzusehen, daß er ziemlich rasch gelaufen war, und er war vielleicht der einzige Mensch auf dem *Skanderbeg-Platz*, der an diesem kalten Tag Schweißperlen auf der Stirn hatte.

»Was ist denn los?« fragte ihn Sherif.

»Was los ist?« wiederholte Stefan Papa, ohne jemanden dabei anzublicken. Er machte einen unkonzentrierten Eindruck und bekam noch immer nicht genug Luft.

»Wo befinden sich die Büros?« fragte er. »Wißt ihr zufällig, wo die Büros sind?«

»Was für Büros?« staunte Mete Ali. »Wozu brauchen wir Büros? Wir haben Ausgang. Komm mit, wir spazieren gerade ein bißchen durch die Gegend.« Stefan Papa blickte zwei, drei Mal zur Seite, wischte sich die Stirn mit dem Ärmel seines Militärmantels ab und sagte hastig:

»Die Posten werden vergeben. Habt ihr nichts davon gehört?«

»Welche Posten?« fragte Sherif.

Stefan Papa biß sich auf die Unterlippe.

»Ihr wißt aber auch nichts«, sagte er verwirrt. »Wozu frage ich euch überhaupt...«

In diesem Moment kam ihnen eine lärmende Kolonne mit geschulterten Spitzhacken entgegen. Die überwiegend jungen Leute in diesem Trupp sangen aus voller Kehle:

»In den großartigen Palästen
Sollst du zittern, blut'ger Rabe!«

»Wohin geht ihr?« wurden sie von einigen auf dem Bürgersteig Herumstehenden gefragt.

»Nach den Goldstücken der Reichen suchen«, antwortete einer aus der Kolonne und wedelte mit einem zerknitterten Blatt Papier, auf dem anscheinend einige Adressen vermerkt waren.

Einer aus der Menge stieß einen schrillen langen Pfiff aus:

»Seht euch die Goldsucher an! Die Charlie Chaplins!«

»Du kommst auch noch dran, keine Sorge!« antwortete eine andere Stimme aus der Kolonne.

»Bei mir werdet ihr einen Dreck finden!« schallte die Antwort zurück.

Die gegenseitigen Sticheleien dauerten noch eine Weile an. Teuta begann zu kichern und hielt dann wieder ängstlich inne. Aber ihr Kichern wirkte ansteckend und gleich darauf lachten alle drei laut auf. Nur Stefan Papa war mit seinen Gedanken ganz woanders. Er blickte finster auf die Vorübergehenden und die Umstehenden, die sein Gespräch gestört hatten, und bei der ersten Pause ergriff er die Gelegenheit, um wieder auf das Thema zu sprechen zu kommen:

»Çoçol Zverku wurde zum Direktor des Post- und Telegrafenamtes ernannt. Wenn man bedenkt, daß er noch nie in seinem Leben einen Brief aufgegeben und ein Telegramm oder Telefon nicht mal im Traum gesehen hat, dann...«

Mete Ali blickte ihn verdutzt an, so als würde Stefan Papa in einer für ihn unverständlichen Sprache reden. Da dieser nun stehengeblieben war, war auch die Röte aus seinem Gesicht gewichen und hatte einer unnatürlichen Blässe Platz gemacht.

»Man hat mir erzählt, es gäbe jetzt eine neue Aufgabe«, wiederholte Papa, noch immer etwas zögernd. »Eine Beschäftigung, die sozusagen besonders... geheim... ist.«

»Wieso geheim?!« fragte Mete Ali ziemlich laut. »Was ist denn das für 'ne geheime Beschäftigung? Wo lebst du eigentlich, du Niete? Auf dem Mond?!... Hast du immer noch nicht kapiert, daß es mit den Geheimnissen nun aus ist? Hast du die auf dem *Boulevard Mussolini* verstreuten Nachrichtenblätter nicht gesehen? Anfangs erschien mir dieses öffentliche Hinunterwerfen wie ein großer Blödsinn. Jetzt denke ich aber, daß es doch einen Sinn hat, denn künftig wird ja ganz offen gehandelt. Die Bourgeoisie — die hatte Geheimnisse!«

Ein ironisches Lächeln spielte um die Lippen Stefan Papas. »Und die Diktatur?« sagte er flüsternd. »Wie soll sich wohl die Diktatur halten, he?!«

»Was für 'ne Diktatur, du Trottel?! Die Diktatur haben wir doch gerade gestürzt! Träumst du etwa?«

»Ich glaube eher, du träumst, Mete Ali«, erwiderte der andere. »Als ich Diktatur sagte, meinte ich nicht

die, die wir gestürzt haben, sondern die andere, die unsere... Was starrst du mich so an? Die Diktatur des Proletariats! Noch nie davon gehört, was?«

In Mete Alis Gedächtnis flammte es trübe auf.

»Ohne die geht es nun mal nicht... Aber lassen wir das. Man merkt, daß du keine Ahnung von diesen Dingen hast... Ich geh' jetzt lieber.«

»Geh' zum Teufel!« knurrte Mete Ali, als der andere schon ziemlich weit weg war. Eine Zeitlang murmelte er leise vor sich hin.

»Du Sherif... hast du vielleicht schon mal etwas von dieser... Diktatur gehört?«

»Ja, aber nur so... verschwommen...«

Teuta hörte sich das Gespräch an, ohne sich einzumischen. Sie wirkte nun traurig. Erst als sie zwei Jugendliche beim Ankleben eines Plakates erblickte, hellten sich ihre Gesichtszüge auf. »Große... Partisanen-Sajre... im *Hotel Dajti*«, las Mete Ali. »Was bedeutet dieses komische Wort Sajre?«

»Nicht Sajre, sondern Soirée!« berichtigte ihn einer der Jugendlichen. »Das heißt auf Französisch: Tanzabend.«

»Solche Sachen gefallen mir ganz und gar nicht«, knurrte Mete Ali. »Und noch dazu geht es schon wieder mit dem Französischen los!...«

»Darf man vielleicht wissen, warum dir das nicht gefällt?« fragte ihn in gedehntem Tonfall ein neben ihm stehender Partisan mit einem Tornister auf dem Rücken. »Kummer und Sorgen sind nun vorbei, Brüderchen. Die Freiheit ist da. Was sollen wir denn machen, wenn nicht tanzen? Mit hängenden Gesichtern Trübsal blasen?...«

Mete Ali hielt es nicht für nötig, sich umzudrehen, geschweige denn, darauf eine Antwort zu geben.

»Das verstehe, wer will«, brummte er nach einer Weile. »Einige sagen, nun beginnt das Tanzen, andere sagen — die Diktatur. Was mich betrifft, ich bin weder für das eine noch für das andere.«

Sein Blick glitt zögernd über die Gesichter von Sherif und Teuta, und dann stieß er einen tiefen Seufzer aus...

Sie bummelten noch lange durch die Stadt, und als sie wiederum in der Nähe des Zentrums anlangten, kamen ihnen die »Goldsucher« entgegen, lärmend, singend, schwitzend und mit Schlamm bespritzt; ihre Gesichter wirkten trotz der Erschöpfung seltsam entspannt. Sie marschierten in Richtung *Skanderbeg-Platz*, und ein paar Männer an der Spitze der Kolonne hielten kleine Tonkrüge in den Händen.

»Krüge mit Gold! Krüge mit Gold!« riefen einige Fußgänger, die der Kolonne neugierig auf den Bürgersteigen gefolgt waren. »Wo bringt ihr sie hin?« fragte jemand.

»Zur Staatsbank!« kam die Antwort.

Sie gingen tatsächlich genau auf das Bankgebäude mit den vielen in Stein gehauenen Köpfen und den hohen Marmorkolonnaden zu, vor dem Partisanen mit Helmen Wache standen. Am Fuße der breiten granitenen Stufen, vor den hohen, mit schwarzen Eisenplatten beschlagenen Toren und entlang des Eisengitters standen Partisanen des 4. Bataillons herum, das die Bank eingenommen hatte. Als die Kolonne mit den Tonkrügen, die man vorsichtig, fast ängstlich, so als handelte es sich um Götzen, in den

Händen hielt, das Haupttor erreichte, wurde sie von einer Gruppe Partisanen umringt. Alle reckten die Hälse und versuchten, wenigstens einen Blick auf die Goldmünzen zu erhaschen — es waren immerhin einundzwanzig Partisanen für die Besetzung des Gold-Bollwerks gefallen!... Aus den Tonkrügen schien ein gelbliches, am Rand mit Erde vermischtes Lächeln zu schimmern, das wirkte, als käme es aus einem Grab. Bisher hatten sie Goldmünzen, oder Imitationen davon, nur auf Hochzeiten zu sehen bekommen, gewöhnlich an den Stirnen der soeben vermählten Mädchen, wenn diese sich im Reigen drehten. Die Goldstücke, schön und blitzend, sprangen und klirrten — eher Musik als Metall — knapp über den Augenbrauen der Bräute, als seien sie ein Bestandteil ihrer Gesichter. Doch die Goldmünzen in diesen Urnen hatten das Gewicht des Todes, und die Menge der Neugierigen stand ganz still da. Erst als die Tonkrüge hinter dem schwarzen Haupttor verschwanden, fanden die Anwesenden die Sprache wieder.

Während sie auf den breiten Stufen der Staatsbank herumstanden und in den kalten, ungleichmäßig von der Sonne beschienenen Tag starrten, flochten die Leute weiter an der Entstehung der Legende vom Staatsschatz. Die an der Besetzung der Bank direkt beteiligten Partisanen erzählten ihren Kameraden, wie sie sich durch ihre Labyrinthe geschlängelt hatten und schließlich bis zu ihrem Herzen vorgedrungen waren, in die tiefsten Keller, wo eine Sphinx aus Beton auf vier Füßen stand, eine Art von Bunker, in dessen Innerem die Goldmünzen und

Juwelen des Staates eingeschlossen waren. Die vier Wachposten, die Tag und Nacht diesen Schatz zu hüten hatten, fand man von Unbekannten erschossen vor dem Eingang des Gewölbes...

»Wie? Wie war das?...« fragten die Zuhörer, und die Partisanen wiederholten Bruchstücke ihrer Erzählung, deren Form unbeständig war, wie ein Gebilde, das sich auf einer zitternden Wasserfläche widerspiegelt. Man konnte nicht klar sehen, sagten die Erzähler. Man konnte nicht richtig hören... Es war dämmrig... Es war unheimlich...

Diejenigen, die die Geschichte als erste gehört hatten, erzählten sie anderen weiter und hefteten ihr, bronzenen Plättchen gleich, allerlei archaische Verzierungen an: Bruchstücke aus Großmutters Märchen, Fieberdelirien aus der Zeit von Grippe- und Typhusepidemien und Phantasieergüsse mit Elementen des »Grafen von Monte Christo«, der »Schatzinsel« oder der »Politökonomie«. Derart gepanzert, wie von Drachenschuppen vor Tatsachen und Zahlen beschützt, verwandelte sich die Erzählung allmählich, getaucht in einen kupferrot feurigen Schein, in eine Legende.

Eigentlich war es nicht erstaunlich, daß es über das Schicksal dieses Schatzes keine genaueren Informationen gab als die mündliche Überlieferung, denn ein Teil von ihm war in der Nacht zum 6. April mit dem flüchtenden König Zogu verschwunden, ein anderer Teil in nicht genau datierten Nächten von den Italienern mitgenommen worden, und gerade jetzt, verladen in deutsche Panzer, auf die wahrscheinlich Geschosse und Bomben niederprasselten, enteil-

te ein nicht unerheblicher Teil in Richtung Mitteleuropa.

Die Dämmerung senkte sich über die Hauptstadt. Ein feiner, sehr dünner Schnee fiel stellenweise vom grauen Himmel herab. Die Leute hoben erstaunt die Köpfe, öffneten die Handflächen, um die winzigen Schneeflocken darin aufzufangen, und wechselten ein paar Worte miteinander. Ihre Gespräche drehten sich meistens nur um das Altbekannte.

»Nun ist auch der Schnee da«, sagte Mete Ali. Teuta und Sherif wechselten einen raschen Blick, als hätten sie aus dem Munde ihres Kameraden etwas völlig Ungewöhnliches gehört. Das war einer der seltenen Sätze, die er in ruhigem Ton von sich gegeben hatte.

Zwei Männer in halb militärischer, halb ziviler Kleidung überquerten den Platz hinter der Staatsbank. Auf ihren Schultern trugen sie einen zusammengerollten dicken Teppich, als wäre er ein Balken. Schwere Fransen, auf denen der Schnee eine ganz dünne Schicht gebildet hatte, hingen herunter.

Hinter den beiden Männern trotteten zwei andere daher, so als wären sie deren Spiegelbilder, denn sie schleppten ebenfalls einen langen dicken Teppich auf den Schultern.

Einige Fußgänger blickten ihnen verwundert nach. Was sind das für Teppiche, wohin bringen sie sie? — Was geht dich denn das an? Man weiß doch, wo Teppiche hingehören! — Und kannst du mir vielleicht sagen, wo sie hingehören, da du so ein heller Kopf bist? — Mit deinesgleichen gebe ich mich sowieso nicht ab!... Eine bewaffnete Streife tauchte plötzlich aus einer der Seitengassen auf.

»Bürger, lungert nicht auf den Straßen herum!« ließ sich einer aus dem Partisanentrupp vernehmen. »Bald ist Sperrstunde!«

»Was soll denn das schon wieder heißen — Sperrstunde?« fragte Mete Ali mit finsterem Gesicht.

»Eben Sperrstunde!« antwortete der Partisan. »Ich weiß kein anderes Wort dafür.«

»Was eine Sperrstunde ist, das weiß ich selbst!« brauste Mete Ali auf. »Ich möchte wissen, wozu man sie jetzt noch braucht?«

»Das wissen die dort oben schon«, erwiderte der Partisan.

»Wo oben?« fragte Mete Ali und hob den Kopf. Einige Schneeflocken fielen ihm besänftigend ins Gesicht.

»Schluß mit der Fragerei, Brüderchen! So viel Zeit haben wir nicht.«

»Laßt uns umkehren«, bat Teuta. »Ich bin müde.«

Gegenüber dem *Café Kursaal* stießen sie auf eine Gruppe Verhafteter in Handschellen.

Aus einer engen Gasse hinter dem Türkischen Bad drang lautes Frauengekreisch zu ihnen herüber. Man räuchert die Puffs aus! sagte jemand.

Man hörte lautes Pochen an einem Tor. Trockenes, wiederholtes Pochen.

»Wer wird denn verhaftet?« fragte Mete Ali einen Mann, der gerade neben ihnen ging.

Der Mann gab ihm keine Antwort. Vor dem *Hotel London* patroullierten einige bewaffnete Zivilisten. Ein junger, äußerst sorgfältig gekleideter Mann trieb sich unruhig vor den mit Eisengittern befestigten Kellerfenstern herum, die auf den Bürgersteig gingen.

Als die drei ganz in seiner Nähe waren, bemerkten sie Tränen in seinen Augen.

»Was ist los mit dir?« fragte ihn Mete Ali, der heute besonders gesprächig zu sein schien.

Der andere blickte ihn direkt an. Ein paar Sekunden starrte Mete Ali auf das glatte Gesicht des jungen Mannes, das durch den unter dem Hemdkragen zu einem Knoten gebundenen dunklen Seidenschal noch bleicher wirkte. Unter anderen Umständen hätte Mete Ali Abscheu empfunden, doch nun befiel ihn eine plötzliche Schwäche.

»Man hat sie dort im Keller eingesperrt, mein Herr«, sagte der junge Mann mit müder Stimme. »Man wird sie vielleicht erschießen, wie die gestern.«

»Um Gottes willen, mach daß du fortkommst, Kiki!« rief eine Stimme aus einem der gegenüberliegenden Fenster. »Geh lieber, bevor es dich auch erwischt!«

Mete Ali hatte es gewußt. Er wußte es, noch bevor jemand das Wort »Homosexueller« erwähnte, ja sogar noch ehe er den Ruf »Mach daß du fortkommst, Kiki!« hörte. Trotzdem gelang es der Verachtung nicht, über seine plötzliche Schwäche Oberhand zu gewinnen. Was ist denn mit dir los? schrie es in seinem Innern, wie das Echo in einer tiefen Höhle. Die Leere, die er in sich verspürte, nahm immer mehr zu. »Schmerzt dich deine Wunde?« fragte ihn Teuta behutsam.

Er antwortete nicht. Ein Mann als Hure! dachte er und empfand dabei weder Zorn noch Widerwillen. Mit dir geht's auch zu Ende, Mete Ali! sagte er sich und verspürte einen unerklärlichen Drang, sich aus-

zuruhen. Unverhofft überfiel ihn eine unendliche Erschöpfung, und es wurde ihm klar, daß diese Mattigkeit weder von seiner Wunde noch von den Überanstrengungen der letzten Tage, sondern von etwas ganz anderem herrührte: gerade jetzt, wo es ganz unangebracht war, hatte ihn das Mitleid überfallen.

Es wird schon vorbeigehen! dachte er müde. Wie alles andere auch... Er hätte jetzt am liebsten den Kopf an eine Schulter gelehnt und die Augen geschlossen. Seine Gedanken waren wie gelähmt, was bei ihm eine Seltenheit war. Ja, all das war nun vorbei — aber wie würde es jetzt weitergehen?

Zum Teufel mit allem! war sein nächster Gedanke. Er fühlte sich müde, so müde.

Eine rauhe Stimme, die direkt aus der Dunkelheit zu kommen schien, schreckte ihn auf.

»Halt!«

Mete Ali hatte schon einen Fluch auf den Lippen, als er merkte, daß sie eine bewaffnete Streife vor sich hatten.

»Was ist denn los?« fragte er.

»Es ist bereits Sperrstunde!«

»Wir sind Partisanen«, sagte Mete Ali.

»Das sehe ich, aber die Sperrstunde gilt für alle.«

»Es gibt keine Sperrstunde für Partisanen«, sagte Mete Ali. »Die Partisanen sind selber Sperrstunde!«

Er wußte sehr wohl, daß er Unsinn daherredete, doch eben diese Worte veranlaßten den anderen, einen milderen Ton anzuschlagen.

»Fürs Philosophieren bin ich nicht zuständig, das ist Sache der Kommandantur«, sagte er einlenkend. »Uns hat man nur diesen Befehl erteilt.«

»Es ist in Ordnung, wir gehen schon«, sagte Sherif.

Von irgendwoher, nahe der *Königlichen Straße*, hörte man Schüsse.

»Das kommt sicher vom *Shallvare-Feld*«, rief jemand aus einem Fenster. »Dort gibt es bestimmt wieder Erschießungen.«

Mete Ali hob den Kopf, doch die Fassade des Wohnhauses, an dem sie gerade vorbeigingen, war in tiefe Finsternis getaucht; kein einziges Licht brannte. Eine weitere Gewehrsalve knatterte aus der Ferne.

»Ja, dort muß es sein«, antwortete eine Stimme aus einem anderen unbeleuchteten Fenster.

Haltet das Maul! wollte Mete Ali schreien, aber er brachte keinen Ton heraus. Es dröhnte in seinen Schläfen, als wäre der Schrei in der Tiefe seines Schädels zerplatzt.

»Es wird für niemanden Gnade geben«, ertönte die erste Stimme wieder, fast genau über ihren Köpfen.

»Meinst du?« fragte die andere Stimme.

»Dieser neue Krieg, der nun beginnt — er wird schrecklich werden, mein Lieber! Der gerade beendete, mit seinen Granaten und Maschinengewehren, wird uns im Vergleich zu dem neuen Krieg wie ein Fest vorkommen!«

»Sagst du das im Ernst, Musabelli?« stöhnte die andere Stimme.

»Klassenkampf — so nennt man das... Gott, o Gott!... Wenn der erst einmal anfängt, nimmt er kein Ende mehr... Zwanzig Jahre lang... vierzig Jahre lang... von einer Generation zur anderen... Und es wird niemals und für niemanden Gnade geben!«

Ein kalter Mond beleuchtete plötzlich die Eisengit-

ter einiger Villen, und als sie die auf der Straße verstreuten und im Dunkeln weißschimmernden Nachrichtenblätter sahen, begriffen sie, daß sie sich wieder auf dem *Boulevard Mussolini* befanden. Teuta wandte zwei, drei Mal den Kopf und schien ganz erschrokken zu sein.

»Was ist denn mit dir?« fragte Mete Ali.

Sie blieb stehen.

»Dort... auf der Straße... glänzt etwas...«

»Wo?«

»Auf der Straße... Jetzt ist es verschwunden... Es war so unheimlich... Schau, da ist es wieder!«

Mete Ali und Sherif wechselten einen raschen Blick.

Teuta packte Mete Ali am Arm, aber er schüttelte sie ab und ging auf das unheimliche Glänzen zu. Man sah, wie er mit der Stiefelspitze die Nachrichtenblätter beiseite schob und sich dann langsam bückte, um etwas vom Boden aufzuheben. »Na, was hast du gefunden?« fragte ihn Sherif.

»Ein Auge«, sagte Mete Ali.

»Ein was?!«

»Wie schrecklich!« flüsterte Teuta. »Als ob ich's geahnt hätte...«

»Ein Glasauge«, sagte Mete Ali und hielt es ihnen auf der offenen Handfläche hin. Teuta lehnte sich an Sherif.

»Bestimmt hat es jemand in dem wilden Durcheinander verloren«, vermutete Mete Ali.

Teuta hielt den Kopf abgewandt, um das Auge nicht sehen zu müssen. Sie war sich fast sicher, daß es das unheimliche Glasauge von einer der alten Groß-

grundbesitzerfrauen war, die tags zuvor mehrere Male ihren Weg gekreuzt hatten. Doch so, getrennt von dem menschlichen Gesicht, sah es noch schrecklicher aus.

Als sie das Rundfunkgebäude betraten, beschlich sie trotz des lebhaften Betriebs auf den schwach beleuchteten Treppen und Stockwerken das Gefühl, daß jemand fehlte.

»Weißt du zufällig, wo Javer steckt?« fragte Mete Ali einen Partisanen, der im zweiten Stock Wache schob.

Der Mann zuckte nur mit den Achseln.

Als Mete Ali etwas später die Toilette verließ, hörte er trippelnde Schritte hinter sich.

»Herr Partisan, Herr Partisan, ich hörte vorhin zufällig, wie Sie sich nach Ihrem Freund erkundigten...« Mete Ali drehte sich hastig um und erkannte den Börsenkommentator, der ihm jetzt noch unansehnlicher und langweiliger vorkam. Das Männlein neigte sich zu ihm, als handelte es sich um ein großes Geheimnis.

»Herr Partisan, ganz zufällig erfuhr ich von den Mikrofontechnikern, daß die Kommunisten gerade eine Geheimversammlung in dem Zimmer neben dem Nachrichtenstudio abhalten... Dort muß sich auch Ihr Freund befinden...«

In Mete Alis Augen blitzte es drohend.

»Was faselst du da, du Gnom, du Zuhälter!«

»Herr Partisan, es stimmt, so wahr ich lebe!... Ich wollte Ihnen nur einen Gefallen tun... wirklich... denn seit ich Sie zum ersten Mal sah, empfinde ich Hochachtung für Sie... Wie ein wahrhafter Held, so

sind Sie mir vorgekommen, bei Gott!... Und, ehrlich gesagt, es gefällt mir ganz und gar nicht, daß Sie nicht dabei sind...«

»Geh mir aus den Augen!« sagte Mete Ali, doch seine Stimme war ziemlich schwach. Er hatte das Gefühl, er würde im nächsten Augenblick zu Boden stürzen und streckte seinen einen Arm aus, um sich an der Wand abzustützen. »Scher dich weg!«

Der andere verschwand wie ein Schatten bei einbrechender Dunkelheit.

Mit schleppenden Schritten näherte sich Mete Ali der Treppe und setzte sich einfach auf einem Treppenabsatz nieder.

Die Kommunisten halten Geheimversammlungen ab!... Er hatte schon seit einiger Zeit etwas bemerkt, aber den aufkommenden Verdacht zu verscheuchen versucht, weil er ihm unerträglich erschienen war. Doch jetzt war alles klar: Die Gerüchte, daß sie nicht alle Kommunisten seien, sondern nur einige von ihnen, und daß diese Geheimversammlungen abhielten — sie stimmten also!... Und auch, daß Javer einer von ihnen war, im Gegensatz zu ihm... Mete Ali... hm...

Er hockte eine ganze Weile mit hängendem Kopf auf dem Treppenabsatz. Und so, in Gedanken vertieft, kam ihm dunkel ein altes Hochzeitslied in den Sinn:

»Junge, Junge auf der Treppe,
Laß das Grübeln sein,
Denn dein Vater wird dir finden
Ein sehr hübsches Mägdelein!«

Er wußte nicht mehr, wie lange er schon dort saß, als

er plötzlich merkte, daß jemand neben ihm stand. Er hob den Kopf und erblickte Javer.

»Du hast mich gesucht?« fragte er.

Mete Ali erhob sich langsam.

»Ja, ich habe dich gesucht«, sagte er. »Wo warst du?«

Javer zuckte die Achseln und gab keine Antwort.

»Ich habe dich gefragt, wo du warst«, wiederholte Mete Ali.

Ihre Blicke kreuzten sich eine lange Zeit, von Schmerz erfüllt.

»Das kann ich dir nicht sagen«, antwortete Javer schließlich.

Wie im Traum zog Mete Ali seinen Revolver aus dem Halfter, zielte auf die Stirn Javers und schoß... einmal, zweimal, dreimal...

Als er daraufhin die Augen öffnete, um nach der Leiche zu sehen, stellte er fest, daß Javer noch immer vor ihm stand, daß der lange Korridor hinter der Treppe still wie vorher dalag und daß niemand in heller Aufregung herbeigelaufen kam und rief: »Wer hat geschossen?«

Javer entfernte sich mit schleppenden Schritten. Mete Ali fror. Er ließ sich wieder auf den Treppenabsatz nieder, legte den Kopf auf die Knie und versuchte zu schlafen.

Was würde er nicht alles für einen richtigen, tiefen Schlaf geben! Doch der Schlaf, der sich jetzt an ihn heranschlich, war von anderer Art — eher ein Bote, ein Diener des Schlafs, als dieser selbst. Merkwürdigerweise war Mete Ali jedoch nicht böse darüber. Gut, daß wenigstens der zu mir kommt! dachte er.

Wer weiß, in welchen Betten der andere, der wirkliche, sich gerade amüsiert!...

Auf den Treppen des Gebäudes erklangen Schritte und verworrene Gesprächsfetzen. Einmal schwebte der Duft von Frauenparfum vorbei, und ein anderes Mal glaubte er, Stefan Papa zu sehen, der mit finsterem Gesicht an ihm vorbeihuschte. Einer der deutschen Gefangenen hatte wieder begonnen, im Fieber zu phantasieren. Mete Ali bemühte sich, nicht darauf zu achten; er fühlte sich wie einer, der einer Überschwemmung zu entgehen versucht. Vielleicht werde ich bald auch so irre reden, sagte er zu sich, und flüsterte dann ängstlich: Gott bewahre!... Es war nicht genau zu erkennen, ob es noch Nacht war oder ob es bereits dämmerte. Im Rundfunkgebäude herrschte mal tiefe Stille, und mal schwirrte es von unterdrücktem Geflüster. Mete Ali glaubte, immer wieder die Worte »Diktatur des Proletariats« zu hören, in denen ein seltsamer Unterton mitschwang, der sowohl fröhlich als auch furchterregend war. In Wirklichkeit sprach man in seiner Nähe gerade von einem Tanzabend. Mete Ali meinte, leise gelacht zu haben, aber es war das Lachen eines anderen, der zu seinem Gesprächspartner sagte: Ein Tanzabend!? Im Ernst? Du sagtest doch gerade, es werde eine Diktatur geben! — Das schon. Aber das Tanzen darf niemals fehlen. Man braucht immer Musik, um das Blutvergießen zu verdecken...

Schert euch alle zum Teufel! schimpfte Mete Ali in Gedanken. Er verstopfte sich ein Ohr mit dem rechten Kragenzipfel seines Militärmantels und fühlte sich durch die wohltuende Stille etwas getröstet.

* * *

Als er aus seinem zermürbenden Schlaf erwachte, war es bereits Tag. In allen Stockwerken des Rundfunksenders rumorte es. Einige Bilder, die er im Traum gesehen zu haben glaubte, erschienen nun lebendig vor seinen Augen. Da stieg jemand vorsichtig die Treppen herunter und hielt die Schallplatte mit der Nationalhymne in der Hand, als wäre sie ein äußerst kostbares Service. Andere eilten geschäftig hin und her.

»Es sieht so aus, als ob unser Rundfunk heute zu sprechen beginnt«, sagte jemand.

»Ja, aber was wird er sagen?« entgegnete ihm ein anderer, und Mete Ali erkannte den breitkrempigen Hut des Börsenkommentators. Na, du Zuhälter! dachte er, ohne bei seinem Anblick wütend zu werden.

Auf den langen Korridoren bemerkte er auch einige ganz neue Gesichter, und gegen Mittag berief man alle zu einer dringenden Versammlung ein, auf der zunächst bekannt gegeben wurde, daß am selben Abend der Rundfunksender in Betrieb genommen werden sollte. Der Mann, der da sprach, war ein gänzlich Unbekannter. Anschließend teilte er den Anwesenden mit, daß die Partisanen, die das Rundfunkgebäude erobert hatten, nun durch andere ersetzt werden würden.

Im Raum wurde es totenstill.

»Wie bitte?« fragte eine Stimme.

»Ja, so ist es«, antwortete der Redner. »Wir sprechen den Partisanen, die den Rundfunksender be-